离阳光更近

张黍砚 著

天津出版传媒集团
百花文艺出版社

图书在版编目（CIP）数据

离阳光更近 / 张黍砚著. -- 天津：百花文艺出版社, 2023.7
ISBN 978-7-5306-8511-2

Ⅰ. ①离… Ⅱ. ①张… Ⅲ. ①长篇小说-中国-当代 Ⅳ. ①I247.5

中国国家版本馆 CIP 数据核字(2023)第 095485 号

离阳光更近
LI YANGGUANG GENG JIN
张黍砚 著

出 版 人：薛印胜
责任编辑：魏 青 装帧设计：郭亚红
出版发行：百花文艺出版社
地址：天津市和平区西康路 35 号 邮编：300051
电话传真：+86-22-23332651（发行部）
+86-22-23332656（总编室）
+86-22-23332478（邮购部）
网址：http://www.baihuawenyi.com
印刷：山东临沂新华印刷物流集团有限责任公司
开本：880 毫米×1230 毫米 1/32
字数：223 千字
印张：10.5
版次：2023 年 7 月第 1 版
印次：2023 年 7 月第 1 次印刷
定价：85.00元

如有印装质量问题，请与山东临沂新华印刷物流集团有限责任公司联系调换
地址：山东省临沂市高新技术产业开发区新华路 1 号
电话：(0539)2925886
邮编：276017

题记

能在一起多久

能暖我多久

就算挡不住时间的洪流

我也要和你在一起

在庄重威严的政府报告厅，五四青年节庆祝大会暨“十大杰出青年”颁奖典礼在这里举行。

KING MONKEY（灵猴王国）女总裁龙聿乐接过市领导颁发的“五四青年奖章”——海归回国创业卓越功勋奖，台下掌声一浪高过一浪。

会场传来领导的发言：“今天是五四青年节，我们对十位杰出优秀青年进行表彰，其中海外留学归国的‘高精尖’人才代表KING MONKEY（灵猴王国）女总裁龙聿乐，不仅创造了巨大的社会价值，用智能智慧让我们的生活发生了变革性改变，还在公益事业上做出了巨大贡献，身体力行奔赴扶贫帮困的第一线，给基层需要帮助的人送去温暖。今年我们还要加大留学人才引进力度，在‘大众创业、万众创新’的大形势下，开展留学人员回国创新创业启动支持计划，大力实施海外赤子为国服务行动计划，更加重视具有国际视野和文化的人才引进，吸引高层次留学回国人才为国效力。在这个属于朝气蓬勃的年轻人的节日里，我们同时也希望广大青年坚定信念，树立忠党爱国之志；希望广大青年勤学善学，筑牢成长成才之基；希望广大青年拼搏实干，走好创业创新之路；希望广大青年弘扬正气，引领文明和谐之风。”

主持人接过话筒，请获奖优秀青年代表发言。

龙聿乐一步一步走上台，那么多年日日夜夜的奋战在眼前一幕幕闪过，面对荣誉，面对自己，面对台下的投资人和观众，走到舞台中央。

“今天授予我的这份荣誉，是国家对我的肯定。我是千万海外归国人士中平凡而普通的一员，我曾经不知道回来要做什么工作，但是只有回来了才知道国内的机遇那么大、天空那么广阔，我很庆幸我回国了，我很骄傲我为祖国母亲做出了自己的贡献。”

电视机里播音员说了什么，看电视的人都不清楚，就看到上台领奖的女人神采奕奕，那么耀眼，那么光彩照人。

时间似乎凝固了。

会所里人来人往，都入不了他的眼，直到他的朋友走过来才把他的视线拉回来。

“我说过这个女人不简单吧？”

是的，是不简单。

好像从第一次看到她时就那么觉得了。

数年前——

在蜿蜒盘旋的山路上颠簸，许少倾坐在车内望向远处起伏的山峦，鲜艳的野花开满了山坡，环绕在青山上，春天来了。

许父安排的助理林建华开着车盘旋在山路上，“还有多久到？”许少倾望向窗外问道。

“大，大概还有三个小时。”林建华小心翼翼地回答，新来的少董不好好在公司待着，偏要先去视察项目，一路上一言不发，真看不出他是什么性子。林建华家里老婆还在待产，却不得不出差，他很是郁闷但不得而发，只能小心翼翼地前行。

足足五个小时，除了高速两个小时，山间无数个“幸福的小转弯”盘旋开了三个小时，颠簸得几乎要晕车，终于到达里坑村。许少倾不明白父亲为什么要将数亿元资金投在这个偏远的小村子里，已经是食品行业龙头老大的企业突然进军民宿产业。

“小林，当时许董事长花了八千万作为首期资金投入这个村子的开发，你负责这里的具体事宜，讲讲这里的规划。”许少倾望着这里破败的房子眉头紧皱。

“好的，许总。许董事长去看了很多地方，最后选择了这个里坑村，这里破败不堪，年轻人都外出打工了，村里仅剩下老人还有留守儿童居住，很多房子都空着。这里海拔有八百米左右，有一千多年的历史。现在规划还处在方案设计阶段，初稿许董事长不满意，没有把他想要的生活方式展现出来。”

“他想要什么样的？”

“当初规划做民宿时，许董事长就提出想要将城市生活搬到农村来，这里不仅是住宿、农家乐做新鲜的农家菜，还要有书吧、咖啡馆、理发店、SPA 会所、养生馆、医疗，形成一个完整的生活圈，在城市里能享受到的，在山林间也要享受到，将人与自然融合在一起。”林建华讲得有些兴奋，尽管这里还是一个破败的村子，想象着三五年后即将是潮流人士选择的度假胜地，他不禁满怀欣喜。

“现在项目进展怎么样？”

“搬迁已经谈妥了，村民在一个月内会陆续搬离。”林建华继续说道，“您要不要去村书记那里拜访一下？”

石板路仿佛温润而轻柔地触摸着双脚，龙聿乐拾级而上，手里端着数码相机，相机里的世界精彩纷呈，青草上的露珠、古村的屋檐、挑水的阿婆，更有巍巍山峰水石岭蝶的美好。龙聿乐年少时的钱老师搬到这山谷里来居住，她如果不是来拜访钱老师，还真遇不到那么好的地方，用钱老师的话来形容："见道忘山者，人间亦寂也。见山忘道者，山中乃喧也。"

许少倾看到有一位穿着白 T 恤蓝色牛仔裤拿着数码相机的少女，她在拍树叶上的彩色毛毛虫，她不是绝美的那种美人，自顾笑起来，那样的眼睛总让人忍不住驻足欣赏，仔细看了就会觉得她很美，跟他见过的其他女人不一样，她的笑容像一股清新的气流迎合着春风一起拂面而来，这气息犹如春天般让沉寂了一个冬天的身体活动起来，连群山里的流水都那么清澈，路边走过的呆头鹅都变得可爱了。

"这里还居住着年轻人啊？"许少倾问林建华。跟在后面的林建华正用手机发信息，急切地想知道老婆的近况，根本无心看周遭的风景，对于少董的问题，他"啊"了一声才回过神来说："没有啊，这里居住的都是老人和小孩，成年人都要等到过年才会回来，有些在外面打工的过年都不回来。"

"刚刚那位姑娘是？"许少倾充满疑问。

林建华睁眼仔细一看，除了小溪流水叮咚，没有人："哪有姑娘？"

"这里有白狐。"有位老太太梳着发髻，从他们俩身侧走过时说道。

龙聿乐回到钱老师家，钱老师已经将山里挖来的新鲜笋剥好，溪鱼洗净，龙聿乐赶紧上去帮忙，钱老师却呵呵笑起来："小龙女，也会干家务活了？"

"一个人在国外那么多年，怎么也都会做一些。"龙聿乐接过笋放在砧板上问，“这笋要切丝吗？”

“听你妈妈说了，你在外面学会了做番茄鸡蛋面、番茄炒蛋，在家做过几次，基本烧熟能吃，就是成功率不高，对吧？每次烧四五个菜成功个两三个，对吧？”听钱老师这样说，龙聿乐嘟囔着：“老师你别看我这不精湛的厨艺，也养成了我能将就的好性子啊，能品米其林大餐，也能吃自己烧糊的面，反正吃大餐时能欣赏，吃粗野食物时也能下咽果腹，多好！”

钱老师听得一乐，生好了火站起来说：“是是是，就是我们小龙女性子最好，你还是帮忙看着灶头吧，我刚生好了火，别弄灭了啊！”

“这个难度系数太大，我尽力而为！”龙聿乐一边添着柴火一边弄着火钳，这土灶好像记忆里也是碰过的，只是很多年没见了，小时候妈妈带她去外婆家，她最喜欢下雪的冬天和外婆一起坐在灶口的小板凳上，烤着火，有时候外婆还给她煨了番薯。

钱老师在锅里淋了油，倒入菜的瞬间，嗞啦一声将龙聿乐从记忆里拉了回来，“记得你小时候，我上的一堂课，用一间屋子、一匹马、一堆柴火，让大家描绘一下生活的样子。其他同学都说屋子前面拴着一匹马，在屋子里生一堆柴火，煮着喜欢吃的食物。就你说骑着马跨越过火堆，腾空驰骋，一座座亮着灯的屋子在身后成为像星星一样的光点。”钱老师是龙聿乐妈妈的好友，龙聿乐自小品学兼优，深受老师和同学的喜爱，自然也跟钱老师师生情谊深厚，加之钱老师脾性和长相都有几分跟妈妈相似，钱老师对她来说亦师亦母。

“那么小的事您还记得？”龙聿乐转头笑了笑，看向钱老师，“我怎么都忘记了，我那时候多大？八岁？还是九岁？”

“差不多吧！我觉得你怎么总是那么与众不同，有那么多新奇的想法。”钱老师在灶前忙碌着，“对了，早上还采了些野艾，趁你也在，可以帮忙，一会儿还要再做一些清明果，送点给村书记和乡亲们。”

村书记李文彬家里很简陋，早上接到了许少倾要来拜访的电话，初次见面的他准备了一大桌过年时才有的菜。

在这个村待了一辈子，李文彬看着闭塞山村的村民迁走的迁走、外出打工的打工，越来越人丁稀少，不免心中有些悲凉。许董事长的到来似乎给他带来了前所未有的憧憬。

由于李文彬一直在尽心尽责地做搬迁群众的思想工作和补偿事宜，搬迁很顺利，有很多户都已经搬到了隔壁村，剩下的几户也将在一个月内搬走。

走到村书记家时，许少倾和林建华已经满头是汗，李文彬热情地迎上来：“少董，您好您好！你们赶了一天的路过来，我们也没什么准备，就一桌薄菜招待，先吃点填饱肚子吧！”

“李书记客气！今天多有打扰了！”

“哪儿的话！来！坐啊坐啊！都是山里的土菜，随便吃，不要客气！”李书记热情地招呼，李母端出一盘樱桃说：“刚从树上摘下来的，尝尝！”许少倾接过樱桃，黄里透着粉红色，跟超市里的不一样，味道也截然不同，甜里带点酸的鲜味唇齿留香。

一顿饱餐后，许少倾在跟村书记探讨当地的人文风情时，随便问了一句：“小林，项目规划图带来了吗？”林建华瞬间感觉天塌了一样，少董回来的第一件事他没有办好，一定是早晨匆匆送老婆去医院时落在家里了。

许少倾只好给助理西悠打电话让她送到高速口，由熟悉山路的林建华开车过去取,这样一个来回估计三四个小时才能拿到图纸。

末了,许少倾问了一句:“这山里面有白狐吗?”看他那么真挚迫切想知道答案的眼神,李书记脸色复杂,一时间竟不知道如何回答了。

这时候提着一篮子清明果的龙聿乐慢慢进入视线,许少倾惊喜地低声道:“白狐!”

显然龙聿乐是没有听到这么神乎的称谓,“李叔叔好!这是钱老师做的,让我给您送来。”回头看到许少倾,心里默默赞叹好一个眉清目秀的少年,像春日里的骄阳那么璀璨明亮,不免多问了一句:“家里有客人啊?”

“是啊!这是……”还没等李文彬介绍完,许少倾就径自打断了:“你好!我叫许少倾。”李文彬似乎感觉到一丝来自集团背后的压力,也没有多说,就转头跟许少倾说:“钱老师两年前退休搬来我们村,租了房子经过改造后,一直住在这里。钱老师发表过很多文章,也出过书,文采很好呢!写植物更是精通,暑假有些孩子回老家最喜欢去的就是钱老师那里。”

“李叔叔,那我先去帮钱老师把清明果送去其他邻居家了。”钱老师自从老伴过世以后一直郁郁寡欢,直到两年前搬进山里,精神面貌焕然一新,应该也和不断赞美她的李叔叔和乡邻们有关吧。

看到龙聿乐转身离去,许少倾好像有很多话都还没来得及说,一个箭步就追了出去。

悠悠的石阶蜿蜒而上,两侧的苔藓碧绿,草木葱翠。

许少倾“哎!”了一声,可是那位“白狐姑娘”叫什么还没问,已经被眼前的景象惊呆了，龙聿乐回头看到他伸着手像是跟她打招呼，表情却僵硬不安。

龙聿乐拾级而下，走到许少倾身前，看到他正屏住呼吸，紧张地盯着前襟爬着的硕大花斑毛毛虫，一定是刚刚太着急追出来，连树叶也没顾及避开才让毛毛虫误上了衣服。

龙聿乐看到他在原地纹丝不动，呆萌又紧张，不禁觉得这个男孩有一些可爱。她找了一片大树叶捏起肥硕的毛毛虫放回附近的一棵树上，对它说："乖乖回到你该待的地方，等你长大了就是一只最漂亮的蝴蝶！"看许少倾久久没有缓过神来，龙聿乐调侃道："快！叫壮士！"

没想到他也很配合，双手合掌道："女壮士！多谢搭救！"抬头望向令他毛骨悚然的东西说，"背上长满眼睛，那么丑的东西，长大了能变成最漂亮的蝴蝶？"

那种东西多看一眼都会让人浑身起鸡皮疙瘩，许少倾拎起她放在石板上装满清明果的篮子："走吧！去哪里？"

"拐弯上去，前面那家。"女壮士路边捡了一个苦力，而且还长得那么好看，龙聿乐自然也不拒绝。

在钱老师家住的这几天，龙聿乐已经把这里住的几家人家摸熟了。先来到了李姥爷家。

李姥爷家的猪快生了，所以他们一直住在这里，想等猪生完再搬走，新家已经建好了，就在离县城不远的地方，用搬迁款加上儿子给的钱，造了一幢小洋楼，离在县城工作的儿子也近很多。

"李姥爷，这是钱老师做的清明果，送给你们吃。"

"丫头啊，这如何使得，钱老师太有心了，经常给我们送东西，谢谢谢谢，屋里坐吧，来！进来！"

“不了，我还有几家要去送呢！”

两个人一起走在光滑的石板地上，森林里树影婆娑，伴着小鸟欢快的叫声。再走上去就是怪奶奶家，龙聿乐吸一口气：“奶奶，这是钱老师做的清明果，您尝尝！”

怪奶奶没回声，直盯着许少倾狡黠地笑了：“你的白狐找到了？”

龙聿乐放下东西，赶紧拖上许少倾走人：“听村里人说这位独居的老奶奶常年一个人住，精神有点儿不正常。”

“你要在这里住多久？”

“三天，再过两天走，因为这里的居民要搬迁，过来看钱老师的时候，给村民和住了一辈子的房子拍照，留个念想。”龙聿乐举着相机说。

“你是摄影师？”

龙聿乐摇摇头：“业余爱好，以前在学校上过摄影课，毕业后没怎么用，现在数码时代设备更新太快了，很多技术要重新学，还好乡里乡亲们要求不高。你呢？来这里……”

龙聿乐话还没说完，就被许少倾的电话声打断了。“不好意思，我先接个电话。”

电话那头传来焦急的声音：“少董，不好了！我接到西悠送来的文件后，马上往回开，到半山腰遇到山体大面积滑坡，把路给堵了，已经有施工队的人来到现场，说还会有碎石滚下来，不能再往前走了。”

“需要多久可以通车？”许少倾皱起了眉头。

“施工队的人说大概需要两天。”林建华忐忑地说。

“那你先回去吧，两天后再来接我。”

“少董，那你住哪……”林建华话还没说完，电话已经挂断了。

龙聿乐看他凝重的表情，不禁好奇："谁的电话？"

"猪一样的队友的。"许少倾闷闷不乐地回答。

两个人匆匆折回村书记家，确认了消息，刚刚发来通知，说山体出现大面积滑坡现象，且山体横向开裂，裂缝宽度还挺大，碎石松动迹象明显，不间断仍有石块、泥土滑落，极易引发大面积塌方，给过往行人和车辆带来很大的安全隐患，所以路都封了，要修好才能通行。

"这是我们村下山的必经之路啊！"李书记感叹道，"前阵子一直下雨，弄得我们衣服都晒不干了。现在路堵了，可如何是好？"李书记很是担心。

许少倾的眉头一直没有松过，他接到母亲的通知说父亲病重，需要他马上回国，接手晴空集团，尽管有万般不愿意，他还是希望尽自己所能把企业打理好，等父亲好起来再将企业完整地交还给他。他在回国的飞机上就把企业现在的运营状况熟悉了，去医院与父亲交流后就马上跑项目，没想到第一次实地考察项目就被困住了。

"李书记，看来我要借住两天了。"

"可以可以，就怕我们乡下地方，委屈了你。"当李书记引着许少倾进入客房时，他在美国时的"死党"孙佳琦发来微信视频聊天请求，许少倾忽然想起来似乎答应他回来后聚会。孙佳琦早他一年回国接班，那时候许少倾根本没有想过要回国，以为一直是天一样的父亲会长命百岁，也没想过接他的班，自己创业也没从家里拿过钱。

李书记听到视频铃声，请许少倾随意坐，自己退出了房间。其实这里的随意坐也只有床沿边，用两条长凳搭出来，放着一张棕榈网床、一顶破败的蚊帐,其他什么都没有。

“倾,欢迎回来!”微信那头传来愉悦熟悉的声音。

许少倾有一年时间没有见他了,一时对这种热情还没缓过神来:“Richard(人名:理查德)!别这样叫,让我感觉像淘宝客服。”

通过视频孙佳琦看到黑乎乎的环境,以及网络上才能看到的床,还有没有任何粉饰的泥地,不禁惊呼:“天!你去参加《变形计》了?”

“需要变形的人是你!”

“不对!你超龄了!你参加了《爸爸去哪儿》真人秀?”

“我哪来的孩子!”对于孙佳琦超自然的想象力,许少倾不置可否,对方依然不依不饶:“也对,那是《挑战极限》?《美女与野兽》?哪档?”

当他讲了事情的始末后,电话那头评价道:“那一定不是你爸留给你的助理,一定是竞争对手公司派来的!”

李书记左思右想还是觉得家里太简陋,实在对不住贵客,就去求助钱老师,钱老师两年前搬过来,虽然经济也不是特别宽裕,但她特别能折腾,把房子全部粉刷一新,重新布置家具,老屋变身清新的田园风,村民看到都啧啧称奇。

钱老师家平时经常接待来村里写生画画的客人,也有慕名而来的游客,常年备着两间客房。

李书记没有多说许少倾的身份,就说远方贵客的孩子过来玩儿,困在这里了,要借住两天,钱老师一口答应了,李书记感激万分,晚上带着土鸡、清酒来钱老师家准备了一顿晚餐。

李书记和钱老师忙活了一晚上,做了一大桌子菜,又拿出一壶酒说:“这是我们这里山泉水酿的酒,大家都来一点儿吧!”

“这是不久前和江德一起喝的那批酒吗？”李书记一脸担心。

“是啊，”钱老师说，“我这里就这么一批酒，就在去年秋天高粱丰收时请人酿的，这酒啊越放越香醇。”

“真是记忆深刻，隔壁村书记江德过来一起吃饭，那小子平时酒量看上去也不错，喝了两壶之后直接到门口去抱树了，我问他你抱着谁呀，他说我抱着钱老师，我说你这小子有自己老婆不抱抱钱老师干嘛，他一直抱着树坚持说我抱着钱老师，”李书记转头对钱老师接着说，“以后这小子列入黑名单，不能再让他来喝酒了！你知道后来怎么着，我要送他，他怎么都不要我送，后来他老婆上我那儿要人，我们在山里找了一夜没找着，你知道后来他在哪里吗？在干涸的水沟里睡了一晚，那晚把我们急坏了。”

“那还不是你一个劲儿地敬他酒把他喝倒了，倒怪起我的酒来了？”钱老师笑着给他们一个个倒酒，龙聿乐自然也不客气地伸出酒杯：“原来老师这里还留了这么个好东西，今天还多亏李书记，我才能尝到！”

“小龙女，女孩子家少喝点儿，这酒可烈着呢。”钱老师满眼都是宠爱。

“姑姑，过儿敬你一杯！”许少倾端起酒杯碰过来，龙聿乐忽然被他喊老了，嘴一噘将酒喝了，看得李书记和钱老师相视一笑。

这酒入口甘洌，虽然有点儿火辣的感觉，但回味甘甜。

“钱老师，少……”李书记话到嘴边又迟疑地看了许少倾一眼，许少倾马上把话接过来：“少倾这几日在这里多有打扰了！”

“客气什么！都是乡里乡亲的，你平时帮我的忙还少嘛！再说我也喜欢热闹，刚开始只是空个客房给临时落脚来写生画画的孩子们，后来慢慢做了这间小书院民宿，在这里常常有人来住，陪陪我这老人家也很好。”钱老师转头对许少倾说，“少倾，你把这里就当自己家吧，需要什么就跟小龙女说。”

“我说钱老师，我也是客人。”

“你有把自己当过客人吗？”

看着她们两个吵闹感情那么好，许少倾也顾不上她们的吵嘴，好奇地问：“钱老师当初怎么会找到这里？”

“我那时候刚退休闲着没事做，平时呢就喜欢植物，经常要给报纸写写稿子。有一次需要写树莓，听说里坑村的树莓特别多特别好，就上山来观察采集，后来碰到这里的房东，得知他们家都搬到镇上了，这里空着，就问他租不租房子，他还很疑惑这破房子还有人要租，那时候房租便宜，我就把这里租下来了。”

许少倾心想：还有人跟父亲一样欣赏这个村子的。钱老师接着说：“住到这里来了以后，周围的人都觉得不可思议，也觉得我在避世，其实我不完全为了避世，我们来到这里，就应该为这里做点儿贡献。”

“钱老师为我们这里做的贡献可不少，挖掘了很多人文历史，发表在了报纸上，那时候你父亲就是看了钱老师的文章，才来找到了我。”李书记看着钱老师说。

“这个村庄真是福地啊！”许少倾感叹，遇到她原来是那么幸运的事情。

“钱老师，听说这个村要搬迁，您以后怎么打算？”

李书记看出了龙聿乐的担忧，抢着回答道：“这个你就不用担心了，钱老师可以继续在这里做手工皂，开一家皂艺工坊，至于书院、民宿，这个钱老师已经跟开发商在谈了，丫头不用担心。”

“当初你李叔叔答应开发商搬迁时把我们每户现住的人家都想得很周到。”

看着他们两个那么互相欣赏，龙聿乐不禁心中一喜：“一会儿呢，我还要上山拍星星，你们再多喝几杯，开怀畅饮啊！一定要畅饮！过儿，你帮忙扛三脚架，你们俩在这里等我们回来宵夜！”

看来下午帮她提篮子的错误行动会影响到他的现在，李书记不免面露尴尬，堂堂少董怎么能去扛三脚架？正要开口帮他开脱，许少倾已经满口答应了：“好！走吧！”

看着他们俩走出去，钱老师不免好笑又好气这个鬼灵精怪的丫头：“早点儿回来啊！”

山里的夜黑黢黢的，两个人靠着皎洁的月光引路，慢慢走着。

星星闪烁着光芒，偶尔还有萤火虫飞过来。“你看！”龙聿乐指着飞舞着发光的小虫，“萤火虫，很多年没见了，记得那时候去马来西亚旅行，看到红树林里一整棵树上全是萤火虫，比圣诞树还要美，太壮观了！这几年萤火虫几乎绝迹了，没想到在这里还能看到。”

龙聿乐架好三角架装上相机，调好色差，对好角度，开启连拍模式。许少倾跟在她身后捉萤火虫，捉到一只就装进墨镜袋子里，走到山坳里时已经是满满一袋了。两个人找了块舒适的大石头慢慢等延时曝光出来星河的照片。

“闭上眼睛。”许少倾说，看着龙聿乐什么都没问闭上了眼睛，他很满足，“睁开！”

许少倾放飞了袋子里的萤火虫，发光的小虫飞舞起来，仿佛自带音乐一般,一下子让人置身童话世界。

“好美!”

“据说萤火虫只吃花粉和露水,美得像精灵,”许少倾低头凝望着龙聿乐轻声说,“你也是,小龙女。美得像个精灵。”

美得像个精灵,不染俗尘。

萤火虫飞散开去,漫天星辰愈加醒目,山里的星空格外迷人,密密麻麻地遍布在苍穹之巅。

“你看!有流星,快许愿!许愿!”龙聿乐说完,闭上眼睛,双手合十。

许少倾看她真挚的神情,也被感染了,心里默念:如果流星真能帮忙实现愿望,我希望身旁美丽的姑娘能成为我的爱人。

“你许了什么愿望?”龙聿乐半睁开眼睛偷瞄许少倾。

“你猜,是不是能和你的一样?”许少倾狡黠地笑了。

他的手拂了拂耳朵,龙聿乐顺势看过去:“别动!有只蚂蚁。”然后凑近他的耳朵,吹了一口气,暖暖的,酥酥痒痒的,一种说不清的曼妙感觉,许少倾被撩动得心神不宁,有些掩饰心中的悸动着急道:“你干什么!”

“有只蚂蚁,你再挠,我怕伤到它,帮你吹走了!”龙聿乐心安理得地解释道,“一条小生命啊,我当然是在帮你积福报,放生它。”

“那我要感谢你喽?”原来刚刚她的靠近不是主动亲吻他,真是个让人又好笑又好气的女子。

“我替小蚂蚁谢谢少倾君不杀之恩!”看着龙聿乐认真的神情,许少倾不禁乐了。龙聿乐接着解释道,“有一年暑假我申请到了去巴厘岛做义工的机会,在那里人们认为树有树神、海有海神、鹰也有鹰神,万物皆有灵,多好!所以不要轻易夺去一条生命，即使再小的蚂蚁也不要。人与自然和谐共存，不因人的强大而去轻贱弱小生物。”

“好的，师太！”许少倾点头。

“小蚂蚁的力量还是无穷大的。传说有那么一只蚂蚁，爬进了山洞，另外一只看到了，问：小蚂蚁你要干什么呀？小蚂蚁说：嘘！我要把大黑熊绊倒！”

“太冷了！我们还是回去吧！”

“喂！你不觉得好笑吗？我在回国的飞机上听邻座的小朋友讲的，很好笑。”

“这个冷笑话太冷了，忽然能感觉春天的夜里会下雪，我们快走快走！”

山谷里传来俩人的嬉闹声。

山里的早晨格外清冽，龙聿乐习惯晨跑，怕吵醒钱老师，于是轻手轻脚地跑出去，没想到碰到穿着田径服的许少倾：“早安，姑姑，怎么样？我很帅吧！钱老师儿子念中学时的衣服，穿上的瞬间我也感觉年轻了！”

“是的，少年！我们一起跑一个！”

话说要有一样生活规律的人才能偶遇，还真是如此。不然不是白天不懂夜的黑，就是白天遇不到夜的黑。

跟着熟悉山路的龙聿乐，许少倾还是先回到了书院。回头等龙聿乐到了就跟她说：“你去休息一会儿，我去做早餐，乡村三明治。”

等到昨晚喝醉的钱老师起床时，许少倾的乡村三明治已经完成，番薯片夹着煎鸡蛋，他把现有的食材发挥得淋漓尽致。这让不是很会做菜的龙聿乐很是惊叹：“大神！你把山野美味做得那么洋气！”

龙聿乐吃饱后很满足地看着许少倾：“过儿！过来让姑姑看看，你浑身上下有缺点吗？把那么丑的衣服穿得那么帅，还会做菜。”

“中国有句古话很适合形容现在的你。”看着她笑得花枝乱颤，许少倾说道，“饱暖思那个什么来着？”

“什么！”龙聿乐一声吼。

“我去洗碗。”趁她扑过来之前，许少倾赶紧撤回厨房，“思什么来着？”

上午龙聿乐挨家挨户去拍照，前两天已经拍了一些了，今天还剩下一部分就拍完了。

“为村民拍全家福，说起全家福，这里就只有留守的老人，还有拍老宅，把生活了一辈子刻在心上的老房子拍下来，生怕哪天更老了，忘记了一切，还有照片去唤醒回忆。”龙聿乐在那里悠悠地说道，“这大概就是摄影的魅力，摄影的意义。”

“姑姑，那小跟班就跟着姑姑干些有意义的事情。”许少倾这位扛三脚架的摄影师助理已经主动跟着了。有了这个小跟班，龙聿乐轻松很多。

最后一家是李书记家。李书记早已热情地迎在家门口：“丫头啊！真是太感谢你们了！你们为我们村做了非常有意义的事情，这里曾是很多人的童年、青年、晚年，人们对赖以生活的老宅子都有着深厚的感情。”

“李叔叔客气！正好我也喜欢拍照啊，”龙聿乐举着相机，笑得两眼弯弯，在许少倾眼里格外明亮动人，“要不搬个板凳，您和奶奶坐在这里，正好把屋子也一起照进去！”

许少倾架好三脚架，龙聿乐装好相机，按下快门，配合默契。

“我再帮您把屋内也拍一圈，李叔叔您看有哪些是重要的东西特别需要拍了做纪念的？”

“屋内黑黢黢的也不好拍，其实我老伴走得早，生完娃以后就抛下我们了，都过了几十年了，也没留下什么好念想的东西。”

“您的老伴怎么走的？”

“生完孩子半年以后，跳井自杀，那时候也没争吵也没什么预兆，我干着农活就听村里人说我家出事了，匆匆赶回来一看，什么都晚了。那个年代什么都不懂，用现在的话来说，就是产后忧郁症，也都怪我，给她的关心太少了。”说着说着，李文彬的眼圈红了。

“过去的都已经过去了，让过去成为过去，才能让未来到来。其实李叔叔，您不考虑一下我们钱老师吗？她也一个人过。”

“我也没有放不下的意思，娃他娘走了几十年了，该放下的都放下了。我现在还要照顾老母亲呢，让钱老师跟了我，那不是拖累她嘛！再说钱老师有知识有文化，城里来的，我呢一辈子在这山村里，怎么配得上人家，丫头莫说笑了。”

从李文彬家出来，龙聿乐心里就琢磨着怎么再拉近他们两人的距离。

“你说，李叔叔心里是有我们钱老师的吧？”

许少倾看她多管闲事的模样，“应该是吧，我不是他，总不能替他回答你吧。”转头问她，“那你的钱老师心里有李叔吗？”

“这个最好也让本人回答。”龙聿乐沉思着，说，“当年钱老师的丈夫出了车祸，钱老师哭得死去活来，边哭边说了很多过去的事情，她的丈夫生前对她特别特别好，孩子出生的时候从洗尿布到照顾产妇都是他来的，大冬天的手上长满了冻疮，还常常帮她洗头，说好的一起白头到老，却突然撒手人寰，钱老师有很长一段时间意志消沉，头发全白了。后来慢慢从失去至亲的阴影里走出来，尤其是退休了来到这里后，我感觉她变了，变得像年轻的时候一样，那么轻松，那么容易亲近。”

“命运让他们失去的，或许也能让他们重新得到。”许少倾说，“昨天晚上他们做这里的土菜给我们吃，今天我们做西餐给他们吃吧！”

“好主意！然后再把酒给他们满上，酒后吐真言！”

许少倾用手指轻轻敲了一下她的头：“满脑子都是什么心思！”

许少倾的西餐做得特别棒，龙聿乐想打个下手都无从入手，她干脆把餐桌餐椅移到户外开阔的草地上，铺了餐布，垫上坐垫，采了野花装饰，燃起了篝火。

许少倾将菜一盘盘端上来，“不要告诉我你是厨师？”龙聿乐看着满盘鲜艳悦目的色彩，心情也格外舒畅。

“哈哈！我可以当是对我的夸奖吗？”

“我去叫他们过来吃饭。”

“我去拿酒，把你要的催情酒满上。”许少倾说出这句话时自己都觉得不可思议，怎么被这小龙女同化了。

李文彬坐在椅子上看着桌上琳琅满目的菜肴，赞叹道：“人生还是头一次吃外国菜，这要感谢少……少倾兄弟啊！”

“李叔不用客气！让我们大家一起干杯，大家尽情享用！”许少倾举起酒杯说。

“干杯！”在欢乐的声音中开始了晚餐。

夕阳西下，晚霞漫天，映红了每个人的脸。

“这是鲜花披萨，特别献给美丽的女士们，颜色悦人，饼底轻盈，馅料是各种可以吃的鲜花和时令蔬菜，”许少倾取下一块递给龙聿乐说，“姑姑，过儿送你一座迷你小花园披萨。”

“谢谢！”龙聿乐接过披萨迫不及待地尝了一口，“好好吃！感觉好像是尝到了春天的味道。”

“看这晚霞多漂亮，难得春日好风景，”钱老师看着晚霞，对龙聿乐说，“记得你出生的时候也是这样，那天傍晚的霞光映红了整片天空，你父亲高兴得嘴巴都合不拢，告诉你母亲，‘这娃小名就叫小龙女吧，我们姓龙，又出生在龙年，就唤她小龙女。’刚开始你母亲还不同意，怕女孩子家名字太大了，以后不好找对象，你父亲就说：‘怕什么呀！骄龙在天，自有九天神凰来相仪！’”

“怪不得我回来这一两年我妈常常逼着我去相亲，我爸这甩手掌柜也不帮忙说句话，任由她折腾，钱老师你作为我妈那么多年的闺蜜，你有义务和责任要好好劝劝我妈。”

“我远水救不了近火，你带一个回去，她就不折腾了。”

“哦！神啊！快让我的凤凰到我的碗里来吧！”

说着，许少倾扯了一个盐焗鸡的鸡腿放到龙聿乐碗里，在她耳边轻声说：“别忘了，你这顿鸿门宴的正事。”

“该怎么做？”

“不是说酒后吐真言吗？”

看着他们亲密地窃窃私语，李文彬和钱老师相视一笑。

“李叔叔，我先敬您一杯！谢谢您提供的土鸡，有好食材才能出好味道！”看着龙聿乐三句不离吃货本心，许少倾只得陪着：“钱老师，我也敬您一杯！”

“李叔叔，您是不是也得跟我们钱老师喝一杯啊？”

酒过三巡，许少倾很壮烈地醉倒了。喝醉的人特别沉，李文彬和龙聿乐费了好大的劲儿把他抬回房间。

“时候也不早了，那我就先回去了！”李文彬说。

“那怎么行，钱老师还坐着，您不许走！我还得多敬您两杯，感谢您在这里多照顾着我们钱老师。”

“说什么呢，都是乡亲，我也没能帮上多大的忙，倒是钱老师经常送东西过来。”李文彬挠挠头不好意思地端起酒杯。

“我说李叔叔，您要是真心感谢我们钱老师，那得跟我们钱老师干一杯，友谊的酒喝起来！”

李文彬被她说得不好意思，只得敬钱老师，钱老师自然是聪明人，她那点儿小斤两都看在眼里：“我说今天小龙女怎么特别热情，看看安的什么心。”

“钱老师，说真的，您觉得我们李叔叔怎么样？”龙聿乐已经觉出这酒后劲特别足，“我觉得我们李叔叔真心不错，人憨厚老实，忠实可靠，您说是吧？”

“是啊，你李叔叔真不错，是值得交一辈子的好朋友。”钱老师感叹道。

“嗯，为了‘一辈子’的交情，为了这三个字，你们两个得再喝一杯。”龙聿乐感觉眼神有点儿迷离，眼皮有点儿重，“你们得继续，我感觉有点儿飘了，我怕电灯泡太亮，我先回房间了。”

“小龙女，你行不行？我扶你。”钱老师想站起来，被龙聿乐按住：“我可以的，你不许小看我，你们在这里继续喝，我回房间小憩片刻，再跟你们继续喝！”

看着龙聿乐走后，钱老师有点儿尴尬地说：“老李啊，真不好意思，这孩子被我和她妈宠得有点儿没大没小的。”

“钱老师，别那么见外，看得出她是在关心你。”李文彬鼓起勇气说，“我呢粗人一个，自知配不上钱老师，也不会往那处想。”

“老李，我不是那个意思。”钱老师叹了一口气，“前几年，我那老伴突然离开，我一时间接受不了，现在也慢慢接受了。但是我没法把那个位置再给别人了，有些人一旦放在了心上……你知道吗？很难很难……”

“我懂，我不是要来取代他的意思，你要是哪天想找个人搭伙过日子，要是想有个伴，可以第一个考虑一下我好吗？我就想替他来照顾你。”

李文彬说完就走了，留下钱老师一个人坐在寂静的星空下独自流泪。那个突然走了的死老头，是你派个人来想要代替你，是吗？你就是太坏了。真的太坏太坏了。

龙聿乐独自走着走着，喃喃自语：“我住的是东厢房还是西厢房？可是哪边是东？哪边又是西？都怪我小学上‘位置与方向’那课时重感冒请假了，直到现在还分不清……”终于找到了门，开了门进去，“是这里，我柔软的床……”

山里的清晨格外冷，龙聿乐感觉回到了家抱着床上大熊，暖暖软软的。许少倾在昏昏沉沉中感觉被什么勒得喘不过气。

第一次被憋醒，醒来却发现床上多了一个人。龙聿乐像一只树袋熊一样挂着他，那么近距离地看她，她的睫毛真长，像个瓷娃娃，鼻子小巧可爱，两片粉唇紧紧地抿着。她的睡容带着淡淡的笑意。

许少倾伸出手臂，让她枕着。她的呼吸均匀地在他胸口起伏，发丝在他脖子摩擦，柔软的质感让他越发不自在，他只感到一丝燥热的骚动，本能让他控制了欲望把她摇醒。

“我怎么在这里？发生了什么？”龙聿乐看到自己趴在许少倾怀里，一时间好似想起了什么，“我一直觉得我是在抱着我的大熊，我对你做了什么？”她立马坐起来，条件反射地掀开被子，看到许少倾衣服完整，不禁舒了口气。

“大熊是谁？”

“我的洋娃娃。我爸给我的大学入学礼物。”她挠挠头。

许少倾则躺在床上，单手撑着头，觉得她很是可爱。

龙聿乐又羞又恼，走错房间的是她，酒后熊抱他的也是她：“我真一点都想不起来我干了什么了，我对你做了什么，但是要我负责也可以。我是认真的。”

他侧起身来在她额头上用手指轻轻一弹，温柔地说道：“你去晨跑吧，我去做早餐。”

许少倾吹着口哨哼着音乐，从来没有一个早晨像今天那么愉悦。做什么早餐好呢？那个家伙好像也不是很挑食。虽然钱老师酿的清酒喝醉了不上头，但是做一份醒酒汤也是很有必要的。

李文彬昨天带来的土鸡还有一只，许少倾决定把西班牙海鲜饭改成西班牙土鸡饭，钱老师这里什么调料都有。说书院经常有成群的年轻人来包场，住宿，开派对，都是自带食材，用不完的调料就放在这里了。

用西班牙餐厅常见的双耳锅将饭呈上餐桌，亮泽饱满的米饭粒粒分明，丰富优质的食材浓香四溢，看一眼就令人食欲大开。藏红花给米饭染上金黄的色泽，同时赋予其独特的香气。土鸡汤汤底浓厚，在煨煮过程中沁入每一粒米，饭粒混润饱满，更富有层次感。

许少倾对自己做的早餐特别满意，脱下围裙的时候，听到门响，“你回来啦？”从内心表露在脸上的笑容却收住了，不是心里想的那个人，是林建华。

“少董，太抱歉了，我来晚了。”林建华深感愧疚道。

“也不晚，鸡还没打鸣呢。”许少倾没打算接受他失职的道歉。

“董事长病情恶化，送进了重症监护室，夫人派我连夜赶来接您，我等着路一通就马上上山了，夫人请您务必马上回去！”

“知道了，”许少倾解下围裙说道，“走吧！在门口等我两分钟。”

龙聿乐路上向每个遇到的人问早安，包括路上遇到的公鸡母鸡、公羊母羊，有人回应问：“丫头什么事那么开心啊？”“没有啊，没有特别事，早晨空气好，心情就好嘛！”难道她把“开心”二字写在了脸上？她仔细照了水池里的水，脸上没有字嘛。

龙聿乐几乎是雀跃地跳进院子，兴冲冲地跑进了厨房，看到一桌美味，偷吃了一勺，那浓郁的香气溢在舌尖，令人流连忘返、欲罢不能，“哇！真是太香了！”

这时候，钱老师走进来递给龙聿乐一个纸条，说道：“少倾走了，这是他给你的。”

龙聿乐拆开一看:“家中有事先走一步，我的电话是1390333××××,以后千万不要喝醉了。少倾。”

龙聿乐看过这寥寥数语,面对美味忽然食不知味了。

“他什么时候走的?”龙聿乐毫不掩饰,失落地问。

“就刚刚,几分钟前。”

龙聿乐回到房间拿起手机拨着号码想说些什么,在脑子里盘旋的千言万语到了嘴边却不知道怎么说，她取消了通话键，把纸条小心翼翼地夹进了笔记本里。

蜿蜒的公路盘旋而下,许少倾看着窗外起伏的高山,心里很不是滋味,那个掌控他命运的人突然就那样倒下了,毫无征兆,让他毫无防备,措手不及。许少倾觉得胸口堵得慌,似乎被一块石头压着,沉沉的,有些痛。

“情况怎么样了?”许少倾给母亲打了电话。

“不知道,医生还在里面,还没有出来,你快回来吧。”许母声音里带着哭腔。

“知道了。在回来的路上,你不用担心,不会有事的。”他在内心也这样安慰自己,不会有事的。

从山里回到城市,回到了家,龙聿乐抱着床上硕大的玩偶熊:“我把某人当成了你,你说你那么肥干嘛,哪里跟他像了,我怎么把他当成了你,呜呜。”她把头埋进了熊里,拿起手机打开信息框,找到许少倾的对话框,写着:“事情处理好了吗?”感觉不对,自己又不是他什么人,那么问也不妥,“到家了吗?”又删除了,人家到不到家好像跟她也没关系。正拿着手机发愁时,铃声响起。

“你也回了吧？”许少倾发来信息，她抱着手机傻笑，最好的思念就是我在想你时你也想起了我。

“刚刚赶到家。”她给熊拍张照片，发过去，“我的大熊跟你很像吧？”

“嗯，跟我一样帅。”

他很给她面子，让她的囧化为无形。

多美妙的夜晚，是吧，大熊，你真的很帅，很吸引人，她深深抱了抱大熊。

五光十色的夜，回来第二天晚上，朋友们邀请龙聿乐到昭州市里红酒俱乐部，兰奇庄园。

来的都是她相熟的好友。

“老李，这次又进了什么好货？”问话的是老林，是这个俱乐部的资深老会员，在这个圈子里也是北斗泰山一样的人物。

“玫瑰山庄园的红葡萄酒，口感非常纯净柔顺，余味既持久又有自己独特的芬芳，这是一款非常复杂、平衡、令人愉悦的美酒。”老李是兰奇庄园的主人，这家红酒庄园是他的副业，他的业余爱好就是雪茄与红酒。

“什么好事让你舍得拿出那么好的酒来分享？”刘明星走过来问。他不是真的明星，却每天梳着一款油头，穿着花的皮裤子，还特别有女人缘。龙聿乐抽的第一根雪茄就是他给的，第一次“雪茄醉”，吐得肝肠寸断。

“你的小师妹回来了。”老李手指向一群女生的方向。

“香芹回来了？什么时候的事情？”龙聿乐欣喜道。香芹和龙聿乐从小学到高中一直是同学，但十几年都关系一般，后来香芹靠家里的支持，而龙聿乐凭着奖学金，在欧洲同一座城市念大学，关系也在异国他乡渐渐亲近，直到毕业回国都保持着亲密的友情。

这时候，香芹走过来给了龙聿乐一个大大的拥抱，“想死我了，想死我了，上次见你还是两年前，你刚回国，也是在这里，我怕你一个人回国寂寞，把你介绍给我这帮朋友，让我看看，他们有没有把你照顾好？”

“你什么时候回来的？”

“就前两天，我还去你家找你了，你妈妈说你去山里看钱老师了。钱老师还好吗？”香芹问。

“好！比前几年好多了，我发现现在的她是另一个她，精神得很，好像找到了她的人生方向。你呢？让我看看你，两年不见有什么变化？”龙聿乐拉着她的手说道。

“我能有什么变化呀，你们都回去了，我在欧洲无聊得很，好在现在我爸妈总算允许我回来了！小龙女重回你的怀抱真好！”香芹又拥抱了她。

香芹正要亲龙聿乐，被她生生挡住，打趣道：“千万别！我可不好这口。”

一辆豪车驶到兰奇庄园门口，低调地停在不起眼的位置。

“昭州市城市银行秦行长的资料我已经在车上都熟悉了，在这里的晚餐准备妥帖了吗？”

“少董放心，是专门请来的西厨，酒也是最新到的。”助理西悠说道。

两个人快速走在庄园回廊上，音乐声从远处飘过来，远远望去草坪上的人们在欢闹。

“那里怎么那么吵？”

“已经问过了,是庄园李总的私人派对,不会影响到我们这边,他给我们安排了一个望湖的包厢,非常安静。”

“那就好。”

老李准备了烤全羊宴配红酒,酒过三巡,大家都嗨起来了。

“今天老李准备了那么丰盛的酒宴,我也给大家准备了好货,自己来选雪茄!看看很多都已经养出了毛,那个香味!”刘明星准备了一大盒雪茄拿出来。

龙聿乐一手拿着红酒杯,一手拿着刘明星给她点上的雪茄,抬头仰天说道:“虽然我喝酒抽烟,但不影响我是一个好姑娘。”

香芹看在眼里:“我最清纯的闺蜜,交给你们照顾,都被你们带坏了!”

“不关我的事,都是老林带坏的!”老李乐呵呵地笑着说。

“哪是我,肯定是刘明星那臭小子!”老林说道。

“不是我不是我,”刘明星狡黠地说,“我们都是被小龙女带坏的,她已经青出于蓝胜于蓝了!”

“哥哥,看你整天干的好事,就知道跟你脱不了干系!”香芹说。

“我说你,刘香芹,让我看看,同一个娘胎里出来的,你怎么长得那么不一样,你的胳膊肘是往外拐的。”刘明星说道。

望湖的包厢里,许少倾接待昭州市城市银行的秦行长。

服务员敲门引入一位穿着职业西装打着领带的男士,他看到许少倾马上笑脸迎了过来:“晴空集团的少董,早有耳闻,英俊潇洒一表人才,今日一见果然不假。”秦行长热情地伸出了手。

许少倾握了握他的手，说道："谢谢秦行长，您是银行业最年轻有为的行长。请坐！来尝尝这里新到的红酒吧！已经醒过了。"

"好啊，好一段时间没来这里了。"秦行长闻了闻味道，喝了一口，好似想起什么重要的事情："对了，许董事长的病情怎么样了？之前我们信贷部和办公室的同事去医院看望，但是都被前台拦在了门外，说病人需要静养不方便接见。"

"经过抢救，现在病情稳定了。"许少倾举起杯子来敬秦行长，"现在公司的事务由我来跟贵银行对接。我父亲近段时间要在医院休养康复。以后还要靠秦行长多多帮助！"

"哪里哪里。少董客气了！"

一席晚餐毕，秦行长看到晴空集团后继有人，而且抵押物又是不动产，终于对贷款的事情有松口，许少倾总算没有辜负父亲的期望，按照他的要求渐渐步入公司，掌管公司，重新撑起他曾经的一片天地。

"少董不必送我，这里我可能比您更熟悉。接下来的事情就由你们办公室跟我们信贷部对接吧，我会交代落实好的。"秦行长是很谨慎的人，避免别人看到他们会晤而误会，出了包厢就跟许少倾道别了。

"谢谢秦行长，那我就不送了。"

许少倾独自在草坪踱步，今晚的夜空虽比不上山里的星空闪耀，却也月朗星稀，微风习习，是个不错的天气。

"小龙女，看你红润的脸色，红鸾星动了。"刘明星走过来说。

“是什么样的人？带出来让我们看看，给你把把关。”老林关切地问。

“林哥，你别听刘明星瞎说。”

香芹拿着酒杯跌跌撞撞走过来：“你们都瞎说，小龙女只爱一个人，她只爱……”

话还没说完就被龙聿乐拖到一旁。

“香芹，过去的事情不要说了。”

“就算我不说，你能逃得过你的心吗？”

许少倾看到草坪上有两个人在争吵，不免多看了一眼，那个女生那么熟悉又那么陌生，一手夹着雪茄，一手拎着红酒杯。好奇心不禁让他又走近了一步，是她，正想跟她打招呼呢，却清晰地听到她们的对话。

“小龙女，别再骗自己了！你一直爱着陈珂，而他也从来没有一刻忘记过你。你肯定忘不了跟他一起在欧洲时的那段日子，你们同住在一个屋檐下，你们一起经历了那么多事，这个世界上谁也代替不了陈珂在你心里的位置！”

“是的，我爱他！那又怎么样？”

“他一直都在，一直都在你心上不是吗？”

“是又怎样！”

原来她心里另有其人啊。许少倾一阵苦笑，拿起手机删了微信里熟悉的那个对话框，删了那个人。慢慢走出了草坪。真是荒诞的世界。这是命运对他开的玩笑。

草坪上那喝醉酒的两个人还没有休止。

“我爱他！我曾经那么爱他，他却那么伤我。都过去了。香芹，过去是回不去的，我们也没法复合。”

“只要你放得下，又有什么不能的？”

黑暗中，龙聿乐蹲在地上，猛地吸了一口雪茄，那扑面而来的烟浪，烧得脸上有些发烫。龙聿乐顺手掸掉烟灰，孩子一样伏在膝盖上，哭了。香芹坐在她旁边紧紧地抱着她。

晌午的太阳明晃晃地刺眼。

周末的时光似乎也有些许清冷。

在世纪花园 16 楼的单身公寓里，龙聿乐从冗长一梦中醒来。

昨日做了什么，似乎被梦里的世界淹没了，在梦里她一直都在奔跑，醒来很累。

醒来后好一会儿才想起来，昨日人力总监找她去谈话。

“龙经理，您之前申请的去洛杉矶当我们分公司总经理，被上层否决了。我应该早点儿通知您的，正好您在年休，所以等您一上班马上通知您。”

“我想知道为什么？”

“领导的意思是您的资历还不够。”

“董事长之前不是说我们公司需要新鲜血液，我们公司不需要倚老卖老的员工，需要能为公司创造价值的员工。”

“董事长生病住院了，您还不知道吧？否定你的决议不需要董事长，公司人资总监那里就没批准，总监的意思是董事会觉得现在董事长病倒了，一切重要的人事调整等公司平稳过渡以后再考虑，希望您继续做好手上的工作。”

“好的，知道了。”

对于早餐和别的吃食一样，龙聿乐从来都不挑食，冰箱里有什么就热一下吃什么。

吃完早餐习惯性地打开手机,想要给少倾发信息,却发现自己已经被删除了。发的信息也便泥牛入海。

在阳台上翻开笔记本,找到他留给她的便签纸。上面赫然写着:以后千万不要喝醉了。“你有千里眼吗？你是在惩罚我没有听你的话吗？”龙聿乐看着字条自言自语嘟囔着。

拿起字条时,一不留神字条飞走了。“哎！哎！哎哎！”她朝着字条喊,无济于事。匆匆披上大衣在家小区里的绿地里找。

“明明看到是吹到这里,怎么没有呢？”

她在草丛里翻了半天也没找到。

草丛里,树枝桠里,花坛里全部翻遍了。都没有找到。

风轻日暖,天渐渐热起来,龙聿乐的心却很凉。到底发生了什么？她也不知道。就这样被删除了。

忽然,在不远处的小亭子角落里,有一片薄纸在忽闪忽闪。是那张纸,她飞奔了过去。

就差一点点距离,被狗给叼走了。

“不行！那是我的！”龙聿乐扑了上去。

狗看到那架势,不像假的,那女人真的要跟它干架,赶紧把嘴里香香的纸片吃了。要从它嘴里夺食还没那么简单。

龙聿乐垂头丧气地走进电梯里,懊恼至极,活了大把岁数,却很失败。

从电梯出来看到香芹在她家门口,拎了一包东西。

香芹看到她的狼狈样,惊呼道:“天哪！小龙女你这是怎么了？”

“跟狗打架！”

“太离谱了！我的女神！怎么我才离开你两年,你就变成了女神经！”

“而且还输了！”

“赶紧开门，赶紧去洗漱，看看你现在的样子，我给你带了那么多好吃的，我在门口站了好久了，就怕没遇到你又白来，快开门！”香芹提着手上的好吃的说道。

“你是原始人吗？来之前也不给我打个电话！”

“我想你肯定在家！快吃！吃完一会儿陪我去逛街。”

“姑奶奶，求你放过我！”龙聿乐拿着毛巾跑进浴室哀吼道，“你知道我最不喜欢的就是逛街了。”

两个月后。

晴空大厦。偌大的报告厅。

晴空集团半年度年中大会在这里举行。

会议由总经理魏凌松亲自主持：“尊敬的各位领导，各位员工同事，你们好！半年的工作转瞬又将成为历史，一分耕耘一分收获，想要收获什么果必须要播撒什么种，每个岗位都是至关重要的，相信我们携手一致，下半年的奋斗目标和发展蓝图就能在辛勤劳动中实现，一定能实现新的飞跃，开创公司新的辉煌！”

龙聿乐坐在会议厅里，想着手上的企划案还没完成。天气闷得慌。

前排两个女同事在那里窃窃私语。

“听说了吗？老董事长生病了。”

“你才知道啊，两个月前就在社会上传得沸沸扬扬的，整个昭州市的人都知道。”

“董事长的儿子回来接班了，据说这两个月在做项目和子公司的调研呢！”

“你怎么知道？你见过吗？长得怎么样？”

“长得再好看你也没份，别忘了你是已婚妇女，少妇，节制点儿。”

龙聿乐双手捧着记事本，可是台上说的内容无关痛痒，也没有什么好记录的。

魏凌松总经理说：“两个月前，许董事长突然病倒，相信大家也听到传闻了，公司一直对外界的传闻不予理会，因为公司一直保持着平衡的增长业绩。现在公司迎来了一位优秀的领导者，这两个月他一直做项目和子公司的调研，昨天董事会一致通过决议，我们的少董担任执行董事长，下面我们用最热烈的掌声来欢迎我们的少董许少倾先生。”

台下掌声雷动。

那么耳熟的名字，似乎在哪里听过，还是在记忆深处的梦里？

那个穿着精裁职业西装的男人走上台，集优雅线条于一身，集万千目光于一身，步伐带着积极进取与活力四射的魅力，是他，没错，虽然和山里现代简约又恰如其分的牛仔T恤的率性风格截然不同，但那精致的轮廓龙聿乐怎么会忘得了？

“大家好！我叫许少倾！”台下响起热烈的掌声。

“这个姓赋予了我一个最大的职责，就是要带领这家企业走出困境，走向新的辉煌，我们一起携手努力好吗？”

“回来以后，我没有马上上任，我去了五个省份、十多个城市，看了我们产品生产的源头工厂，去了我们的销售门店，也去看了我们产业之外的几个投资项目。我需要强调的是，我们做企业，我们做事业，需要每个人每天兢兢业业的付出，希望大家凝聚力量、同心同德，共铸我们辉煌的未来！”

“对于每位员工，我强调的是八个字‘联袂发展，合作共赢’，第一要实现公司与客户的双赢，我们能通过产品，实现顾客价值，最终实现公司的利益；第二要实现公司与员工的双赢，我们建立有效的人才激励机制，凝聚团队力量，实现企业更好的发展，接下来我们公司还将推出很多新的举措与激励制度，让每位员工在公司实现更好的个人发展；第三要实现公司与社会的双赢，提升公司的社会形象，为社会发展作出贡献。”

“让我们携手共赢，共创美好未来！谢谢各位！”

台上讲了什么龙聿乐一句都没有听进去，脑海里浮现了曾经一起经历的一幕幕，她不知道他的身份却倾心相待，换来的却是不辞而别。突然断了联系，原来如此吧，知道他们身份和地位悬殊，所以没法继续，干脆就这样杳无音信吧，断了她所有的念想吧。

他接手公司后，应该翻阅了所有中层以上员工的资料吧，也包括她的吧，所以那么决绝地删除她，不给她任何可能的机会。

她在内心笃定地想。

她找到了她认为确定的答案。

那就如他所愿吧。一切清零。

他是少董，是集团未来的掌舵者。而她只是普通工薪阶层的女儿。他是她高攀不上的高枝。他删除了她，断了一切他们的联系。她懂得他们现在只剩下领导与下属的关系了。没有任何私交。就这样如他所愿吧。

“恭喜上任！”孙佳琦突然出现在许少倾办公室。

“你怎么来了？”

“不然去哪里找你？你回来那么久了，不是跑去山里，就是飞去祖国各地，留在昭州市区区几天也不见人影，听说你新官上任，我过来看看你。”

“以后很多时间都在这里了。”许少倾说，“今天晚上去喝一杯吧。”

和风。

昭州市一家慢摇酒吧。

“我说小龙女啊！你怎么每次都喜欢喝百利甜酒，那么腻……”香芹嘟囔着。

“因为甜甜的，却那么烈，什么时候喝醉了都不知道。”龙聿乐端着酒杯说，“每个人都有自己的钟爱，就像我独爱百利甜酒，梓涵大师唯爱 Mojito（莫吉托鸡尾酒），对吧？苏梓涵。”

苏梓涵微微一笑：“Mojito 很好喝啊，上次我在曼谷星空吧也喝了一杯，感觉真好，望出去的世界都在星河里。”苏梓涵是一位瑜伽教练，一年前皈依佛教以后就每餐食素了，比以前更不近人间烟火了。

“别说了，我恐高。”香芹捂着眼。

“热带鱼，你今天怎么那么低调，拿着啤酒喝了几口还没喝完？”

“因为着装不对。”穿了橘白条纹 T 恤裙的晓菁叹气道，“我们那个医院，每周二、四下班后还要舞蹈培训，准备参加夏季舞蹈大赛，我是一培训完就随便换了一件衣服，匆匆赶来跟你们闺蜜会，还要被你们嘲笑。”

“可是不管你穿了什么，仍旧是我们中最有料的，用你的 E 杯可以直接秒杀她们。”龙聿乐宽慰道，转头跟店家说，“老板给她换杯 50 度以上的白酒，记得放根吸管！”然后跟晓菁说，“热带鱼,啤酒漱口好了,你的白酒够你发挥了！”

“小龙女,你今天是想怎么样?叫我们出来一个个灌翻吗?”晓菁问。

“我感觉你受了情伤,”香芹问,“是怎么样一个男人说说看。”

“我一个人能受什么伤,倒是你啊,刘香芹,最近怎么有点儿奇怪,都没有主动来找我们,是不是谈恋爱了,忙得都没空理我们了。”龙聿乐说。

晓菁点头附和道:“对啊,平时没事就在群里嚷嚷的人最近好像突然安静下来了。”

“我最近去相亲了。本来也没抱多大希望,可是见了面,却发现原来真的不错。”香芹说。

“恭喜你!谈恋爱了,什么时候带出来介绍给我们认识啊?”晓菁说。

“问题就在这里了,他好像对我不冷也不热,总是想靠近的时候,发现距离很远。心的距离。”香芹惆怅道。

“是怎么样一个人?我们帮你分析分析。”龙聿乐说。

“两家父母先认识的,我妈跟他妈一聊,我妈说:‘我女儿刚从欧洲留学回来,把那里的工作辞了,回来工作了,这样也好,省得就这么一个女儿还在外面漂泊,我是很早就让她回来了,她爸以前还不同意,想让女儿多在外面闯闯,现在回来了她爸乐开了花。’他妈说,‘是啊,孩子还是在身边的好,尤其我们都只有一个孩子,我儿子啊在美国一毕业就让我跟他爸叫回来了,总要回来继承家业的,早回来晚回来都是回来,还是早点儿回来吧。’她们聊得投机,再一问,都没有男女朋友,就拉我们去见面了。刚开始我还不乐意,什么纨绔子弟都是肥头大耳的。一看啊，还真不是，长得眉清目秀，特别招人喜爱。”

“那你还没把他拿下啊？”晓菁说，“不像你香芹女侠的风格嘛！”

“是啊，就是没能把他拿下才愁嘛，总感觉若即若离，去他家跟他爸妈一起吃饭的时候对我很是周到礼貌，两个人单独的机会少，平时他也很少联系我。”

“长得帅、条件好的男生都那样，还会莫名其妙就把你拉入黑名单，从此都不再理你了。”龙聿乐说。

“怎么说得你好像经历过一样？小龙女，你是不是也失恋了，所以今天找我们出来喝酒。”香芹问。

“我孤家寡人失什么恋。”龙聿乐说，“梓涵大师你说呢？”

“小我的爱都是有烦恼的，只有大爱才会让心中的慈悲与美好都升华。”苏梓涵喝了一口酒说道。

孙佳琦和莫子涛先到了和风酒吧。

“许少倾那小子约我们晚上喝酒的，结果打电话来说自己还在路上。真是太不像话了。”孙佳琦在那里说。

“他今天正式接任，难免有很多事。”莫子涛长他们几岁，当初也是美国留学时的学长，很早就回国创业了。

“子涛，你的农业公司可是红红火火的，各大媒体都可以看到你们的身影，网上随便搜个什么农产品都能跳出你们的品牌来。”孙佳琦说，“我们当初怎么都没想到学网络科技的你会回国做农业。”

“也是机遇啊！说来话长。”莫子涛回想说，“早些年，网络科技在国内是新兴行业，回来工作不一定好找，在美国打工的公司认可我，可以留下来，可是老母亲一个人在国内，她没有什么文化,普通话说得都不标准,别说英语了。看到身边很多朋友把父母亲接出来,老年人不适应国外的环境和生活习惯,也没有什么朋友,得抑郁症的都有,我就很犹豫了,我在国外求学时一两年才回去一趟,想尽孝也是只有一两年一次。正好在交流学习期间去了以色列,看到那里的科技管理的农业太发达了,我就想着能不能回国也试着搞起来,一方面方便照顾老母亲,她常年生活在乡下,我也可以陪她;另一方面也可以发挥所学专长。这样就让我萌生了回来的念头,但是心里也没底,直到毕业前的暑假回国探亲,朋友聚会认识了政府里的老林,跟我讲了很多我们国家吸引海外人才的政策,那时候就想递交个材料试试。"

几年前的一个聚会上,莫子涛偶尔结识朋友引荐的在农经局工作的老林。

在推杯换盏间,朋友给他介绍:"子涛啊,是我从小一起长大的朋友,自己靠着奖学金去了美国读书,这是老林,也是我们同一届的高材生,在农经局分管农业。"老林和莫子涛握了握手。

莫子涛赶紧请教关于回国创业的问题,老林答道:"那好啊,你回来创业,我们有优渥的土壤,资源也不差,你有先进的技术,一样可以做到。"

"这个土地资源政策我正想咨询你呢,虽然想回来创业,但是心里一点儿底都没有。"

"土地资源我可以帮你联系现有流转土地的村子,你可以去看看。政府对海外高层次人才回国创业有政策的,你有空来我办公室,我带你去认识一下专项小组的人,你可以详细了解一下。除了办公园区的优惠政策,有的创意园区每个月都有跟风投对接的项目会,只要项目能够做起来,有可行性,我们这里的机遇肯定不会比国外少。”

“那时候就这样机缘巧合地回国了,做着做着,很多事情就自然而然地发生了,现在国内电商平台那么大,前几年以出口为主,这几年内销涨得也很快。”莫子涛说,“那时候回国前我们还在一起讨论,我虽然也想回国,但心里确实没底,琢磨着要不要回去,就说花几年青春试试吧,没想到现在可以做成那么大市场!”

“那时候我们在一起你一直重复一句话‘王孙归不归’,然后有个人跳出来问‘王孙’是谁?”孙佳琦说,“哈哈!那个‘王孙’啊到现在几点了还不出现?”

“这也难怪少倾,从出生到大学毕业,前后就在国内待过一年,能学会中文就很不错了。”莫子涛喝了杯中酒。

龙聿乐说:“香芹,你身材好,长得漂亮,性格又很好,他怎么会不喜欢你呢?”

“只有一种可能!”晓菁跳起来说,“他有可能喜欢的不是女生!”

晓菁谬论一出,其他几个都惊掉下巴。

“不可能!”香芹第一个跳出来反对。

晓菁又在那里蛊惑:“我跟你们说, 我有个朋友的朋友,一个女孩子,每次聚会都跟我们抱怨她老公,说谈恋爱的时候异地恋,一两个月见一次面,没有发现什么问题,等结婚了,生完孩子了就完全冷落她了。结婚生孩子就是打打幌子,其实骨子里……”

“其实你骨子里最是一个腐女！”龙聿乐说。几个女生开心地打闹在一起。

孙佳琦瞟向远处，怎么有个人影那么熟悉，那神态，那说话的姿势：“子涛，我们换个地方吧！服务员买单！”

“干吗拖着我走那么快，许少倾还没来呢。”莫子涛反对着。

“说话小声点儿，赶紧走，我们去宵夜，继续喝，我跟少倾说一声换个地方。”

“你小子是不是招惹了桃花？欠下了情债，怕被债主撞见，跑得比兔子还快。”莫子涛的质问更像是一种关怀。

“没有，喜欢一个人哪是那么容易的事情。”

“那是人家喜欢你，你还没心动。”

“哥，能不说了吗？”孙佳琦的语气里藏着一丝悲伤。

“当年的事情，你还没走出来？”酒吧外，莫子涛拍拍他的肩，“都三年多了，放下吧。”

晴空大厦 21 层。更接近阳光的地方，龙聿乐吞吐着烟圈。走廊里人流稀疏，全然没有打扰到她的世界。

西悠以最快的速度为新上任的少董许少倾介绍公司的运营状况。西悠的高跟鞋快速敲打在华丽的大理石上，发出落珠似的声响。

21 层的圆盘拐角处，许少倾目光接触到龙聿乐的背影，孤绝得像座雕像。对那个有同居男友还来招惹他的人，内心是恨的，但还是像着了魔似的跑过去说：“对不起！这里不能抽烟。”

龙聿乐望着眼前这个曾经以为熟悉此刻却完全陌生的人，他的眼里闪着锐利的光芒，像要把人活吞似的。她向指示牌甩了下头：吸烟处。然后淬了冰似的冷冷一笑，把烟蒂投进垃圾桶，掉头就走。曾经多想亲密接触，都已烟消云散，如今就只剩下想疏离地逃跑。

西悠接完电话，跑过来，对着龙聿乐的背影说："抱歉！少董，没来得及向您介绍，那位是我们的策划部经理龙聿乐。"

许少倾望着那消失在走廊尽头的背影，纵使她拿烟的姿势很迷人，但那背影却跟山里清纯的模样判若两人。

龙聿乐回到办公室，刚理通的思绪又被打乱。那该死的家伙。眼看新鲜的智慧就要随烟而生，又被呵斥回去，随烟而灭了。

同事们在屋里叽叽喳喳地议论着："听说新来的领导超级帅。""而且又多金，地位又高，又是海归派……""完全是王子型……"

无聊的人们。

也许若不是曾经遇到，若不是曾那么近地想以心相许，她也许会和她们一样吧。

邮箱里收到一封邮件，里面只有一张合影。

她看着那张合影，男的笑得清澈无邪，女的一脸天真烂漫。背后的雪山倒映在湖水里，格外明亮、透彻。如果不是两年前，她那么决绝地走出那世界，也许如今，她还是那个幸福的小女人。

邮件里那个人说想她想入了骨髓。可是那又怎样，已经离开了。

是的，两年前她就离开了。那么义无反顾。

说是义无反顾，其实也是没办法才回国的吧。这跨国公司不是许少倾的理想，却要他来背负。多少人羡慕的地位权势，在他看来，那都是枷锁。但他还是义无反顾地回来了。晴空大厦27层，许少倾对着周遭鳞次栉比的建筑物心里默默地喊着：我回来了！

那年他15岁，离开10年再回归，这座城市还记得他吗？

15岁那年，不情愿地离开，而现在又迫不得已地回来。人生，难道真的没有选择吗？还是被选择，却又胜过选择。命运又往未知的远方驶去。驾驭得住吗？

他拿起电话，拨通熟稔的号码，蹙着眉头问："董事长病情怎么样了？"

"你爸爸刚动过手术，还好，还算成功，不过还没醒过来。"

"跟他说一下，我已经正式到公司上任了。"许少倾说完一直握着电话。心里一阵酸楚。那个掌握他生活的人突然倒了，给他优渥经济的支柱倒了。两个月了情况并不乐观，"叫他要快点好起来！"

虽然他的心存放在那个有着全世界最美丽阳光的地方。

但他还是站在了故城之巅。扛起了他的责任。

听说，每隔一段时间，晴空大厦就会上演一场离奇的爱情。前段时间，有位身着红衣的女子，从顶层坠落，听说那一瞬间，仿佛开了一朵最妖艳的昙花。很美很美。落过每个窗口。

传闻，她的丈夫爱上她最要好的朋友兼同事，提出离婚，而她接受不了，就选择一种永远让他铭记的方式。

充满传奇色彩的晴空大厦，闻名于世，并不仅因为它艳若桃李的故事，还因为它曾经创造出一个又一个神话故事。这里接过的项目，以及创造出的智慧与成就，岂能用数字来计算。

听说，在晴空大厦工作的，都是世界上最优秀的人。

10年前。

“你下礼拜就要走？为什么？”她眼波迷离，眼里闪着晶莹的泪花。她拽着他的衣服问，“为什么？为什么要走？”她越拽越紧，眼泪不住地往下掉。湿了他的心。

“这是家人的决定。本来就没打算留在国内的。小学也是在国外念完的。只不过那时，家族的事业移回国内，就顺便把我带回来。”他觉得有些寂寥，好像很多事都不能做主，也无从选择。

“那么，你还会回来吗？如果会，我就等你。”她的坚定让他更加无地自容。

“对不起，睿，我不会回来了。不用等我了。”他清晰地记得自己说过什么。尽管这句话，在他变异的梦境出现过很多回，他还是记得那场景。

“你真坏……”她捶着他，绵软的拳头并不疼，但那眼泪却落在他的心头，滑落出一道口子，生疼生疼的，“许少倾，我讨厌你！”她捂住哭泣的脸跑远了。

回到这里的时间越长，往事就越清晰。

明明好像忘在哪个角落里了。

不知不觉，忽地，又想起了。

江南的黄梅雨季，那么潮湿，那么漫长。

感觉像是整座城市都浸润在水里。

暮色四合，龙聿乐走在熙攘的大街上，与一对对撑着伞的情侣擦肩而过。眼前又来一对，很丑很胖的女孩依偎着男孩，她想，那么丑的女孩都有人喜欢，为什么她没有呢？再一看，那个很丑很胖的女孩，依偎着很丑很土的男生。“破锅自有破锅盖，破人自有破人爱”，她开始嘲笑自己的酸。

电话铃声响起。“喂，您好！”

“对我不用那么客气啦。小龙女，你在哪里？”是香芹，一听那雀跃的声音就知道。

“马路上。有什么事情？”龙聿乐走在嘈杂的马路上，一手撑着伞，一手拿着文件包，雨水溅到了脚上，她很想快点结束这场通话。

电话那头出现了片刻的停顿，香芹还是开口说话了：“他来了。来这里找你了。”

他来了。这句话将所有的嘈杂全部收拢，声音很轻，但唯独这句话响彻她的天空。以为再也不会见面了。以为再也找不到见面的理由了。时光就在这样的“以为”中渐渐走过了两年。

她感到右肩开始疼痛，那芒刺般的疼痛使她弯下了身子，蜷缩成一团。

许少倾坐在星巴克的落地玻璃窗边，对着笔记本电脑查看加州的新闻。NBC 每隔几小时就会更新网页，新鲜的新闻记录着地球的变化。

“喂。爸他怎么样了？”他拨通手机。

“还是老样子。”他听到叹气的声音，“你刚来过又打电话来问，你最近总是打电话来问你爸是不是好起来了，你是不是很想回去？”

他在母亲面前还是丝毫没有掩饰。“他真的好起来的话，我肯定是回去的。”

“医生说你爸的情况不是很乐观。”电话那头哀叹道。

“知道了。我一时也不会走。在他好起来之前，我不会走。妈，我明白你的心，我明白自己的位置，放心。”

他害怕听到她的哭泣声，挂了。回来后发现他们都老了，曾经都是主宰别人命运的人，如今都被自己的命运掌控了。

他们反抗不了。他也是。

他看着窗外的风景，仿佛每个人都有一张痛楚的脸，一个穿高跟鞋的女子崴了脚；小孩缠着大人要买气球，被无情地拒绝；一个女子蜷缩着蹲着，仿佛快要瘫了，那张脸都扭曲了……

虽然扭曲了，但那股冷艳怎么那样熟悉……

他推门出去，扶她起来。“送你去医院吧？”他问。

“不用……”她冒着豆大的汗珠缓慢地说，“我有药。”

他搀扶着她进星巴克，坐下。她打开包取出烟和打火机。

“这就是你说的药啊？”许少倾诧异道。没想到会有如此嗜烟的女子。

服务员过来，说：“抱歉，小姐！我们这里不能吸烟。”

她很无奈地放下烟。

“吃糖吧。这对身体有好处。”许少倾递过棒棒糖来。

她愣怔地看着他。

“龙聿乐。试着接受烟以外的东西吧。对身体有好处。”他唤着她的名字。他知道她名字。是啊，公司中层以上员工的档案他应该都看过，自然也包括她的。

回到公寓，龙聿乐躺在偌大的床上静静地思索。

床头柜摆放着那张照片。笑靥如花的两个人，在阳光里格外明媚。

照相的那天，他们一起去旅行。广袤的落基山公园群，星罗棋布地散落着很多美丽的湖泊。雪山悄悄融化成水，孕育了雪山湖，因为水里含有矿物质，而使湖泊多呈现美丽的浅蓝碧绿，水底漂浮着青荇，水面倒映着雪山、白云，原始森林在湖边站立成一排碧墙。宁静，神秘，清澈，美丽。

和他去往那么静谧而美丽的地方，是龙聿乐永生难忘的回忆。

那天，天空湛蓝，微风徐徐。

走在雪山湖边，龙聿乐问："陈柯，你的梦想是什么？留在欧洲，还是回国去发展事业？"

其实开口问时，她心里早已有了答案。他的父母作为第一代移民，办张旅游签证来到欧洲，千辛万苦才留下来，希望子女在这片土地上成长。陈柯很小就被父母接出国，移民到欧洲，中文说得很溜，但不会写汉字。他的根在这里。

"你呢？"他反问。

"我的梦想……"我的梦想就是你，龙聿乐在心里默念。"我的梦想就是，要座小岛。每天清晨，伴着鸟叫醒来，写写东西，看看书，种种菜，睡个午觉，黄昏里散散步，晚上数着满天星星入睡。"

"那我呢？在哪里？"他急促地问。

她却促狭地笑着逗他："你去挑水种菜。或者直接划船出去买菜。"龙聿乐实在想象不出，衣冠楚楚的他种菜的样子。

湖水一如镜面。倒映着他们雀跃的身影。

远处，不知名的鸟飞来又飞走。

“如果有一天，我离开，你会怎么样？”龙聿乐轻声问。虽然她笃定，是不会离开他的。

“我会放你远走。但如果有一天，再遇到，再相爱。你决不能再逃离。我一定好好把你抓住。”

“那为什么不立马就抓住呢？”她疑惑着问。

“因为抓不住呀。既然抓不住，就得放手。”

一阵电话铃声将龙聿乐拉回现实。

“小龙女，周末空着吧？你那么大只单身狗，我想应该也没什么重要的事情，陪我去千岛湖吧？”

“你又想妖孽什么？刘香芹同志！”

“就想你陪我出去玩儿！”

“老实交代！”龙聿乐说，“坦白陪玩，抗拒不去！”

“那个，我那个相亲对象，周末公司在千岛湖有场活动，他妈妈想让我一起去参加，带朋友一起去玩玩，我不是一个人在那里都不认识嘛，你也不忍心我独自一个人对吧？”

“敢问我几瓦？”龙聿乐深感这电灯泡是推托不了了。

“放心，我还约了梓涵大师和晓菁，正好一车。”

“让我们集体发光发亮，很好。”

许少倾拿着桌上那张烫金的邀请函，孙佳琦就坐在他的办公桌上。

“我家老爷子让我给你送来，他说现在晴空集团的当家要是不来我们公司参加五十周年庆典，那我也白混了，跟你的交情也就这样了。”

“有那么严重吗？”许少倾说，“你家老爷子就让你亲自跑一趟来送个请柬,你就加了那么多潜台词。”

“老爷子亲自主持的活动,我家大姐二哥三哥都去。”

“你家老爷子也去?”

“那是当然!他自己主持的,说是要看我们几个有几斤几两。”

“你还邀请了谁去?”

“莫子涛,我亲自邀约的就你们俩。”

“你把沈伯文也请上吧!”

“我怎么没想起他来呢。”孙佳琦一拍脑袋。

千岛湖洲际酒店。一座酒店占了半座山。

从入口开进去的环山环湖公路风景迷人。

香芹开着车带着一车人驶入环山公路。

“香芹,这里好美啊!”晓菁感叹道。

“是啊,真的很漂亮!”苏梓涵附和道。

“你朋友公司活动怎么想到选在这里?”龙聿乐问。

“他爸爸是淳安人,对这里大概有特殊的感情吧,正好公司五十周年庆典,就选在了这里。”香芹说。

“你说快去工作了,不会是他们公司吧?”龙聿乐问。

“梓涵大师快退位让贤!小龙女,你是算命的吧?我还没说呢你怎么知道?”香芹惊呼。

“香芹,你家公司也那么大,怎么不在自己家公司里上班,要跑去别人公司打工?”晓菁不解道。

“我们家那位公子哥生怕我以后来分家产,说得倒好听,说兄妹父女在一起工作,难免有意见分歧的时候,吵架吵着吵着感情就会变淡,不像现在这么亲了,还说先去外面历练历练,自己找工作去！我爸妈居然也同意，正好在他们家聊天的时候说起我刚回来准备找工作，他爸就说正好他们公司一个品牌部在招人，问我愿不愿意去，他们服装公司在意大利秀场我看过几次秀，感觉很不错，就同意下个月去上班。”

“别看你哥那副吊儿郎当的样，他那么宠你，恨不得什么都给你，你不要身在福中不知福，他们怕现在把你保护得太好，你以后就失去生存的能力了，人还是要自己成长。”龙聿乐说。

“我也感觉，你一直生活在蜜罐里。”苏梓涵说。

“沈市长，欢迎欢迎！感谢您百忙之中抽空来参加，我还怕我请不动您呢！”孙佳琦说。

“这次我是以个人名义来参加的，叫名字。”沈伯文说，“老学弟你不要太见外。”

“伯文兄！”

许少倾和莫子涛异口同声道。

“子涛也在啊，许少倾，你是许少倾吧？你回来啦？”

“是的。刚回来，三个月没到。”许少倾说。

“那时候我在美国游学，参加同乡会第一次认识你，觉得你在美国过得风生水起，还以为你是不会再回来的，怎么也回来了？”沈伯文问。

“家父病了没办法，家在这里，根就在这里，逃不掉的。”最逃不过的是自己的心了。

“回来好啊！回来好啊！”沈伯文大声笑道，“像子涛不是也不想回来嘛，现在你看看做得多出色！去年还拿了我们昭州市的十大创业风云人物奖了，是吧？”

“梦田一农夫。”莫子涛淡淡地说道。

龙聿乐和香芹住一个房间。

“我去摄影，要不要一起去逛逛？”龙聿乐举着相机问。

“我不去了，我要去问问金阿姨要不要帮忙。”香芹说。

“那好吧，我先走了。”

“自己小心点。”

“操心，那么个酒店岛我还能被拐卖不成，走了！”

下午的日光有些恍惚，许少倾站在亭子里眺望远方，远处潋滟湖光山色，再转头，一个戴草编帽子的少女白衣长裙，背景落寞，再仔细一看，不好，她抬脚做什么，那么年纪轻轻的姑娘，轻生怎么对得起父母。

“不要轻生！”伴随许少倾的一声吼，他将她从悬崖边拉回来，她完全还没回过神，就被绊倒在地上，她压着他倒在地上。

“是你？你怎么在这里？”许少倾问。

“有你这样打招呼的吗？”龙聿乐气呼呼地问。

龙聿乐慢慢站起来，发现相机摔成了两半。

“不是，我是看你……我以为你要……”许少倾一时不知道如何解释时，龙聿乐拿着两半的相机走了，他看到她手臂上的明显的伤痕，懊恼自己不知道怎么了。

流光溢彩的夜。五光十色。

世界时装集团的董事长孙道荣在台上致辞。

泳池畔站满了身穿华服的贵宾。许少倾远远地看到龙聿乐站在那里，穿着礼服，丝巾披肩滑落在腰间，遮住了手臂上的伤痕。

“看什么呢？那么出神。”莫子涛问，顺着许少倾视野的方向看过去。

“没什么。”许少倾回过神说，“这是孙家老爷子打算分家的趋势啊。”

“差不多吧，本来从去年开始我们分管的项目，各自出业绩，老爷子怕他过了以后集团散了，家散了。”孙佳琦感叹道。

“你二哥和三哥还闹矛盾啊？”莫子涛问。

“以前经常为了公司的事吵，现在各管一个厂，各做一个子品牌，碰面的机会也少，自然也不会有多大矛盾。”孙佳琦说。

“还是你家老爷子厉害，他会平衡。”莫子涛问，“你现在做海外业务怎么样？”

“与我大姐的东北市场是不好比了，但是我现在海外市场除了我们企业生产的服装外销和代加工外，还收购了两家海外小众品牌，准备打开内销市场。”孙佳琦说。

“佳琦！”香芹拿着香槟酒走过来。

“喔。”孙佳琦一转身，香芹这衣服穿着衬得她格外明亮动人，跟平日里的她很不一样。

“你们好！我叫刘香芹，下个月入职世界时装集团。”香芹介绍道。

“你好！莫子涛。”莫子涛首先伸出了手握了握。

“许少倾。”许少倾举起香槟酒碰了香芹的酒杯。香芹说：“许少倾这名字好熟悉，好像在哪里听过。”

“你好！我叫沈伯文。”

“你好！”香芹微笑点头回礼，对着孙佳琦说：“你们明天干嘛呀？阿姨让我邀请了些朋友过来，我准备明天带她们一起出去玩玩，但这里我不熟，不知道去哪里玩。”

孙佳琦还在犹豫，莫子涛先开口：“我们明天去钓鱼、游泳，订了一家吃千岛湖鱼头的餐厅，一起来吧。”

“好的，谢谢子涛兄。”香芹敬了一下莫子涛，“那我先过去了，我还有朋友在那里。”

等香芹走后，孙佳琦对着莫子涛说：“我说你一个准备结婚的人，干嘛对其他女性朋友那么热情，这样好吗？”

“谁说我要结婚了？”

“前阵子不是听说，你有了女朋友，都要装修房子准备结婚了吗？”孙佳琦说。

“是谁？这种传言对单身狗不仅是一种莫大的打击，还伤害了很多要给我介绍对象的三姑六婆的心。”

“看看你们这些优质男青年，一个个觉得单身是种罪，我跟你们说吧，以已婚男人的经验来说，确实，单身太罪过了，等你们有了家庭、有了孩子以后才会发现时间过得太快太快，两个人在一起比一个人好过很多。”

“伯文兄，你家庭美满幸福，有漂亮老婆，儿女双全，是我们的人生楷模。”莫子涛说。

“我现在没有追求，家庭我也很满足了，我老婆很优秀，我在现在的位置，就是想为社会做点儿事情。不过你们可以有很多追求，佳琦，我看那姑娘就很不错，看得出来对你很上心啊！”沈伯文说。

“我附议。”莫子涛说。

“其实，她是我爸妈看上的儿媳妇，我娶谁都无所谓，娶谁还不是过日子。”

“以前你可不是这样说的，以前你说爱情要轰轰烈烈，怎么都要和心爱的人一起生活。”许少倾说。

“以前的我，以前的心，都在那场事故里不复存在了。”孙佳琦叹道。

“过去的事情总会过去的。”许少倾宽慰道。

千岛湖的晨曦，水汽氤氲，从湖面升起。

苏梓涵带着香芹、龙聿乐、晓菁一起在草坪上做瑜伽。

在带着青草的香气里，伸展，一举手一投足，初升的太阳照在身体上温暖柔和，美得像一幅画。

苏梓涵的引导语柔柔的，像风里的蒲公英，飘散在她们周围，“当我们在自然湖畔的草地上，我们的皮肤每一个细胞都仿佛呼吸着清新的空气，心灵会更纯净和开阔，自然中的养分灵气仿佛钻进了我们的体内，滋养我们的身体，今天的瑜伽课就到这里，谢谢大家！”

“谢谢苏老师！”

“真是美好的早晨，谢谢梓涵！”龙聿乐说。

“梓涵大师，你的身体怎么会那么柔软，我就那么僵硬。”香芹说道。

“慢慢来，经常练就好了。”苏梓涵说。

“俗话说筋长一寸多活十年，梓涵大师你以后就是天山童姥，不老妖婆了！”晓菁在那里调侃道。

“说得我像仙人了！”苏梓涵说。

“我也要像你这样！我欲修仙，法力无边！”晓菁做了一个搞怪动作把大家都逗乐了。

千岛湖湖畔。山间云海，更像是走进了一幅山水画。

龙聿乐一行下了车，走进了西坡度假村，今日孙佳琦在这里包场招待朋友们。

西坡度假村早早地为贵宾们准备好了，草坪上的茶点，还有船上的精美点心。

“你们好！来介绍一下，这是我的朋友们，龙聿乐，品牌公关策划。苏梓涵，瑜伽教练，在昭州市湖心畔开了家瑜伽馆。吴晓菁，在医院工作！”

“这是孙佳琦的朋友，莫子涛。”

双方都互相打了招呼。

“孙佳琦呢？怎么没见人影？”香芹问。

这时候湖里冒出一个顶着水草的男子。出水芙蓉，黯然销魂。

“你们都下来啊！水里可凉快了。”孙佳琦招呼道。

“我们先去换泳衣。”香芹说完便拉着朋友们去更衣室。

其他人都已经换好了泳衣，除了龙聿乐。

“你怎么还没去换衣服呢？”香芹问。

“我不会游泳，我看你们游就好。”龙聿乐说。

“那我们下水了，你自己照顾好自己，别像昨天一样。”

“昨天是意外，今天不会了。你们去吧。”

一湖秀水，比基尼姑娘们摇曳在湖光山色中，感受着来自山野的灵气。

龙聿乐在湖畔走着，没有相机，一切就让自然尽收眼底吧。

这时候看到一个人影似乎在寻找着什么。

四目交织在一起的时候，才发现是他。

“你怎么也在这里？”龙聿乐在那个人跑过来时说。

“昨天知道你会来，跑去买了，”许少倾举着创可贴说，“昨天人多不方便。你转过来。”

“我没事，小伤。”

说着她已经被他强行转过身，在她手臂后面轻轻贴上了创可贴。

“还有哪里受伤了？”

“脚踝上一点点不碍事。”

他蹲下来给她贴好，极尽温柔，让她恍惚中有了回到山里的那种错觉。一时间不知所措，只能道声：“谢谢。”

“怎么没跟他们一起下水去玩儿？”许少倾问。

“因为我不会游泳啊。”龙聿乐问，“你怎么没下水？”

“因为你不会游泳。”

他跨上小船，伸出手示意扶着她上去，她伸出手交给他。

青山绿水。一叶扁舟。

他撑着船带着她划向湖心。

船顺着湖水悠悠荡荡。

他坐下来，和她一起喝起香槟酒。

“昨天的事很抱歉。”许少倾说。

“没事啦，就擦破一点儿皮而已。”龙聿乐淡淡地说。

“我昨天在网上订了一款数码相机会直接快递到你家。当赔礼吧。”

“那镜头应该还可以用的，机身我还有其他的，你不用太在意。”

“你想拒收？”许少倾的话里带着一丝恼怒。

“你想我收下那我就收下。”龙聿乐说着就看到对方的眼神微怒转笑了。他不想欠她什么，她就成全他。

山里清风徐徐，一汪湖水清得看得见游鱼。

苏梓涵和晓菁涂好防晒油躺在充气垫上悠哉悠哉地漂着。

香芹和孙佳琦在湖里游得欢畅。

“喂！敢不敢比试一下，看谁先游到那边？”香芹说。

“比就比，我堂堂男子汉还怕你一姑娘不成。”孙佳琦说。

“那好，我们就来比比，对岸那棵长歪了的树看到没有？我们以那棵树为终点，可以采取任何游泳姿势，谁先游到就是谁胜利！”

“输了的人怎么办？”

“输了的人就答应赢的人一件事。”

“好！”孙佳琦一阵坏笑，她输定了。

莫子涛看情形自告奋勇地说：“我来做裁判！”

“好！”孙佳琦答应道。

“我现在开始倒计时，数完之后马上开始，3、2、1，开始！”莫子涛在旁边看着他们，孙佳琦一个猛扎一个潜水开始在湖里如鱼得水了，香芹也毫不示弱，一个标准的入水动作，快速地向另一头游去。

香芹修长的身体像柔软的水蛇一样，以极快的速度向终点疾驰而去。

孙佳琦整个人钻在水里，偶尔探出头换个气，在湖面只见他一路高歌猛进。可是快到终点的时候，隐约感到腿肚子有些疼，不好，腿明显是抽筋了，从脚背到腿抽成了一条线，不听使唤了。

整个人往下沉。

“孙佳琦！”莫子涛远远地看着紧张地大喊一声，也扎进水里。

香芹听到莫子涛的叫喊声回头一看，不好，孙佳琦在水里挣扎，马上潜泳过去，托住他的头，往岸上游。

苏梓涵和晓菁一起赶了过来，围在岸边。

“佳琦你怎么样？”香芹紧张得快掉眼泪了，几个急救动作也不见他醒。

“我打电话去叫医生！”莫子涛说。

“来不及了！快做人工呼吸！”苏梓涵说。

香芹不顾周围那么多人，俯下身，贴住他的唇瓣，平时那么阳光狡黠的人，怎么嘴唇是冰凉的，她顾不上那么多，把她的氧气输给他，呼吸的热气在他脸上弥漫。

不一会儿，孙佳琦呛出了一口水，醒了，看到周围焦急的朋友们，香芹见孙佳琦醒了，一把把他抱住：“你没事吧？有没有不舒服？”

孙佳琦只像做了一个梦似的：“我输了，你要什么？”

许少倾和龙聿乐远远地看着湖里情况不大对。

“你看那边，他们怎么啦？”龙聿乐手指着。

“好像是出事了，我们赶紧划过去吧。”许少倾撑起竹竿。

“嗯。”龙聿乐皱起眉，担忧地看到他们个个急得围着岸上躺着的人团团转。

船慢慢靠岸，许少倾先跳下水，准备去扶龙聿乐，还没等他走过来，龙聿乐心里一着急，在跳下船的时候脚一滑整个人浸在水里：“救命！救命！”龙聿乐不停地喊着，也不停地喝着水。

许少倾听着声音，赶紧走过去，鹅卵石的水底根本走不快，只得喊一声：“你站起来试试！”龙聿乐现在哪儿还听得进什么话，等许少倾走到旁边扶起她时才发现水深才及腰间。

“你怎么样？有没有伤到？”许少倾问。

龙聿乐只感觉鼻子麻麻的，七窍都在冒水。“我以为我快死了！”她流着泪。

“哪儿那么容易死？”他轻轻拍拍她的背。

安抚她情绪稍微稳定点时，许少倾注意到，龙聿乐湿透的衣服紧紧地贴在了她身上，露出了精致起伏的匀称曲线。

莫子涛看到他们在走过来的路上，许少倾赶紧把外套脱了给她穿好。

“怎么样？还好吗？”许少倾问。

“嗯，”龙聿乐点点头，可是等抬腿的时候才发现脚踝那么痛，等再落脚的时候已经是钻心地疼了，忍不住“啊”了一声。

“怎么了？我看看。”许少倾关切地说。

“好像脚崴了。”

“你们这里怎么了？需要帮忙吗？”莫子涛赶来急切地问。

“我们会处理好，他们怎么了？”许少倾问。

“孙佳琦那小子游泳腿抽筋了，现在没事，香芹把他救过来了。”莫子涛说。

听着他们没事，许少倾和龙聿乐也舒了一口气。

许少倾走到龙聿乐前面半蹲下来：“上来！”

“干吗？”

“我背你过去！”

“不用了。”

许少倾转过身来，霸道地对她说：“不让我背你，难道要让我横抱？让你的朋友们看到更不好了吧？”

龙聿乐拗不过他，轻轻爬上了他的背。他的肩膀宽厚温暖。

苏梓涵和晓菁也一起赶过来，“小龙女你怎么啦？”“出了什么事情？”

“她没事，我会照顾的，你们不用担心。”许少倾背着她走向屋内，留下苏梓涵和晓菁在草坪上面面相觑，“他是谁？”“没听小龙女说起过。”听他霸道的口气，她们也不好跟上。

酒店管家很细心地帮他们准备了休息的房间，还送来了干净的衣服：“看两位衣服都湿透了，如果没有带换洗的衣服的话，这是我们民宿之前搞派对留下的新衣服，请两位换上吧，小心着凉。”

“谢谢！”许少倾说，“还要麻烦你准备一桶冰。”

“没问题，两位先换衣服，稍后就送上冰桶。”管家说完就关上门出去了。

许少倾似乎也感到了空气中的尴尬氛围，说道：“你在里面换衣服，我去外面换。”

龙聿乐点点头。

褪去身上所有的衣物，换上酒店给的，说是民宿搞活动留下的，穿好以后才发现胸前的几个字怎么那么突兀，“我们相爱吧”。

这时候响起了敲门声，“请进！”龙聿乐说。

许少倾和管家一起进来：“这是您需要的冰桶。”

“管家先生，请问还有其他T恤吗？”龙聿乐看到许少倾的衣服上也赫然写着五个大字，然后一半的爱心还是延伸的，两个人站在一起的时候就凑成了一个傻傻的大爱心。

“不好意思没有了，这是最后两套了，还是我们上个月举办的集体婚礼时多余留下的。”管家说完就走了。

许少倾把冰桶里的冰倒在毛巾里包裹好，蹲下来敷在她的脚上。

“这个……我可以自己来。”龙聿乐小心翼翼地说。

许少倾好像压根儿没听到她的话:“别动！”

空气像凝固了一样,只听得见钟摆嘀嗒嘀嗒的声音。龙聿乐感觉到自己的心脏扑通扑通的声响。

半小时以后，许少倾看龙聿乐脚踝上的肿消退了一些,就站起来说:“这两天就不要运动了。好好休养。”

“嗯。”龙聿乐点头道。想要说些什么,话到嘴边又收住了。免得氛围更尴尬。

这时候肚子不争气地咕噜咕噜响了。

“饿了？”

龙聿乐摇头时肚子又叫了。

许少倾问:“是让管家送餐进来,还是出去和大家一起吃？”

“还是出去吃吧,不然她们会更担心的。”

“你自己能走了吗？”许少倾关切道。

龙聿乐硬撑着说:“可以。”

长条西餐桌前,朋友们已经齐刷刷坐好,等他们出来。可是看到眼前的一幕惊呆了。

许少倾扶着龙聿乐穿着情侣 T 恤出来,胸前还赫然写着大字“我们相爱吧”,生怕别人不知道他们是一对。

香芹站起来说:“你们进展也太快了吧？小龙女,你还是我认识的矜持的小龙女吗？”

“不是,你误会了!这是从酒店临时借来穿的衣服。”龙聿乐看周围人吃惊的表情解释道。

许少倾也没多想,随口说了句:“不是挺合身的吗？”

“你们早就认识？暗度陈仓！”香芹分明看到他们从一间房

间里走出来的。

“他是我们公司的少董。”龙聿乐尴尬地解释。他删除与她的微信联系,这样的距离就是他们的身份差距,一个财团独子,一个寻常女子,这是一段无法跨越的距离。

香芹恍然大悟:“你刚回国时跟你视频聊天时,你说猎头举荐的就是许少倾家的公司,对吧?今天是孙佳琦的朋友聚会,原来你们认识,这世界真是太小了。”

“刚刚你们怎么在房间那么久?我们都不好意思进去。”晓菁没心没肺地说。

“当然是身为一个体贴下属的少董,看望受伤的员工。”香芹邪魅地笑着打趣道。

“是,少董一直都是个合格的领导。”孙佳琦附和地调侃道。

“我说香芹,你倒是相了个好亲,看这架势妇唱夫随的。”龙聿乐将回去一句。

“别互相伤害了,同志我革命还没成功呢,任重道远。”香芹悄悄跟龙聿乐说。

香芹转移了话题:“你们昨天还有一位朋友呢?好像是叫沈伯文。”

“他呀公务繁忙,昨天参加完活动就立马赶回去了。”孙佳琦说。

“你们刚才怎么回事?我吓了一跳,才不慎掉进了湖里。”龙聿乐问香芹。

香芹这下神气了:“某人要跟我游泳比赛, 结果自己腿抽筋,还好我智勇双全救了他。”

莫子涛点头,意味深长地对孙佳琦说:“这个我作证,是香芹救了你。”

“那我敬恩人一杯！”孙佳琦端起酒杯说。

香芹也举起了酒杯，两杯相碰发出悦耳的声响，举杯向大家说：“朋友们，干了这杯友谊的酒！”

千岛湖之行就在杯酒时光里结束了。在回去的第二天龙聿乐就收到了一款最新款的相机，“心头好啊！心头好啊！”她喃喃自语，“我只能以木瓜报琼琚了，聊表谢意，聊表谢意！”

说着就找出在里坑村拍的许少倾的照片洗出来，装进快递袋子里，他删除她的微信，她也没有要加回来的意思，这是他们之前的距离，就这样提起笔写好后寄了出去。

苏梓涵约了龙聿乐和香芹一起去一个花艺基地吃素斋，还有她的朋友“男人婆”钱豪秋。

“秋秋，好久不见了。”香芹说，“变化太大，要不是梓涵大师提前说我都几乎认不出来了。”

“香芹你还是老样子，一点儿都没有变。”钱豪秋说。

龙聿乐将香芹拉到一边示意她不要多说了，香芹刚回国什么都不了解。钱豪秋之前受了感情的伤，跟男朋友都登记结婚了，就在办酒席前，男朋友跟其他女孩好了，悔婚了，她低谷了好一阵子，现在是慢慢走出来了，还是以前豪爽的性子，就是多了些许忧伤，整个人打扮全变了，以前的长发全部剪了，剃了很短的男人头还染了奶奶灰。

夏天的傍晚烟霞满天，照得天空透红。

都是花艺基地的农庄里种的蔬菜，新鲜采摘做出来的，“素食素心，”苏梓涵说着，帮每个人都添上汤，“来尝一下菌菇汤，很鲜美！”

龙聿乐喝了一口说:“确实很不错,梓涵大师你是怎么找到这里的?”

“来这里上过一次瑜伽课,觉得这里环境太美了,所以带你们来约会一下。”苏梓涵说。

钱豪秋说:“梓涵大师你为什么能发现周围的美好,而我却什么都感受不到。”

苏梓涵劝慰她说:“著名诗人纪伯伦曾说,你要承受你心天的季候,如同你常常承受从田野上度过的四时。你要静守,度过你心里凄凉的冬日。秋秋,你有一天会自己走出来的,发现世界是那么美好,有很多美好的事情值得去期待,值得去做。”

“梓涵大师,你有一个疼爱你的老公,还生了两个可爱的孩子,你是一个幸福的女人,是体会不到我们单身狗的忧伤的。”香芹说。

“刘香芹,你怎么也被秋秋感染出了忧愁小细胞?”龙聿乐看着她那副愁眉苦脸的样子,“是不是恋情不顺了?”

“一个人也能谈恋爱的话,那我的可以叫恋情,”香芹叹了一口气说,“可惜我的单相思也被辜负了。”

“他拒绝了你?”龙聿乐停顿了筷子说,“那天他在千岛湖还对你挺周到的嘛!为什么那么快就拒绝了你?”

“小龙女,拒绝也是需要两个人的好吗?从千岛湖回来他就压根儿没联系过我,我联系他时他也只是礼貌地回应,”香芹越说声音越高,“现在我完全是一个人的独角戏,他永远都那么远,他的心好远好远,触不到,现在连人都见不到,别说心了。”

“我说刘香芹,你有点儿骨气好不好?他不喜欢你,你那么出色,喜欢你的人那么多,干吗去为一个不在乎你的人烦心呢?”龙聿乐说。

钱豪秋赞同道："三条腿的蛤蟆难找，两条腿的男人还不好找？你干吗为了一棵树放弃整片森林。"

"你们不懂，很久没有感受到一个那么让人怦然心动的男人了。"香芹摸着心说，"梓涵大师，爱情是不受自己掌控的对吧？"

"人与人之间的结缘，并不是靠你的才华或者能力，外在相貌的吸引也只是一时的，最好的感情是你要与他感同身受，你明白他的心，他的心里才装得下你。"苏梓涵说。

"梓涵大师说得太好了！下周我就去世界时装集团上班了，到时候遇见他的机会多了，我就不相信我降服不了他！"香芹又恢复了斗志。

"香芹，你真有勇气！没有受过感情的伤真好，可以那么义无反顾地豁出去。"钱豪秋感叹道。

"香芹女侠，加油！"龙聿乐同时也赞同钱豪秋的观点，如果换成是她的话也会这样义无反顾吗？答案是否定的。

许少倾收到助理送来的信件，拆开时已经时隔好几日了。原来她相机里的他是这样的。照片背后留着几行字：

每天都像是一个梦，
每个梦都像是一出戏。
万水千山也不外如是。

是这样吗？他在她心里不过也是一出戏吧？他将照片扔在了抽屉里。

电话铃响起来。

“都说了，处理好公司的事务就会去医院看他……”许少倾不耐烦地说。

今天还没去过医院，不知道母亲打过多少次电话来催促了。她现在就像失去主心骨的人，一点点事情就可以让她惊慌失措。

电话那头短暂的沉默。

“喂。”传来的却是优柔的女声，“许少倾，听说你回来了。”

“嗯。”是她吗？他有点儿不敢相信，“是暂时的。只是回来帮忙处理公司的事务。”

“喔。”那头的声音好像沉了下去似的。

“小睿，是你吗？”

“嗯。好久不见了。谢谢你还记得我。”

“怎么忘得了呢……”怎么忘得了你17岁时流下的泪。现在还烫在我的胸膛。

“明晚有空吗？一起出来吃饭。”

记忆是很奇怪的。明明以为忘记了，偏偏从另一个角落浮现出来。

小睿。那个爱穿白色长裙的女孩，还好吗？虽然只在我的记忆里停留了片刻，却印得那么深。

17岁，在国内陌生的环境里，遇到的纯真得像木棉花一样的女孩。即使多年以后，在加州，无意间还是能想起她以及和她在一起的江南时光。

水岸边的鹿门居餐厅。据说，是全城最好的餐厅。龙聿乐搅拌着手里的咖啡。

香芹望着沉默的她，说："小龙女，你想好了吗？"

"想好什么？"

"真的不想见他？他就在这座城市里，他为你而来的。不是在大西洋外的地方，他来找你了。"

"约我出来，就为这事？"分别两年多，说来就来，说见我就得见？龙聿乐倔强得像没有血肉的雕像。她不是随便就被别人放弃，又随便捡得回来的女子。她的骨子里注满孤独的傲慢。高傲得几乎发了霉的自尊不容许她向谁低头。

"前几天我在路上碰到陈柯，他来找你了，不远千里，他说自从你们分别后就断了联系，你换了国内的电话号码，他联系不上你，给你发过邮件也没有回音，所以他就打算在你常提起的故乡生活一阵子，说不定哪天会遇到你。我没告诉他你的电话，我只是留了他的电话，我觉得你应该见见他。"香芹说。

"没有那个必要了。"龙聿乐绝情地说道。就像当年陈柯的绝情伤透了她的心。三年了，回来以后也听同学说起过陈柯的新恋人有洋人，也有华人。他的身旁早没有了她。

"你怎么就那么绝情呢，好歹也是多年同学一场，他千里迢迢过来你怎么也应该见他一下啊！"香芹很是执着，不知道这对她来说是好事还是坏事，总之，龙聿乐有点儿带火药味地说："刘香芹，你管得也太宽了吧？"

"你怎么都说不通呢。从前你不是这样子的。你这么难沟通，作为朋友的我，也无能为力。"香芹失望地走了。留下龙聿乐一人继续搅拌杯里的咖啡。

这地方环境优雅清幽，桌面没有一粒尘埃。窗外，画舫穿梭，听雨眠云。人间有佳境。

过去，一定要捡回来吗？当初的不挽留，早已绝了她的爱与爱的欲望,不是吗?

早已绝了的爱。早已绝了年少时青涩的爱。就算再多见几次面,也无法挽回当年的爱。许少倾明知道的结局,还是早早地等候在鹿门居,迎面坐着的已经不是那纯白的木棉花女孩。她穿着灰黑色系的衣服,仿佛能把尘世的颜色染尽。

“你变了很多……”不知道是谁先开的口。谁又立马接上,“你也是。”

10 年的岁月,能把铅华都洗尽,何况人呢?

“现在好吗?”

“嗯。还好。你呢?”

“也就这样。”

话也只能那么多。10 年的空白,一下子很难填补。

他起身想送她,却不知已有另一个他来接她。

“你好!我是小睿的男朋友。”他彬彬有礼地伸出手,言辞的重音落在“男朋友”三个字,许少倾听得出来,略带醋意。

“你好!”但许少倾还是绅士风度地短暂握了握他的手。

“那我就不送你了。”许少倾轻声对小睿说,“我这边还有朋友。”

小睿顺着他的指向,看到穿着低胸蕾丝衣衫配着修长铅笔裤的女子,那韵味与她的温柔完全不同,仿佛一股锐气透过空气直逼过来。

她勉强地微笑着点头:“好。”

小睿望着许少倾走向那陌生的女子。走出她的视线。10 年前就失去的，还有什么好想的，无论多么难忘，还是得忘记，不是吗？只有忘记不能忘记的，才能得到想要得到的。让过去过去，让未来到来。

她的手被眼前的他牵着，虽然很温暖，可是心好像感冒了，那么痛那么痛。

以为忘记了。

在记忆里，已经把那时的岁月储存起来了。可是，今天再度来见他，才发现，曾经的记忆还是完整无缺地保留着。

“你好！我能坐这里吗？”许少倾微笑着问。

看着他的笑容，有点像极地阳光，透着丝丝缕缕略带寒气的光芒。

“坐吧。”她报以礼貌性的笑容，“想吃什么？”

许少倾看着她，平静得好似约的人是她。

“不问我怎么也在这里？不说‘这么巧啊’。”许少倾打量着她。一头倔强的短发，额头沁出细密的汗水，犀利的眼神在菜单上一页一页地扫射。

“来份蜗牛过笋桥怎么样？这里的招牌菜喔！”她乐滋滋地说，“蜗牛软滑无渣带馥郁牛油香，番茄酱酸度恰好解腻又不会抢味。还有……”她招来服务生，熟稔地点完菜，狡黠地对许少倾笑了笑说：“这顿就光荣地让我们许少董请吧。‘这么巧啊’能在这里碰到。怎么能不给个机会让您表现呢。”

看着她诡异的笑容，许少倾发现自己上了贼船。而且是自己跑上去的。

一顿饱餐之后。

“现在的心情，是不是多云转晴？”龙聿乐凑近许少倾问。

许少倾一愣。

“龙聿乐定理：只要吃饱吃好，心情自然会好。”她眨巴着眼睛说，“所以，再困难也不要为难自己，再困难也得走下去，不是吗？”

她收起账单，递给许少倾，扬起嘴角，眯着乌黑发亮的眼睛对他说：“不用谢我的。美食面前，人人投降。”

许少倾看着那个渐渐消失的玲珑的身影，纳闷着：这家伙，到底是恶魔呢？还是天使？抑或是长着翅膀的魔鬼？

账单上的数字，足够买一头牛。

我去哪里找丢失的记忆？

天落起雨。屋外，是冰凉的世界。灰蒙蒙的，飘洒着像牛毛，又像针线似的细雨，密密麻麻地不停落着。

龙聿乐在晴空大厦21层的圆环里，看着玻璃外的风景。一片迷蒙。指间轻夹的烟头明灭着。

城市那么大。屋子那么多。哪里才能装得下我？装得下我的孤傲与欲望。在欧洲的岁月，仿佛遥远得像前世，甚至就像不曾发生的一场梦而已。现在的我，不再是壮志凌云又不切实际的大学生，而是碌碌红尘里的小白领。

过去那么遥远。连记忆里的他都模糊了。我该怎么办，我要去哪里寻找丢失的记忆？

右肩的疼痛从那天开始，香芹告诉她陈柯来了的那天起，就没消退过。在雨天那种特别剧烈的痛，仿佛肩膀里住着饥饿的蚂蚁，到处钻咬到处啃。为减少疼痛，她换左手拿烟，倚着墙，烟雾袅袅升起、飘散。如果疼痛也能吞进肺里，吐出来，飘散去，该多好！

是真的痛吗？那痛生生疼在骨头里，时时刻刻折磨着她。

两三年前。

“我想要回国……”“我想回家去一趟……”该怎么对陈柯说，龙聿乐挠破头皮。家里发来祖父的病危通知单，纵使已经接到国际知名企业的录用信，也不得不回去陪他走完最后一程。那是她在异乡最魂牵梦绕的亲人。

说好马上会回欧洲的。等做完想做的事，就回欧洲工作定居。可是，两年了，她还是在江南。仿佛脚底生了根。

“喂！强盗。”许少倾突然从她身后冒出来，对她说，“今天跟我走吧。就当还债。”

“嗯？”龙聿乐一头雾水。

她的烟还没来得及掐灭，就被许少倾拖走了。垃圾桶上的抽了小半的烟一明一灭，闪着微弱的星火。

“去哪里？”龙聿乐问这话时，已鬼使神差似地坐上许少倾的车。

去未知的地方，每个人都会或多或少有些害怕。龙聿乐却丝毫没有这样的感觉。因为坐着许少倾的车，撇开是她的上司，他还真是完美的男人，棱角分明的脸、高高的身材、强大的家族背景，更重要的是，他会在她痛苦时伸出手，告诉她糖比烟好。

坐上这样的男人的车，纵使是绑架，也从了。

车穿过车水马龙，越过市郊河，往城市边缘驶去。

乡村的湿气使车窗变得朦朦胧胧，窗外的一切变得虚幻而缥缈。龙聿乐看着身旁的男人,英俊而贵气,好像此刻是她的男人。她坐在他的身旁。

“你怎么回来的?”许少倾突然出声。使正在偷看他的龙聿乐吓了一跳。

“嗯?”

“怎么从欧洲回来的?”

“坐飞机。”作为被绑架者,也就是“肉票”,龙聿乐很认真地回答。

“我的意思是说:为了什么回来的?你是外星人吗?听不懂中国话。”

龙聿乐感到被外星人说成是外星人,很是郁闷。“和你一样。情非所愿,又道义难却。”董事长突然病倒,让远在美国加州的儿子回来接任。这事在公司传得沸沸扬扬。

车在林子深处停下来。

“这是我们新的项目地,除了我们集团牛奶产业的终端产品销售,还将在这里造一座乐园,儿童乐园,亲子酒店。”许少倾指着前面大片绿地说。

“这是我们公司接下来的重头项目吗?怎么你没带西悠和林建华他们这帮秘书团,带我来这里?”龙聿乐不解道。

“下个月这块土地拍卖,我想去竞拍。你是品牌部经理,走在产品销售的前列,公司规划第一线,当然想听听你的意见。你觉得这里可以做吗?”

“我们昭州市没有大型游乐场,连动物园都没有,现在亲子产业是朝阳产业,我感觉我们可以扩张版图,从牛奶销售向服务业转型。”得到龙聿乐的肯定许少倾心情很好。

两个人下了车打着伞,并肩走着。下着雨,路有些滑。

龙聿乐被这巨大的温差袭击了，打了个寒战。

“好久没呼吸到新鲜空气了。”许少倾把伞给龙聿乐，仰着头说，“在加州，虽然城市也很拥挤，但是绿地面积大，阳光很好，很惬意。你知道吗？在美国流行着这样一句话：财富在犹太人的口袋里，智慧在中国人的脑袋里。”

“是的。中国人的智慧是毋庸置疑的。”龙聿乐把伞侧过去给许少倾挡雨。淋了细雨很容易感冒。

“你当时为什么去欧洲呢？”

“那里，停留了太多我敬仰的人的脚步，我想去追逐他们的步伐。拉斐尔抱着绘画的理想去那里，米开朗基罗为生计而奔波，达·芬奇带着《最后的晚餐》的荣誉去创作《蒙娜丽莎》……”龙聿乐掏出烟点燃，深深吸了一口。

“女孩子这习惯不太好。”许少倾指着烟对她说。

“在美国那么多年，思想还是那么古板啊？”

“不是。在做义工的时候，见多了那些吸毒的妙龄女孩。都是从吸烟开始的。”

龙聿乐第一次从这个男人身上看到了沉重。

“我带你去个地方。走吧。”龙聿乐掐灭烟头，笑着对他说。

“去哪里？”

车朝它未知的方向驶去。纵使它的主人，也不知道将要去哪里。

“前面往右，上高速。”龙聿乐指着方向说。“别瞪我，看前面。很快的，一会儿就能到。”

许少倾突然感到，要绑架一个人，是一件很有压力的事情。尤其是被反绑架之后。

“听说，加州那地方，一年至多下十几天的雨。”龙聿乐望着挡风玻璃上细密的雨丝说。

“嗯。”

“在银川也是这样。我在那里住过一个月。下雨时当地人会兴奋得很。”龙聿乐说，“可是江南温润得很，雨天、阴天、晴天公平地循环着。仿佛不用期待，自然周转。”

“我住的南加州很少下雨，一旦下起雨来可是倾盆大雨。”许少倾说着，看看身边坐着的龙聿乐，好像眼前这个女人，能让他有种安心的感觉，可以安心地回忆，也可以安心地往前，有句话怎么说来着，“不念过往，不畏将来”，好像就是那种感觉。

正当他沉浸在自己的加州阳光里时，她却掏出烟，问：“可以抽吗？”

她不经意地问，没抱多大希望，没想到他会点头同意。当绑匪的感觉真好，她像偷了腥的猫，暗自笑逐颜开。

烟雾弥散在狭小的空间里。干枯草木的味道。浓烈而靡丽。

“为什么那么喜欢烟？”许少倾不由得好奇。

“想听实话吗？”气氛沉寂下来。

“当然，不然怎么会问你？”许少倾认真地说道。

龙聿乐看他一本正经的表情忍不住一笑：“这话听起来很离谱，但的确是我抽烟的初衷。因为常常感到冷，抽着烟仿佛能把胸口焐热似的。”世上是有这样一种冷血动物吧？时常觉得冷，特别是在冬天，穿了很多衣服也觉得冷。那是她回国后的第一年，爷爷走了，她陪他走完了最后一程，后来的冬天特别特别冷，她就开始了抽烟。

许少倾哑然。半打开窗，让烟雾散去。关上。将暖气调高。龙聿乐的指尖没有烟夹着，也忽然萌生了一种前所未有的安全感,那么暖那么迷人。那种错觉似乎是带着蜜的丝将人包裹了。

车子停在一幢灰色低调的建筑物前,穿过高高的院篱,整个世界像是从繁华中抽离出来,变得分外宁静。

这里路两旁的树木郁郁葱葱,水塘里荷花朵朵绽放,此情此景仿佛一幅动人的水墨画,而他们两个,不过是画里淡淡的几笔。再多的海誓山盟,再多的甜言蜜语,在岁月的长河里,不过是几朵浪花,时间流转,一切都会变的。飘然烟雨,与眼前的美景相比,欧洲的日子要凝重得多。

跟他提出要回国时,他居然报以一句:“回去吧,我不会留你。”转身离去。要知道,那一刻的不挽留,已经绝了她所有的爱恋,如今再回头来找她,又算什么。能挽得回过去的岁月吗?

一切都变了,既然已经变了,何不就继续变下去?反正又变不回去的。

“在想什么?这么出神。”许少倾高大的身躯堵在她面前。

龙聿乐微笑着摇了摇头。眼眶好似被这热气温润了。

“这是哪里?”许少倾心想这个地方虽然朴素,但是着实也打动人心。

“一个朋友家。”

“你朋友真够豪的,那么大,这里有多大面积?”

“一百多亩吧。”龙聿乐说,“我的朋友之前家里农村的房子拆迁,虽然在城里生活了几十年了,但是越来越想念乡下的生活,于是就卖了城里的房子,找了一片土地承包了下来,改造成了家。这里种了很多蔬菜水果,游客可以采摘到当季最新鲜的时令蔬菜,自己加工做一顿最新鲜的饭菜,从树上、地里、藤蔓上摘下来的蔬菜到餐桌就一两个小时的时间,能感觉到跟平日里菜场买的很不一样，那种新鲜采摘下来的菜还带着一丝甜度。”

两个人走在乡间小路上，阳光照射下，许少倾觉得龙聿乐好像笼罩着一层光芒。

“老林！”龙聿乐朝地里劳作的人喊去，“老林！”

那人抬起头，看到有人朝他叫喊，慢慢直起身走过来，“是小龙女啊！怎么突然想起来看我？”

“给你打电话时常要过半天一天才有反应，索性就直接过来了，”龙聿乐说，“给你介绍一下，这是许少倾，是公司同事。”

“你好！”许少倾说，“冒昧来打扰了！”

“不打扰！欢迎你们来，走！我带你们一起去摘些蔬菜，一会儿吃！”说罢老林就拿着锄头篮子，领着许少倾和龙聿乐到田间去了。

在绿油油的田间走着，偶尔还有一群鹅列队走过。

“这是龙虾塘！”老林介绍说，“那是鱼塘，里面养了很多鱼，再前面是马场了，这些都是承包出去的。”

“老林，你说你老两口住那么大的地儿，寂寞不？”龙聿乐调侃他。

“别看现在农场里没什么人，一到周末，特别是春秋两季，这里都是游客。”老林有点小自豪，“我呢，已经很习惯跟老伴儿两个人住这里了，夜晚特别安静，安静到你抬头看到满天星星还会误以为是自己的被子。”

“那肯定是你酒喝多的时候。”

一路说说笑笑来到了老林的菜园子。

“想吃什么？我去挖。”老林说。

龙聿乐指着有点枯萎的像荷叶一样的植物说：“芋艿！”然

后看看旁边的绿色植物叹息道,“毛豆还没长出来啊!”

“你都认识?”许少倾说。

“基本上吧。”

“那长长的秆子上长的是什么?”许少倾问。

“芝麻。”

“那地里的藤上长的是什么?”许少倾再问。

“番薯。”龙聿乐对答如流,引来许少倾崇拜的眼神。

“等一下我挖一些番薯放在饭里煮给你们吃,这番薯是这里的泥土种出来的红心番薯。”老林说。

老林将菜篮子交给龙聿乐说:“来!拿着,你们先去屋里坐一会儿,我去抓只鹅,晚上给你们红烧鹅肉。”

龙聿乐提着菜篮子,里面装着西葫芦、空心菜、芋艿、番薯等。

许少倾看着她吃力地提着篮子,一把拎了过来。

龙聿乐说:“没事的,我可以的,我是女壮士嘛。”

“有我在的时候,不需要你干重活。”许少倾说得龙聿乐觉得自己都快梅开二度喜欢上他了,可是内心的理智告诉她,他们之间的距离不能让她再有妄想。

在老林的屋前有个布满紫藤的院子,这个季节的紫藤已经过了花期,藤蔓上长着豆荚一样的果实。

许少倾和龙聿乐来到院子里的石桌旁坐下。龙聿乐点上一炷香,然后为他泡上一壶茶,轻缓地将茶水从壶嘴倾出,分了杯,递给他:“来!吃茶。老林喜欢喝茶,他收藏了各种茶叶,这是普洱茶。”

许少倾接过茶道了声谢。晚风从他们脸庞拂过,像丝绸般轻柔。

龙聿乐看着他前一秒还和颜悦色，怎么忽然脸色僵硬了，便问道："你怎么了？哪里不舒服吗？"

许少倾艰难地轻声说："有蜘蛛，大蜘蛛！"然后眼神往旁边一瞥，脸部僵得不敢动。

"蜘蛛有什么好怕的。"龙聿乐往他使眼色的方向看过去，果然有一只黑色的大蜘蛛从紫藤上倒挂下来，她一把将蜘蛛抓在手心，轻轻将蜘蛛安放到院门外的矮灌木上。

龙聿乐走回院子，触及许少倾惊讶的目光，悠悠地坐下来问："要不要到里屋去坐？"

许少倾重新拿起茶杯恢复了平静："不用。有你在。"从遇上的那一刻开始，许少倾就觉得眼前的女孩很不一样，跟他遇到过的都不同。"老林是不是隐居乡野的隐士？"许少倾看着这简朴但不失质感的屋子院落问。

"老林哪是什么隐士，他就一老顽童，早年是个工程项目经理，技术人才，人称林工，后来喜欢乡间生活，经常去旅行，玩着玩着，就把爱好变成了事业，弄了那么个地方，自己不会弄的就分包出去，现在经营得有模有样。"龙聿乐说道。

"你的朋友都活得那么逍遥自在吗？"许少倾说，"还有那个什么梓涵大师。"

"苏梓涵确实是我们朋友中很不一样的，她信仰坚定，常常给我们讲很多哲理。"龙聿乐说，"几年前认识她的时候，也和我们一样喝酒吃肉、把酒言欢，后来一阵子她跟着热爱瑜伽的朋友一起去听禅，听着听着就皈依了，皈依了以后就全素了，用她的话来说这是一个自然而然的过程，是缘分的造化。让你遇到谁，让你去相信，让你有坚定的信仰。"

“那你有吗？遇到谁，去相信什么，有坚定的信仰。”许少倾像是问自己，又像是内心有了答案，那时候在山里第一次遇到她，好像就相信爱了，相信内心有一种爱情的力量在身体里涌动。

“我没有像苏梓涵那样完全投入，我还是觉得肉挺好吃的。”知道龙聿乐给不了他要的答案，许少倾觉得自己问得很蠢。

这时候门口响起一个洪亮的声音：“我也觉得肉好吃，看看这只鹅有八九斤重，我一会儿拿去土灶上烧，你们自顾自聊天，小龙女，帮忙招待好你的同事。”老林说着，就往里屋走。

“要我帮忙吗？”龙聿乐站起身来跟着进去。

老林却回头跟她说：“还信不过我手艺？赶紧去坐着吧，你别来添乱，我很快就烧好，等着。你帮忙招待好你的朋友就行。”

果然没过多久，老林就烧了满满一桌菜，端出来放在紫藤花架下的石桌上。

“怎么没见嫂子？”龙聿乐问老林。

“大女婿出差，大女儿让她过去帮忙照顾几天孩子。”老林说。

“那你还弄那么多菜，我们三个人吃不完。”

“吃得完，不用客气，这是去年夏天葡萄成熟时酿的葡萄酒，我一直藏在地窖里。”老林说着就给他们倒上了酒。

“谢谢老林！”龙聿乐说着端起酒杯。

“谢谢老林！谢谢姑姑带我来混吃混喝！”许少倾也举起酒杯说，听到他再次这样叫她，她不禁眼里泛出了涟漪，甚至自己都分不清是喜还是悲。

酒杯碰在一起发出清脆悦耳的声响。天空的云霞变得通红，小鸟掠过湖面。

“老林，做农庄的市场怎么样？”龙聿乐问。

“早年我租下这里，只是因为怀念从前生活的乡下，想着租下来就跟老伴儿两个人过过日子，种种菜，养养鸡，安静地度个晚年，后来，看我们生活在这里，很多朋友过来玩儿，出了不少主意，我们俩就选择性地稍微弄弄，你看前面那么大的湖，就是租给别人做鱼塘，每天傍晚都有人来钓鱼，这里还举办过我们市最大的钓鱼比赛，再前面是种植草坪的，经常合作搞活动，比如拓展训练、团队建设，都租用我们的场地，我们给他们规划好，他们过来玩儿。”老林一五一十地说。

“我还以为来你这里的都是散客，没想到团队也那么多。”龙聿乐说。

“散客也有，但是散客季节性比较强，春秋两季来这里烧烤的人特别多。”老林说道。

“这里其实设施也不太多，为什么你当初卖掉了一套别墅来投资这里？”龙聿乐问。

“做农业，做农庄，基建投入非常大，道路硬化就花了不少钱，还有水电、网线都是需要从外面接进来的。还有苗木之类的，这里你看到的香樟林，全部都是我花了几年时间培育的，那些鸟是不请自来的，我的车停在树下，它们就天天给我做记号。”老林说。

“那我们的车估计也惨了。”许少倾说道，听他说“我们”，龙聿乐心头一暖。

“春天的时候，家里梁上一窝燕子，地上每天清洗都洗不干净。”老林话匣子打开了。

“那证明你这里是福地，燕子都来了，说明你这里吉祥兴旺。”龙聿乐说着，便举起酒杯去敬他酒。

“是啊，也吸引了你们这样的贵客。”老林回应。

酒过三巡后，林建华开车来接他们。

在车上，许少倾和龙聿乐一起坐在后排。

“你带我来见老林的意思是我们如果做亲子乐园项目也可以分包出去做？”许少倾侧过头问。

“跟聪明人做事就是舒服，”龙聿乐说，“我们可以做乡村版的万达，牛奶展厅销售我们自己的产品，宴会厅做婚礼和商务活动，亲子馆做孩子的生日会和满月酒等我们可以自己做，基建框架搭好，其他全部可以招商引资，包括游乐场、咖啡馆、创意产品街区、马场等这些全部都由专业人士来经营，可能会更好一些，你觉得呢？”

“做一个奶牛乐园，把我们企业主打牛奶和牛奶糖终端产品在这里作为旗舰门店销售，乐园可以开放展示我们的部分生产线，从给奶牛挤奶，到生产加工，再到现场品尝。”许少倾兴致勃勃地说，“奶牛乐园里有你说招商引资进驻的亲子游乐项目，有酒店，做一个能够二日游的亲子乐园。”

“看来我们集团势必要进军旅游行业啊，”龙聿乐问，“里坑村的项目怎么样了？”

“设计图纸已经完成了，现在进入施工阶段，一期项目将在明年春天完工，到时候会交给专业的酒店运营团队去管理。”

“到那时应该跟我们去的时候很不一样吧。”

“有一样的，也有不一样的。”许少倾的眼神望向茫茫夜色。

刘香芹去世界时装集团上班的第一天。台风过后的天气格外明朗，宝蓝色的天空飘着大朵大朵的白云。

香芹在媒介部上班，世界时装集团旗下有一本公开发行的杂志，早几年有三种，分为女装、男装、童装，近年新媒体运行风头正劲，传统媒体不像以前那么光鲜了，只剩下一本月刊女装杂志《NANA 世界时尚》，新运营的媒体大 V 公众号世界之光。除了这对外运营的两大媒介，还负责管理一本双月刊企业杂志《世界时装集团》，每个月向各个门店 VIP 休息区投放。另外，企业公众号、企业网站内容的采编都归媒介部管理。

“刘香芹，我不管你以前有多少海外工作经验，不管你是空降兵，到了我部门就要听我的，而且要从最基础的做起，听懂了吗？”主编 Lisa 一袭黑发剪了齐耳的波波头，戴着黑框眼镜和超大的耳环，正襟危坐在办公桌前严厉地对她说道。

“好的，我明白，主编。”香芹说道。

“那你从今天开始就做我助理吧。”听 Lisa 说到这句话，香芹嘴上应着，脑海里浮现了时尚女魔头中的场景。

Lisa 吩咐她说：“这是我们最近几期的杂志，还有这期的大纲，你先熟悉一下，那边是你的办公桌，你去吧。”

香芹来到座位上，理好工作的材料，转眼就到了中午休息时间，有几个新同事问她要不要一起去吃饭，她都婉拒了，兴冲冲地跑去孙佳琦办公室。

“佳琦！”香芹敲门之后进入，雀跃地叫他。

孙佳琦一脸茫然：“你怎么来了？”

“来找你一起吃饭啊！庆祝我今天第一天入职。”香芹理所当然地说。

“不好意思，我今天中午已经约了人，改天吧。”孙佳琦拒绝了她。

香芹走出去的时候碰到了莫子涛，黯然失落地打了声招呼就想走了。莫子涛拦着她说：“请在门口等我们一会儿吧，他中午约的人是我，我们一起去吃饭吧。”

“刚才你都听到了？”香芹有点儿不好意思。

“不好意思，我无意的，正好在门口，反正我们你都认识，不介意的话就一起吧，庆祝你第一天入职。”莫子涛热情地邀约。

“那我去餐厅等你们好了，你们先聊会儿。”香芹的脸色恢复了生机。

“茉莉餐厅，云水间包厢。”莫子涛说道。

莫子涛进来看到孙佳琦有点儿小伤神的表情，“那么好的姑娘，为什么不试着从心里去接纳她？”

孙佳琦苦笑了一下：“子涛，你也知道，我这里再也容不下任何人了。”他指了指自己的心说道。

莫子涛站近一点语重心长地说：“四年了，整整四年了。人体胃细胞 7 天更新一次，皮肤细胞 28 天更新一次，肝脏细胞 180 天更换一次，血红球细胞 120 天更新一次，一年时间人体 98%的细胞都会被重新更新一次，你为什么还是对当年的事那么念念不忘呢？执念太伤人了，不仅你会伤了自己，还会伤了爱你的人。”

“我说老莫，我记得你当年是学软件的，不是学医的。”孙佳琦对他说道。

莫子涛听到他的调侃一笑：“刚回国创业那时候没有启动资金，要还银行贷款，就给企业做做网站，所以在我不熟悉的领域，我都会先买书了解一下，我接过一家基因检测网站的业务，就顺便把相关医学知识恶补了。”

“你真行啊，看不出老实巴交的你还那么好学，”孙佳琦跳上桌子坐着问，“说吧，今天来找我什么事情？”

莫子涛拿出一份文件放在桌上：“看你那么放不下当年的事情，我请美国医院的朋友把当年的资料寄过来，你看看，詹雯晴的死真的跟你无关，你也不要苛责自己了，我们总要活在当下！”

孙佳琦拿起文件紧紧地握在手里好一会儿：“怎么跟我无关，若不是我，若不是我……她也不会就这样离开了。”说着两行泪夺眶而出。

莫子涛拍拍他的肩膀安慰道：“一切都过去了，过去了。”

在城市 CBD 核心位置，高楼林立的商业中心，华道夫大厦顶楼的茉莉餐厅，像是在喧嚣的城市里倏然辟出一处宁谧的栖息地。

龙聿乐最近几天的工作特别繁忙，新项目的调研报告全部压在她的部门，还约了城市规划设计院的朋友谈事情，为了节省时间，就约在午饭时间边吃边聊，等她赶到餐厅刚坐下来却接到对方电话说临时有事来不了了，正要走出餐厅，遇到了香芹。

香芹一阵欣喜：“小龙女，居然在这里偶遇。”

“香芹，好巧。”龙聿乐说。

“你怎么也在这里？”

“我约了城市规划设计院的朋友一起谈事情，在这里吃个饭，没想到他临时出了点儿状况，我想一个人就不在这里吃了，打算回公司。”

“那跟我们一起吃吧！”

“不了,我还是回去吧,你们吃吧！”

香芹忽然醍醐灌顶似的想起些什么,说道:“你是不是还在生我气？怪我那天撂下你一个人在鹿门居,所以你最近都没有联系我？”

“哪里的话,我哪是那么小心眼的人。你说的话都是为我着想,认识你那么多年还不了解你。我不是怕做你的电灯泡嘛,你先约会,我们两个改天约。”龙聿乐说着欲走,香芹一把挽住她的手臂说:“别啊,孙佳琦还有其他朋友,一起吧！”

听她那么说,龙聿乐内心居然出现了一丝期待,但这期待看到孙佳琦旁边的人是莫子涛时就沉了下去。

她苦笑着摇了摇头,笑自己傻,都被明显拒之门外了,还能抱着什么期待呢。

“想吃什么？我来点。”对于自己,相比孙佳琦,莫子涛热情多了,若不是第一眼就掉进孙佳琦蛊惑人的相貌里,香芹应该重新考虑对象,找个像父母和哥哥一样把她捧在手心的人。

香芹拿过菜单和龙聿乐一起看:“革木蜂蜜酱烤银鳕鱼吧,你喜欢！香煎澳洲牛仔骨,你的最爱！”香芹看着菜单对龙聿乐说着,然后将菜单还给莫子涛,“其他你再看看吧！”

莫子涛接过菜单,对服务员说:“再来个蔬菜沙拉、风味糖醋肉、美式猪肋排、松仁炒三鲜、龙井虾仁,还有来个清炒羽衣甘蓝。”

龙聿乐受苏梓涵影响,一直也提倡点的菜都要吃完为好:“点那么多,我们才四个人吃不完。”

“还有位经常迟到的仁兄在赶过来的路上,不过我们可以先吃,等他到了可以直接让他买单走人。”孙佳琦调侃道。

这时门口响起一个声音:“经常迟到这个定论不对,我就偶尔有那么一两次，这个黑锅我不背。”

“果然不能在人后说人，说曹操曹操就到了。来坐！”孙佳琦让让位，许少倾自然而然地坐在龙聿乐边上。

“你怎么也在这里？”许少倾有点儿惊讶。

“碰巧。”龙聿乐回他。

音乐在餐厅里流淌，美食一道道呈上来。两位法国大厨和一位中式主厨掌管的茉莉餐厅融合了中西美食，甄选当季有机食材，奉上一道道像画一样的餐点。

“你们俩是同学？还是姐妹？有点儿像。”莫子涛开口问道。

“嗯，我们是同学。”香芹说，“从小学的时候开始一直都是同校不同班的同学，后来我们都到了欧洲留学便开始熟络起来，那时候我住的那家 homestay（家庭寄宿）是一家外国夫妇，天天做西餐，吃得我快吐了，小龙女住的 homestay 是浙江青田的中国移民，做的菜可好吃了，我天天去他们家蹭饭。”

“你留学期间一直住的是 homestay？”许少倾拿着水杯愣愣地问。

“是啊！刚开始是怕一个人在异乡生活不习惯，找了一家 homestay 住，陈叔叔和阿姨都对我很好，就一直住在那里。”

“陈柯也对你很好。”

“陈柯是谁？”许少倾问。

“房东家儿子，也是小龙女的初恋男朋友。”回答完许少倾，香芹对龙聿乐说，“其实你们两个真正在一起也就半年不到吧，怎么那小子对你还念念不忘，分开两三年了还跑来这里寻你，你怎么就那么狠心见也不见。”

“过去的事就让它留在过去，何必要让现实去破坏过去的美好呢。”

原来她的同居只是 homestay，原来她对那个人的爱只是停留在过去，许少倾忽然觉得自己很傻，怎么也不问问清楚，幸好现在知道也不晚。

“过去的事就让它过去！”莫子涛重复着龙聿乐的话，对着孙佳琦说道。

孙佳琦没有回话，哼唧一声示意他喝酒。

后来聊了什么许少倾都没有听进去，他只是一直在笑自己傻，误会让两个人错过了那么久。

分别的时候，莫子涛独自赶回农业基地去了。香芹坐孙佳琦的车回公司了。龙聿乐打算自己回去，许少倾却拦住她说道：“坐我车吧！”

“我还是自己回去吧！”龙聿乐想着晴空大厦那些流言蜚语无事都可以生非了。

“上车！有公事要谈。”拗不过许少倾，龙聿乐只好上车，他是她上司。

炎炎夏日，热浪滚滚，许少倾从后备箱里拿出了两瓶水，一瓶给龙聿乐，一瓶放在驾驶座车门储物格里。

龙聿乐拧开矿泉水喝了一口问：“什么事啊？”

“那个奶牛乐园的企划案怎么样了？”听许少倾那么问，龙聿乐将水盖上放在挡位旁的杯托里面，认真回答他：“刚刚完成了市场调研，马上要设计规划预案。这个我在上午的会上汇报过。”

“会议材料还没送到我这里。”沉默了一会儿，许少倾用手指碰了一下鼻子，问道：“你现在没有男朋友？刘香芹说的陈珂是你过去的男朋友？”

龙聿乐被他问得很不舒服，“许董这是公事吗？”

他笑而不语。何必明知故问，多此一举。随手拿起杯托里龙聿乐喝过的矿泉水喝了一大口。

龙聿乐提醒说道：“那是我喝过的。”

“喔，我不嫌弃。”许少倾悠悠地说，说完干脆一口喝完了。

结束一天的工作，龙聿乐回到自己的单身公寓。

打开电脑信箱，又收到陈柯的来信，大意是问候她过得可好，他来到了她的城市寻找她，希望能再见到她。

再见面，有那个必要吗？

龙聿乐将整个身体沉浸在浴缸里，水蒸气弥漫进眼睛，像故意蒙上的泪意，可是她的泪早已在那年回程的飞机上流干了，不是吗？

接到家人的紧急电话，说祖父的病情一再告危，已经入院观察，她迫不及待地整理行装，以最快的速度赶回。

本想给他打个电话的，说去去就回来的。

临出门时正巧碰到他，没等她开口，他一反常态冷冷地说：“虽然我知道迟早有这么一天，但没想到来得这么快，你走吧，我不会留你。”他的目光含着极地终年不化的冰霜，至今回想起来仍刺痛她的心，说完便决绝地离开，容不得她开口解释。

龙聿乐此时才明白，他的爱里没有信任和包容，只有强烈的占有欲，他的爱像只可怜的寄居蟹，她不在，就等于没了螺壳，他的爱也不复存在。

龙聿乐是一路哭着离开的，哭得连飞机上邻座的都受到惊扰，不由得探问：“小姐，有什么事让您这样难过？”“我祖父病得很严重。”龙聿乐哽咽着回答，邻座怜惜道：“那您和您的祖父感情一定很深。”

本想回来陪祖父个把月再走的，毕竟打算在那里发展事业，已经描绘一切蓝图，还有他的心，她想试着去挽回，毕竟那是她最初的爱，爱到曾经也可以连命都不要。没想到祖父拉着她的手，几乎哀求地说：“囡囡这次回来不要走了啊！爷爷快不行了。”

她动容了，这个世上没有什么比陪伴祖父最后的时光更重要的了。祖父在大半年后安然辞世，她回欧洲的念头也日渐削弱。

以为时间久了，什么都可以忘记的。再远大的理想，再刻骨铭心的爱情，再艰难的历程，都能忘记的，不是吗？

再痛的伤，时间久了，也会愈合的。

这样想着，龙聿乐越躺越深，把头埋进水里，水面漂着五彩的花瓣，在湿气里散发着芬芳。要不是电话铃声响起，她还想沉湎水底，在水波里，就分不清是泪，还是温水了。

“喂。”她手心的沐浴液水痕黏在手机表面，险些滑进浴缸里。“接得那么快！吓我一跳。”是香芹，除了她还有谁这么直白，“说！是不是在等谁的电话？是谁啊？说来我听听。”有吗？心急的样子，从电话里也能听得出来，那么他知道吗？从茉莉餐厅回来后的几天都没有联系过，他心里是怎么想的，真的只有工作关系了吗？那为什么还要叫自己姑姑，为什么还要用冰给自己敷脚……也许自己一直没有想明白过。“别无中生有地八卦了，找我什么事？”

“周六晚上八点，在海洋之心豪华游艇，有个庆祝我哥公司新三板上市的精英人士的派对，来的都是海归派和一些年轻的企业家，邀请你一起来！”“算了，你们玩儿吧。”龙聿乐最近工作强度大，特别累，想拒绝，却敌不过对方的狂轰滥炸。“你晚上有约会？怪不得那么紧张神速地接起电话，今儿个你就从实招了吧，小妞。招了我就高抬贵手，放你一马。”龙聿乐不想被她的唾沫星子淹死，心想还是从了吧，只能作罢听从她：“没有。周六晚上八点，停在哪个码头？”

香芹学什么都特别快，短短几天已经把媒介部运作、部门现阶段的工作都熟悉了。

“Gloria，一会儿开个部门会议，探讨一下下期《NANA 世界时尚》的主题。”Lisa 对香芹说道。

“一切都准备好了，半个小时后在三楼会议室。”香芹回应，昨天主编就交代过的事情她不敢怠慢。

会议室。

Lisa 用一向严厉的口吻问道：“编辑部，下期《NANA 世界时尚》的主题是什么？”

“我们准备从秋季的主旋律着手，现在流行的以金色系的大片冲击眼球，这个我们会和摄影部配合好。”编辑部主任夏琳 Sherry 说。

“Sherry，我要的是订阅量，现在我们的订阅量节节下滑，你上一季春夏用绿色系，也没见得多冲击眼球。”Lisa 毫不留情面地说，接着又看向新来的：“Gloria 你有什么想法？”

“配合我们新季服装，小孙总的意大利小众品牌邀请了欧洲新锐设计师设计的服装将在我们工厂大量投产，取名《不一样的烟火》,我想我们杂志可以做一期‘我不一样’的主题,结合现在比较火的真人秀,采访几位不同行业的精英人士,问他们如果不做这行,内心深处最希望做哪一行,然后让他们用一天的时间去变形,感受一下不一样的生活,希望看到理想,看到现实。”香芹滔滔地讲道。

“很好！这期杂志就交给你来主导,带领大家完成,几个采访对象甄选一下给我看过之后再联系他们,散会。”

下班后,香芹没有像往常一样直接回家,而是去了孙佳琦办公室。

敲门后进入。

“佳琦,还没下班吗?”香芹怯怯地问。

“嗯,新品要上线,还有很多工作要做。”

“这周六晚上八点在海洋之心游艇，有个庆祝我哥公司新三板上市的精英人士的派对,想邀请你一起来。”

“对不起,这周六我要去外省的拉链生产厂家出差,他们去年获得了一项专利,我已经约好了,晚上八点肯定赶不回来,帮忙跟刘明星说一声祝贺他。”

“那好吧,你已经拒绝我一件事了,还有一件你一定不能再拒绝我。”

“有你这样谈条件的吗？说说看,什么事情？”

“公司对外发行的杂志《NANA 世界时尚》会配合你新品牌的服饰做一期专题,到时候有你的专访,不能拒绝。”香芹没等孙佳琦回复,就走了,“就这样定了,我先下班了,等你出差回来提前跟你约访谈时间。我先走了。”

派对是一群人的寂寞。

海洋之心。衣香鬓影，流光溢彩。

龙聿乐站在甲板上，看见金黄色的月亮挂在帆顶，仿佛触手可及。玻璃杯里摇曳着“芝华士12年”，没有加冰，她喜欢纯得没有任何杂质的酒。烈到烧心燃肺。

一声“姑姑”不经意地在耳畔响起，龙聿乐回头一看空无一人，她苦笑自己为什么对将自己拒之门外的人还有期待。

“干吗老‘遗世而独立’呢？”香芹走出来拍着她的肩，“里面很热闹，怎么站在外面吹风？”

龙聿乐勉强笑笑，摇了摇头。

“从欧洲回来后，就像换了个人似的。那么痛苦为什么不原谅他呢？对人宽容，也是对己宽容。”香芹长叹一口气，话是这么说，但龙聿乐这固执的牛脾气恐怕不是几句话能说动的，解铃还须系铃人。“他就在里面，你自己看着办吧。”

虽然知道香芹说的是谁。可龙聿乐还是不想见。

越是假装的坚强，就越怕暴露，怕心会决堤。

再热闹的场所，再热闹的生活也都是过眼云烟。她端着酒杯去书吧，品着苦涩，随意翻书架上装饰用的无人问津的书。一般没有人上游艇来看书。

捧起大学时代阅读过的《追忆似水年华》，扉页里面一枚书签飘下来，上面留着工整的字迹：

遇到真爱的时候，要努力争取和他相伴一生的机会，因为当他离开时，一切都来不及了。

遇到曾经背叛你的人时，要好好和他聊聊，因为若不是他，今天你看不懂这个世界。

遇到曾经偷偷喜欢的人时，要祝他幸福，因为你喜欢他时，不就是希望他幸福吗？

遇到匆匆离开的人时，要谢谢他走过你的人生，因为他是你精彩回忆的一部分。

遇到曾经爱的人时，要记得感激他，因为他让你更懂得爱。

那个人，也应该感激那个人吧。毕竟是第一个让她用全部生命去爱的人。

就这么想着，龙聿乐向大厅走去。满眼的华服，满眼的笑容，看起来那么光鲜亮丽。

曾经那么深刻。一眼就能认出那个人。那么长时间没见，似乎比以前更清瘦。和香芹谈得正欢，笑起来还是那么温存。

“嗨。”龙聿乐强忍着内心的翻腾，平静地打招呼。与他四目相对时，好像回到欧洲的生活。

他伸开手臂，给她一个深深的拥抱：“Amy，我想你想得快疯了。”

“挺正常的。”龙聿乐看着他，没有丝毫发疯的状况。

“我现在在中国学中文。”

龙聿乐很确定地说：“看到了。”这游艇没有驶出中国境内。

“Amy，我们好好谈谈。”他抓住龙聿乐的手，几乎哀求地说。

她刚想拨开他的手，眼前出现的一切，让她惊呆无力了。像根针刺得她恍惚了。

那个人也缓缓走近她，嘴角轻轻上扬，朝她淡然一笑说："你也在这里啊。"淡淡的，像多年的老友见面。还没等龙聿乐回话，他径直走向人群，跟不同的人攀谈。留下她愣愣地矗在原地。

香芹看龙聿乐脸色变得铁青，便靠近她拉了拉她的衣角。

"那人是谁？"陈柯顺着龙聿乐的目光方向问。

香芹看着龙聿乐艰难的表情，抢着回答了："那是 Amy 公司的上级领导，好巧，在这里碰到他，没想到我那个看似十八不靠的哥竟然有那么多朋友。"然后再转身挡住陈柯视线说，"真的很巧，到哪都能碰到认识的人，就像我那天在街上看着你拿着地图到处问人，人家对你呵斥说'你不认识字啊！不会自己看啊！'他们不知道原来中文说得那么溜的你是真的目不识丁。想想距我们上次在欧洲见面已经有好些日子了，你还是没什么变化。"

陈柯尴尬地挠了挠后脑勺，龙聿乐忽然心里一酸，想起了刚到欧洲的日子，和现在的陈柯一样举目无亲大字不认识几个，也多亏陈爸陈妈的照顾，让她在异乡感受了家的温暖。

龙聿乐的心情随着飞驰的游艇跌宕沉浮，那个刚刚搅动她内心一池春水的人，又一次这样来随意对待她。一颗心失落至极。刚刚那一幕，那个甜美的女孩挽着他……深深刺痛了她的心，不由得胡思乱想起来。

在陈柯和香芹热聊的时候，龙聿乐一个人踱步回到甲板上，海风淬了冰冷，生生刮在她脸上。

不知道过了多久，她身上出现了一丝暖意，转身一看，是陈柯把自己的外套披在了她的身上。

“Amy，你一点儿都没变，还是和以前一样漂亮。”陈柯说，“知道吗？我犯了一个很大的错误，直到最近我才知道，我一直以为你是抛弃我回到中国的，直到上周我碰到Eric，他说起你祖父的事，我才知道你也有难处。可是那么大的事为什么不跟我说一声呢？”

龙聿乐觉得很可笑，“从头到尾，你根本也没有问过我。”是你的决绝毁了我们的爱。

“对不起，Amy，自从你走后，我没有一天不想你，我常常去我们认识的咖啡馆幻想有一天能再次遇到你，我也去过我们以前的学校，想起我们在一起的点点滴滴，我更想你的肩膀有没有好，你在的城市那么潮湿，会不会像以前下雨的时候那么隐约作痛……”

没等他说完，泪水已经爬满了龙聿乐的脸，那个伴她走过单纯明亮的青春岁月的人，那份以为再也回不去的爱，又摆在了她面前。

“还记得吗？那次旅行，我们一起到了山上，我因为眼镜不当心跌破，看不清东西，导致我滑下山坡，是你不顾一切地拉着我，等路过的人一起把我救上来，我完好无损，你却是因为救我而导致右肩韧带拉伤。自从那次以后，我心里就暗下决心，这辈子都要和你在一起，关心你，保护你。”

曾经那么痛都觉得是甜蜜的。可是这话到现在才来说，即便再好听都觉得伤人。

不知道什么时候许少倾出现在他们身后，他什么话也没说，把披在龙聿乐身上的外套取下丢给陈柯，将自己的外套给她穿上，将她拥入怀里带走。

许少倾用手擦去她脸上的泪花。那个曾经气势凌云无所畏惧的女人哭起来那么楚楚动人。

陈柯看着她离去的背影，喃喃道："这回真的留不住了。"心像被什么掏空了似的，闷得难受。尽管来中国的时候他就做好了一切打算，如果她结婚了，如果她有别人了，如果她也一样还爱着他……他闭上眼睛，脑海里尽是泛黄的记忆。

船舱内，忽然厅内灯光暗了下来，音乐声响起来，龙聿乐的耳畔听得低声呢喃："请和我跳支舞吧。"还没等她说好，已经被那个人拥入了怀中。

这几天一直在想，遇见时一定好好问问到底他的心里是怎么样看待她的，刚刚的那一幕不由得使她想问问那个站在他旁边的女孩是谁，可是现在在他怀里，那一切都不重要了。一辈子太短，那些多余的牵挂太累，能把当下活得精彩就足够了。

一步一步，紧紧跟着他的步伐，贴着他的胸膛，仿佛能感觉到他的心跳，他的手心没有一丝汗水，温暖而宽厚。在昏暗而斑斓的灯光里，她浅眸低笑，他在她身边，一切变得那么踏实。"许少倾。"她轻声叫唤着，生怕惊扰到这场梦，"谢谢你。"

就算是一场梦，也谢谢你和我共舞。

还没等舞曲结束，她就被他拖离了人群，他对她说："你是相信我的吧？"她坚定地点头。

他带她来到船侧，把救生衣丢给她。然后去解逃生小艇的绳。这个男人要带她离开这个绚丽的舞台，和他在一起，无论深夜的浪花飞溅起来有多冰冷，无论行驶中的寒风多刺脸，她还是感到温暖地在心尖开了花，那么美那么令人陶醉。

等他们的小艇靠岸，许少倾扶着她上岸，走到车前为她开车门，待她坐好系好安全带，向远方飞驰而去。

车内仿佛有淡淡的幽香，若隐若现。

“我们要去哪里？”龙聿乐其实内心有更多的问题，我们要去哪里，做什么，为什么要走？

许少倾握着方向盘说道：“待会儿你就知道了。”

“我们这样偷偷走了好吗？”龙聿乐担心地问，“万一他们找不到我们怎么办？”

“我已经交代过西悠了，她在船上会处理好的。不用担心。”许少倾侧眸给她温暖一笑。

“我们这样好像……”后面的话龙聿乐怎么都说不出口，我们这样好像私奔。

“好像什么？”

“好像不太好，你带来的朋友还在游艇上。”

原来她介意的是这个，许少倾说：“琳琳是我父亲好朋友的孩子，我们从小在美国的时候就认识，长大后联系比较少，这次她特地飞来中国看我父亲，我父亲硬让我带她到处去玩玩。剩下的行程我都让林建华安排好了，让他带着她四处去看看。”

龙聿乐说话声音越来越小：“其实你不用跟我解释这个。”

许少倾粲然一笑。

游艇会所，夜晚的山顶一览众山小，一半是悬崖，海，波光粼粼一望无际；一半是山，蜿蜒起伏，高尔夫球场被粗犷的海岸线和茂密的森林包围着。

在山顶硕果累累的枣树下，一张桌子摆上了烛光晚餐。

龙聿乐一下车就被眼前的美景震撼到了：“哇！好美啊！”不过转念一想，便转头问许少倾：“你带过多少女孩子来过这里？”

“我也是第一次来，我打电话给林建华让他安排的，他说他有个爱看偶像剧的老婆很会出主意，我就吩咐他去办了。”许少倾说，“你不满意？我回去扣他奖金。”

“不不不！很满意！”龙聿乐心头早就乐开了花。

许少倾为她拉开椅子，待两个人都坐下，侍应生将醒过的无酒精气泡水给他们倒上。

晚风拂面而来，撩动着龙聿乐的裙摆，映在许少倾的眼里，慢慢地坐定后，她觉得天地之间都安静下来了。许少倾打了一声响指，不远处响起了小提琴声，四周的灯光都亮了起来。

看着满桌的海鲜，龙聿乐乐开了怀，随口问道：“宵夜？”

许少倾只得配合她的没情趣，“开渔了，都是新鲜捕捞上来的，我想比起西餐你应该更愿意吃中餐吧，正好这个时间西餐主厨下班了，中餐厨师好找，清蒸鲈鱼、面包蟹炒年糕，这是炭烤生蚝，法国特级吉拉多生蚝，48小时之前可能还游弋于地球另一端的深海里。”

“这个你多吃点儿，”龙聿乐将一只生蚝放在许少倾盘子里，“据说对男人很滋补。”

“你满脑子装的都是什么？”许少倾用筷子夹起生蚝肉放进嘴里。

小提琴手退去。抬头仰望星空，田园诗般的宁静精致。

“找到哪颗是牛郎星哪颗是织女星了吗？”许少倾问。

龙聿乐摇摇头：“不好找啊！”

“会出现的，因为今天是七夕。”许少倾说道，“多少人在这天，仰望茫茫的星空，想要寻找神话一般美好的爱情。”

龙聿乐虽然不记得今天是七月初七，但还是问：“你找到了吗？”

“找到了。”听到他说这句话时龙聿乐心头一沉，许少倾随后又补了一句：“在第一次她徒手抓毛毛虫的时候，就已经开始了。”

龙聿乐心花怒放，脸转眼扭曲了：“咳咳咳！”她捂住了嘴。

“你怎么啦？”许少倾站起身来走到她身旁。

龙聿乐痛苦地说道：“被鱼刺卡到了。”

山路崎岖颠簸，龙聿乐痛苦地坐在副驾驶，眼泪在眼眶里打转。

许少倾着急地看着路的前方，还有两三个小时才能到市区的医院里。

“你坚持一下啊！”许少倾摸摸龙聿乐的头说道。

想说嗯，可是喉咙好像不是自己的了，不能发声，她只得点点头，豆大的汗珠从额头流下来。

本来这片土地是一个小渔村，后来有位有远见的企业家将这里拿下来，造就游艇会、高尔夫球会、马术俱乐部，更重要的是休闲度假地产项目，短短几年时间这里发生了翻天覆地的变化，很多名流没来过昭州市却到过兰顿庄园。

从游艇会的山顶观景台出来后，许少倾驾车一路疾驰，兰顿庄园里面几块地刚开始施工，路上还有因工程车驶过不小心掉下的山石。

夜晚，路灯很暗，月朗星稀，许少倾的车从山上盘旋而下，“砰腾”一声巨响，龙聿乐本能地“啊”一声，却发不出声来，只留一个口型。

许少倾将车停在路边一看，前轮撞上了碎石瘪了，龙聿乐也跟着下来，看到这状况想问什么又发不出声。“抱歉！车抛锚了！你还难受吗？忍得住吗？”看着许少倾懊恼的神情，龙聿乐给他以坚定的眼神并点点头。

这时，后备箱因为冲击的撞力打开了，荧光心形的氦气球争先恐后地从后备箱飘出来，慢慢升空。

龙聿乐走到许少倾身旁牵起他的手，看着荧光气球在山谷里升起。

汽车 4S 店的车辆救援队到来后换好轮胎，开到市区时天空泛起了鱼肚白，朝霞红透东边的天空，漫长的一夜终于过去了。

许少倾陪同龙聿乐走进第一医院急诊室。

一位穿白大褂的中年男子走过来问：“哪里不舒服？”

龙聿乐用手指指指喉咙，许少倾补充说道：“鱼刺卡住了喉咙。”

“小两口生活条件太好了！”医生拿着手电筒往龙聿乐嘴里照着嘟囔着，“早餐都吃鱼！”

许少倾没有理会他，关切地问：“医生，为什么鱼刺卡住喉咙连话都说不出来了呢？”

“鱼刺卡住时间太长，黏膜腐蚀了，等它慢慢恢复，我开点儿消炎药，一会儿你给你太太去药房拿一下。”

龙聿乐正想解释，我们不是，可是奈何喉咙发不出声响，只听许少倾回了一句：“好的。”

龙聿乐心里琢磨着这趟出门虽然经历了被鱼刺卡喉咙、爆胎、夜驶小船等磨砺，但昨天还是单身狗，今天一早就被叫了人家太太，好像大街上捡了个男人似的，那么有效率。

从医院出来，龙聿乐只觉得舌头都被医生拎得不是自己的了。

“折腾一晚上，你也累了，我送你回家休息吧。”许少倾问，“你家住哪个小区？”

“不用麻烦，我回去洗漱一下还是去上班吧，手上有很多事情还没完成。”龙聿乐在手机上打了几行字。

“公司今天不用去了，我帮你请假好了，”许少倾嘴角带着坏坏的笑意，“不说地址，那带你回我家休息吧，反正我爸妈都在医院里，空房多的是，随你选。”

龙聿乐感觉是上了贼车，在手机上打了四个字：“燕莱公寓。”

没有电话打扰的一天真好，龙聿乐睡得昏天暗地，俗话说一夜不睡十夜不醒果然不假，睡醒了脑子还是嗡嗡作响，好在喉咙感觉能发出声响了。

手机里若干条短信，最严重的一条是刘香芹发的。

夜晚，龙聿乐被香芹约到九号码头餐厅。陈柯也在。

一场意料之中的交谈开始了。

“你怎么昨天晚上丢下我们两个就跑掉了呀？”香芹迫不及待地说了起来，“你知不知道陈柯很担心你，在游艇上到处找你，后来有人看到说你是跟许少倾一起走的。小龙女是不是这样？”

龙聿乐笑了笑，说：“你们想吃什么？这顿饭我请。”转头看着他说，“陈柯，你这次来准备住多久？”她的语气像两个相安无事的老友，让他很不舒服。

陈柯也似乎感到了，分开这些年，难免会寂寞，会爱上别人，他也曾经有过，只是后来的都比不上跟龙聿乐的爱那么炙热浓烈，他想回到她身边。可是现在就算他的心还在她身上，她未必也是。“等我学会了汉语。”他如果如实说等我找回我的爱，连自己都会看轻自己。有些人，离得那么近，心却远在万水千山之外。

香芹对于时尚杂志接触得并不少，纸质媒介销量急剧下滑是不可避免的趋势，相比《NANA 世界时尚》的订阅量下滑，杂志线下活动却开展得红火，明星见面会，还有时尚派对，特别是金融版资本对接，每次项目路演都会有资本进行对接。所以微信公众号也特别活跃，线上粉丝高涨。

“Gloria，我看了你的方案，很不错，就按上面的来执行，结合微信公众号线上活动，先选出五个采访对象去联系，再找几个备选人物，让编辑部按照你的思路进行。”Lisa 说道，“Sherry，有意见吗？”

“没有，我们照着执行就是。”夏琳说道。

“好的，散会。”

晨会很简短，散会以后大家开始了忙碌的一天。香芹跟着 Lisa 去了主编办公室，忙着对候选人员的确认。

从晨会办公室里走出来，编辑部陈熙 CiCi 对夏琳说：“夏琳姐，我太替你感到不公平了，好歹你也是做了五年的编辑部主任，凭什么就去听她一个新来的，Gloria 不知道是什么来头，主编居然听她的。”

“别瞎说，做好我们自己的事情。”夏琳说着，快速回到了自己的位置。

香芹兴冲冲地来到孙佳琦办公室，看到他正对着电脑看着报表。“佳琦，佳琦，”香芹双手托住脸两眼水汪汪地看着他说道，“就问你一个问题喔，如果不是做服装的话，如果可以不计后果地选择，你最想做什么？”

“可以不回答吗？”

“不行！”香芹嘟起嘴，“一定要回答，而且要很认真地回答，你摸着良心回答好了，我就马上消失，不打扰你工作了！”

“职业自行车骑手。看过电影《破风》吗？”见香芹认真地点点头，孙佳琦继续说，“我就是想做那样的公路自行车赛车手。”

“既然你那么喜欢骑车，怎么从来都没有见过你骑自行车呀？在你家里也好像没见到任何自行车？”香芹睁着圆圆的眼睛问。

“说好的只问一个问题。”

“那好吧，下次你想跟我说的时候再说吧。”香芹说完很守信地走了，回办公室的路上，香芹想着他既然那么喜欢骑行，也没见过他有骑行的时候，看来他真的把梦想锁在梦里安心做企业了。

过了一会儿，孙佳琦办公室的门又打开了。他正伏案批注着文件，头也不抬地说：“要诚实守信，就问一个问题就走。”听到高跟鞋敲打地面的声音并没有停，才抬起头，看到一个风姿绰约的中年女性走过来。

“是谁要诚实守信？谁就问一个问题就走？”穿着低调奢华的李宝莉开口问道。

孙佳琦站起来走过去挽着她的手臂说：“妈，你怎么来了？”

她在沙发上坐下来，“路过何记，给你买了你最爱吃的小笼包，你还认我是你妈啊，多久没回家了？”

“谢谢妈，好香，”孙佳琦夹起一个小笼包往嘴里塞，“我这不是工作忙吗？新收购的意大利品牌，设计在国外完成后，要在我们国内的工厂投产，我忙得团团转。”

李宝莉宠溺地帮他擦去嘴角的油迹：“那也不能天天睡公司呀！”

“好好好！等我忙过这几天，就回家看你和爸。”孙佳琦拍拍她的肩膀安慰道。

李宝莉忽然想起来什么事情张口问道：“刚刚谁在你办公室？你让谁诚实守信？她问了你什么问题？”

“妈，你是记者吗？你嫁给我爸之前的职业是记者吗？”

“我猜大概是香芹这个姑娘吧。”

“妈，你是算命的吗？”

“你这小子，三天不打又没大没小了，我看香芹那个姑娘很不错，善良上进，我打心眼里喜欢。你怎么样？喜欢人家吗？”

“妈，你怎么又来了？”

“妈知道小晴的事情对你打击很大，妈也是看着你们一起长大，看着你们一起去留学，如果不是那件事，可能现在……”听李宝莉一提到小晴，孙佳琦的眼睛马上就暗了下去，“好了，妈不说了，妈就想你早点站起来，能够从那个阴影里走出来，妈就你这么一个儿子，不能看你一直都活在阴影里。”

“妈，你别那么说，除了我还有大姐，二哥三哥。”

“他们不是我亲生的，总归不一样，早年你二哥和三哥争得那么厉害，他们两个还分别来讨好我，现在他们缓和很多，也不会像以前那么故意来套近乎，现在这样也好。妈心里怎么会不清楚，他们对我，无非就想让我在你爸面前多说几句好话，以后多分家产,我和你爸一直想你来接这个班,你可要给我争气一些,别像你二哥和三哥一样在外面净惹些桃花,弄得家里鸡犬不宁,一生啊有一人真心相伴就够了,妈就想你能早点让妈抱上孙子,妈就满足了。”

“好了,知道了,妈,你赶紧回去吧,我忙完这两天就回家。”

走到门口李宝莉又跟他说起来:“我看香芹这孩子很好,也许你还没发现,她的世界很纯净,就像一个没有被污染过的宝蓝色的湖泊一样,相信妈不会看错的,妈给你挑的媳妇,肯定能温暖你一辈子。”

“好了,妈,我自己的事情自己知道,你赶紧回去吧,我还有个会议要开,不送你了。家里见!”孙佳琦长舒一口气。也许过去对他来说,根本就没有过去。

晴空大厦 27 层。快到下班时间，许少倾的办公室灯火通明。

林建华拿着文件走进许少倾办公室,恭敬地将文件放在他桌上说:“少董,这是首届奶业行业大会暨奶业产品展销会的资料,农委的分管领导希望我们能牵头办好这场盛会,毕竟董事长是协会会长,我们企业也是行业老大。”

“放桌上吧，我跟其他省奶业协会的会长商量一下活动的可能性。”许少倾看他迟迟没有走出去便问,“还有其他什么事情吗？”

少董的脾气林建华还没摸准,就小心翼翼地说:“还有个会议比较急,下周一农业部门举办的畜牧业大会,会议通知函早发过来了,我压在文件下忘记了,刚想起来,真的很抱歉,是我的工作疏忽。”

许少倾皱着眉头问:“在哪里?”

“在新疆举办,正好是在我们新品的奶源地,届时,相关部门的领导都会出席,您是否去参加会议?”

许少倾深思了一下,说:“我去吧!”

林建华长舒一口气,回应道:“那好我去订两张机票,我陪您过去。”

“订三张,叫上龙经理一起,参加完会议,我们去新厂区看一下新品研发的成果。”许少倾说道。

“好的,马上去办。”林建华说完就走出了办公室。

许少倾站在窗口望着鳞次栉比的高楼,嘴角微微露出笑意,那个风吹草低见牛羊的地方,跟她一起去,肯定特别特别美。

林建华还没将通知函送到龙聿乐手上,许少倾已经找到她:“跟我一起去新疆出差。”

“什么时候?”龙聿乐问道。

“下周一的会议。后天的飞机。”许少倾说着将她带离了办公室,这个时候龙聿乐还一个人在办公室加班,不知道以前怎么都没有心疼。

“那么着急,我这里还没准备。”龙聿乐感觉办公室的办事效率真低,也不早点儿通知。

“所以我来带你去买。”

“不用了,要带什么我家里都有。”

“走,去采购工作服。”许少倾将她强行带离办公室,虽然已是下班时间,可是晴空大厦的很多灯还亮着,也包括龙聿乐的品牌策划部,加班是正常,不加班才不正常。

“去哪儿？”龙聿乐出差是能适应，但是突然老板那么热情，好像还没适应过来。

“我查了天气，那里昼夜温差大，你要多买几件厚款，那里到了晚上会很冷，走吧！”许少倾将龙聿乐塞进车里，开车向商业街驶去。

繁华的商业街，夜的街景流光溢彩。

昭州市新达时尚购物中心是由多个两层商城连接而成的购物社区，集结了高端奢侈品牌和最畅销的大众品牌，完美呈现了一站式购物理念。

许少倾带着龙聿乐漫步在街头，新潮设计师的精品店铺和大型连锁商店随处可见，龙聿乐已经记不清上次是什么时候来的，平时若不是香芹强烈要求，她极少去市中心的商业广场，这里人多停车麻烦，逛街很浪费时间，但是这次跟许少倾一起来，似乎感觉又有所不同了。

“喜欢哪家店？”许少倾问。

龙聿乐想了想，平时只有偶尔陪香芹来过这里的几家商店，但是香芹的着装风格跟她完全是两种类型，只好回答道：“我很少来这里，也不知道哪家好，我以前都是在线上购物，或者是出差时在候机楼等飞机时去商店转一下，那样会比较节省时间。”

“第一次听到有女孩子不喜欢逛街的。”许少倾看她虽气质不凡，但是衣服着装的重复率很高，看来她真的和普通女孩子不一样，“那我带你去一家吧。”

“好。”

又莱——是许少倾多年好友孙佳琦开的全球买手集合的

服装店，有两千多平方米的营业面积，召集了全球的时尚买手进货，过来的有男装、女装、配饰的现货，也可以网上预订。

“去挑你喜欢的吧！”许少倾对她说，“长袖、毛衣、外套，全部都选上。”

龙聿乐向他做了一个逗趣的表情：“老板大方，谢谢老板。”

龙聿乐试了两套衣服，问许少倾：“哪套好看？”

“都好看，都买了吧。”

龙聿乐对许少倾说：“不用那么浪费。”然后转头对店员说，“就要这套吧！”看着许少倾脸上浮起来的丝丝不悦，她解释道，“我一般一个新季同一类型就备两三套新款，够换就行了，受梓涵大师影响太深，一个人的时候就素衣简餐，人不能消耗太多的物质，会影响福报。”

“那好吧，我也选一套，但是你得加一件厚外套，万一晚上很冷，不要冻着了。”许少倾说着拿着信用卡给店员去付账。

“太太，你先生对你太好了！”店员在旁边一直看他们撒狗粮，都看不下去了。

“我还不是……我们还不是……”龙聿乐都不知道用什么措辞了。

店员没听她解释，赶紧抱着衣服去收银台，临走自己嘀咕了一句：“明明很有夫妻相，我不会看错的。”

香芹策划的主题在线上引起了强烈的互动，也随着话题效应邀请到了几位当红明星来拍摄这期主题，同时邀请的还有商界青年精英。

“知道吗？那个最近很火的明明也来了。就是那部在播偶像剧里的当红小生。”

“你知道他内心最想要一种什么样的生活吗？”

“最想要什么？”

“最想去牧羊。哈哈哈哈……”

编辑部的故事真是多，一清早两个采编人员就开始聊天，正好被主编 Lisa 听到了：“那么有空八卦别人，自己的事情做好了吗？”立时编辑部恢复了安静与忙碌。Lisa 用犀利的眼神看向大家问，“今天采访哪位？”

“是我们的小孙总。”夏琳回答说。

“Sherry，采访场地在哪里？都准备妥当了吗？”

“在兰顿庄园的山道上，已经选好了取景地。这次采访由 CiCi 配合 Gloria 一起做。”夏琳仔细地回答。

“采访大纲发过去给小孙总看过吗？小孙总那边的邀约是谁在对接的？”

“都是 Gloria 负责在对接的。”夏琳很想把这档子事都推在香芹身上，如果出了什么岔子她也就置身事外，可是 Lisa 也不是那么好糊弄的，严厉地交代她说：“Gloria 毕竟是新人，具体事宜你要把好关。”夏琳也只能点头称是。

兰顿庄园将旧时安静祥和的渔村气息转换成了时尚精英人士的休闲之地，进入庄园的大门，等于进入了与世隔绝的度假山庄，没有会员卡的外来人员不允许进入。兰顿庄园坐拥郁郁葱葱的森林，环抱着碧波大海，隐匿在花草苍木之间，幽静、别致而独立。

“你要带我去哪里？”孙佳琦坐在香芹车上问。其实早晨香芹突然来接他的时候，他已经措手不及了，还没等他开口问就被李宝莉推出了门外。

"去一个地方。"香芹悠悠地说道。

"哪里？"

"到了你就知道了。"

到了兰顿庄园化妆师服装师一哄而上，将孙佳琦架进化妆室，"一早将我拖到这深山老林里是想干什么？我跟你们说，你们要是把我化成猴子我肯定跟你们没完。"

"小孙总真爱说笑，我们怎么会把英俊帅气的您化成猴子呢？"化妆师将他固定在座位上，打开化妆箱拿起各种刷子在他脸上开工。

"我说你不要老是给我画眉毛呀，一个大男人画那么两条眉毛多别扭嘛，你是不是给我画两条胡子会更帅。"孙佳琦喋喋不休地说着。

"小孙总，您要相信我的专业水平。"化妆师说，"而且您坐着不要动，不要说话，我会发挥得更好。"

"你们哪里找来那么个化妆师的？"听孙佳琦这么说，众人都假装没听见，他只能无趣地闭上嘴。

香芹一直在外面跟摄影师沟通拍照的场景、角度，化妆室里孙佳琦无聊地看着自己的新眉型，真搞不懂男人怎么也要画眉毛，还要画眼线，这流行的到底是什么趋势？

化妆师化好以后很满意地对着镜子里的孙佳琦说："真是太完美了！"孙佳琦赶紧站起来，"怎么样？满意吧？"化妆师没那么轻易地放他走。

"是不是要给我个编满辫子的假发，然后再给我画一个大烟熏的眼影，让我演杰克船长？"孙佳琦望着窗外的碧海蓝天，感受温润的海风从海洋徐徐吹来。

“不只是杰克船长，您还是我们万千少女心中最帅的小孙总，这是您今天的服装造型，麻烦您换上吧。”服装师将衣服递给孙佳琦，看到是自家品牌新推出的运动款，孙佳琦不再找化妆师麻烦，兴冲冲地换上了运动装。

香芹看到孙佳琦的新造型，开心地迎了上来，“佳琦，你真是美男子，以前怎么没看出来，你还那么妖，美得惊心动魄。”

“刘香芹，你大清早把我骗来这里，是让我扮猴子给你看的吗？”

“哪是猴子，你简直美过东方不败！”香芹拉着他，漫步在兰顿庄园的观光道上，心里的愉悦就像树上的小鸟在欢唱，沿途美景十分令人沉醉，她多么想让他能做自己喜欢的事，成为自己想成为的人，哪怕是一天，她喜欢他，就是想给他想要的，神秘的旅程即将开始，香芹期待着孙佳琦见到礼物时的欣喜，那礼物就藏在隐密的兰顿庄园的山道里。“佳琦，我送了一样礼物给你。”她将双手蒙住了他的眼睛。

“是什么？搞得那么神秘。”

“到了你就知道了。”香芹轻轻松开双手，“噔噔噔噔——这是托我哥开车行的朋友好不容易割爱买过来的著名赛车手阿姆斯特朗的赛车，是不是很惊喜？”

孙佳琦看着眼前的车一改往日的嬉皮笑脸，沉默地看着车。

香芹用手在他眼前晃了晃，“很帅的车吧，很配你吧！喜欢吗？喜欢吗？骑上试试！”

孙佳琦看着车愣了几分钟，对香芹说了声“对不起”后转身离去，无论香芹在后面说什么，他就像失了心神一样什么都听不到，消失在路的尽头。

白忙活了一上午，香芹和编辑部的同事一起回到编辑部。

“新来的还想拍领导马屁，这下好了吧？版面开天窗了。”

“就是，一来就想骑到我们Sherry姐头上，没那么容易。”

虽然CiCi她们的话夏琳听了很是舒服，但她还是说：“你们两个可以闭嘴了，赶紧想想空出来的版面用什么来填上。”出了那么大的纰漏，夏琳心里期盼着Lisa破口大骂刘香芹，杀杀她的锐气，看她以后还怎么出风头。

香芹没有回办公室，像做错事的孩子一样跑去找李宝莉女士：“我找不到佳琦了，佳琦会不会有事？”说着眼泪不禁流了下来。

李宝莉抚摸着她的头：“到底发生什么事情了？”

香芹把今天发生的一幕幕都讲述完，看到李宝莉一张惊讶的脸，“我是不是哪里做错了？佳琦为什么会好端端地突然就走？他以前不是这样的呀，而且到现在手机也打不通，他会不会有事？”

看着香芹委屈的神情，李宝莉的心似乎回到了当年，惊魂未定，看着她的沉默，香芹不免更担忧了：“阿姨，你怎么了？佳琦他到底去了哪里？我们让人去找找吧！”

“好！我这就打电话。”李宝莉拿着电话走到一边打过去，声音极小，香芹听不清说了什么，好一会儿李宝莉才平复了心情，坐到香芹身边跟她说：“那是好几年前的事了。佳琦很喜欢骑行，从小时候开始一直喜欢，他最崇拜的就是阿姆斯特朗，他喜欢他的拼劲儿，还参加了自行车队，参加过几场职业赛。后来一次在美国的时候，在公路上骑行，被喝醉酒的人驾驶车辆撞倒昏迷在了路边，肇事司机逃走了，佳琦被路过的车辆救起，但已经错过了最佳治疗时机，等他身体恢复了，再也不能参加职业比赛了，这件事对他的打击很大。他以前的梦想就是当职业赛车手，虽然我和他爸都没有禁锢他的梦想，但是现实折断了他的梦想。”

“对不起，阿姨……我不知道……”香芹哽咽了。

李宝莉抱了抱她的肩说道：“傻孩子，这怎么能怪你呢，我已经让佳琦爸爸派人去找了，没事的。”

三天后，孙佳琦的大姐孙善琼在一家酒吧将喝得烂醉如泥的他带回家，他又将自己关在房间里睡了三天后，开门出来像个没事的人一样。

“佳琦……”香芹一直守在客厅等着他，看到他自己出来了，担忧地看着他。

“刘香芹，你哪里找来水平那么差的化妆师，你看看把我化得跟熊猫似的。”孙佳琦从楼梯上走了下来，好像一切都没有发生过。

香芹知道那段他不愿意提的过往，“好嘛，我下次换一个化妆师，保准把你化成花样美男！”

“千万别！我已经那么帅了，再化成那样，万一我自己看了都爱上自己怎么办？”

“好吧，人见人爱、花见花开的美男子你想怎样？”

“吃个饭一起去公司，你做的策划很好，把我们的新品推广好！”

“没问题！”香芹笑逐颜开地答道。

龙聿乐一行经过五六个小时的飞行来到新疆，广袤神秘的西域，沿途的村庄一掠而过，风吹草低见牛羊的场景在路上一幕幕显现，一路美景一路颠簸，又坐了两个小时的车才到达酒店。

刚到达酒店，晴空集团西部牧业分公司的总经理已经候在大堂，欢迎许少倾他们的到来。

“啊呀！少董，您好！欢迎欢迎！”秦总满面笑容迎了上来说，“早就听闻少董英俊非凡，今天一睹真容真是人中之龙啊！”

许少倾简单握了握他的手，说道：“秦总过奖了！其实大可不必那么大费心思地安排，我们只是过来参加一个会议，去厂区看一下就行。”

“您远道而来，我怎么能不尽地主之谊呢？”秦总热情地说道，“你们先去酒店房间休息，等到了晚饭点你们再下来，我还要迎接两位自治区里的领导。少董给我们的批示报告我研究过，扩大厂房再生产，等明天您参加完论坛，有时间的话去看一下一会儿来参加晚宴的分管招商的马局长那里园区的地，我个人觉得特别适合我们企业。马局长是个内蒙古人，喝酒和做事都很爽快，是难得的性情中人。”

许少倾微微点头暂别秦远达，待林建华办好入住手续以后，三人拿着房卡走在酒店走道上。

林建华挠挠头说：“听说内蒙人喝酒特别厉害，如果他再带几个内蒙人来我们就惨了。”

“怎么个惨法？”龙聿乐兴泱泱地问。

“网上不是流传着一个段子嘛，‘跟咱们内蒙人喝酒，就入乡随俗按我们内蒙的规矩吧！我先介绍一下今天桌上的几个朋友，然后咱们先喝一圈。喝完后你能说出来他们的名字，就是你认我们这些朋友,我们自己喝一杯。要是你说不出来名字,就是情谊还没到,你自己喝一杯。先从你旁边的噶拉仓巴拉丹扎木苏日丹开始,再往下是乌勒吉德勒格列日图愣巴……'"林建华绘声绘色地讲着。

"林特助,清醒点!这里是新疆。"

听着龙聿乐这么机智的回复,许少倾宛然一笑,这个古灵精怪的丫头到哪里都是那么元气满满。

晚上,在酒店豪华餐厅包间里,偌大的圆桌围坐着十几个人,来不及欣赏这异域风情的独立包间,龙聿乐随着许少倾在秦远达的介绍下和客人们一一握手。

等坐定下来的时候发现这里的环境融合了现代风格和民族风情,简洁利落,古董挂毯、喀什老建筑拆下来的木柱、木门都点缀得恰到好处,灯光柔和,很贴心地聚焦在桌面上。

"少董!这个您尝尝,大盘鸡是新疆餐厅的特色菜,用大盘上菜也表现了我们新疆人的豪爽!"秦远达把新上的菜转到许少倾面前热情地说道。

"好!"许少倾夹起一块鸡腿往身旁的龙聿乐碗里塞,对她说,"你也试试!"龙聿乐大口吃进嘴里,小声在他耳畔低语:"好是好,就感觉没你做的好吃。"

"回去给你做。"两人相视一笑。

酒过一巡,马局长端着酒杯走过来对许少倾说:"许董那么年轻有为,英俊非凡,不知道可曾娶妻?"

许少倾被他问得一愣:"还没有。"马局长微微一笑,似乎对这个答案很满意:"我们这里的姑娘都很漂亮,许董也可以考虑一下。"

“我有……”许少倾一句“我有喜欢的人”还没说完，就听得一阵蒙古族传统的歌声响起来，一个姑娘端着酒杯边唱边慢慢走到他跟前。

“这是马局长的女儿，按内蒙的习俗给您敬酒，歌词大意是：远方的客人请你喝一杯草原佳酿，这是我们民族传统食品的菁华，也是我们草原人民的深情厚谊。您的酒不喝完她的歌声不能停。”秦远达在许少倾身边悄悄解释说。

看着许少倾连干了几碗，那姑娘还没有要离开的意思，龙聿乐站起来说：“马小姐的歌声真是动听，我呢不会唱歌，但是也想按你们内蒙的规矩喝酒，这样吧，我从小跟着爷爷听昆曲，那么今天就给大家献丑唱几段昆曲。”

“好！”宴席中有人鼓起掌。

一曲《牡丹亭》唱得人如痴如醉，“情不知所起，一往而深，生者可以死，死亦可生，”明知道许少倾听不懂，龙聿乐还是唱给了他听。

那个晚上后来发生了什么，龙聿乐真的不记得了，在与马小姐一碗碗白酒的较量下，龙聿乐感觉自己的意识飘出了身体。

宴席还没散，许少倾就带着醉得不省人事的龙聿乐径自离开了。林建华马上跟了过去。

“少董，还是我来送龙经理吧。”林建华说着想要过去扶龙聿乐。

龙聿乐含混不清地命令道：“林特助，小林子，你退下！”龙聿乐只感觉眼前所有的景象都在跳跃晃动，她眼里只有许少倾，紧紧地抱着他，像是唯一能固定她身躯不会倒下的支柱。许少倾也没理会他，林建华只好识趣地拎着龙聿乐的包跟在他们身后。俗话说女人喝醉太可怕了，他很庆幸还好他老婆只爱看电视剧不爱喝酒。

林建华用房卡刷开了房门，许少倾将龙聿乐放倒在床上，刚想离开，就被龙聿乐抓住了手："许少倾你不准走！小林子你可以走了！把房门锁好。"

这女子想要干吗？林建华头皮一阵发麻，担忧地看了许少倾一眼，没想到也得到一个被赶的眼神，他赶紧放下包，故意高声说了句："喳！"关上门就走，出门的时候他老婆一直交代，多做事少惹事，他对着关上的房门嘀咕了一句："多做事少惹事，就这样吧，少董，你们慢慢享受二人世界，小林子我先退下了。"

许少倾看着醉倒的龙聿乐一阵皱眉，不能喝干吗要逞强。"水，水，"醉倒在梦里的龙聿乐喃喃道，许少倾赶紧去接了水给她喂下。看她安静了一会儿，许少倾打算离开，却又被龙聿乐死死抓住，"不准走，哪儿都不能去，你这次又想去哪里，又要离开多久，你知道上次在里坑村子里我醒来看不到你有多难过吗？"

许少倾听她那么说，心里一阵触动，揉揉她的头发："好，我哪儿都不去，就在这里陪着你醒来。"

"上来！在这里。"龙聿乐睁着迷离的眼睛，身体吃力地往里面挪了挪，示意许少倾睡上另半边床。

正当他还在犹豫的时候，龙聿乐使出了最后一丝力气将他拉上了床。"我说你下次绝对不能喝酒了，绝对不能喝醉了，知道吗？尤其在我不在你身边的时候。"许少倾郑重其事地对她说，可是她的耳朵像装了过滤器一样，呼呼睡去。

睡了一会儿，龙聿乐扯着衣服喊："热，热！"看着她半裸露的雪白酥胸随着呼吸起伏，许少倾也感到一阵炙热，忍不住向她靠近，除了阵阵浓烈的白酒味，空气里似乎还弥漫着龙聿乐淡淡的体香，像春天的花朵在草原上迎风招展。

她的眼神，她的姿势都是那么撩人。

毫无征兆的一股渴望，许少倾握紧了拳头，似乎也察觉到了自己的动情。他慢慢闭上眼睛，额头不觉渗出汗水来，他很少有那么强烈炙热的冲动。

在慢慢靠近龙聿乐时，越发觉得她的皮肤是那么白皙水嫩，粉色的樱桃嘴唇一抿，似乎在述说着什么。许少倾身体慢慢向龙聿乐靠近，也敏感地发现自己身体的变化，他的唇正要碰到她的时候，他忽然意识到了自己的不堪，"许少倾，你什么时候变成这样的色魔了，居然想去轻薄喝醉的人。"

许少倾懊恼自己，却握住她乱动的手，看到她灿若星辰的眼睛，一双黑眸里跳动的火焰，许少倾努力深呼吸，硬生生别过脸，甩手将被子重重地甩在龙聿乐身上，将她盖得严严实实，看她还怎么刺激他的神经。

许少倾起身冲了个凉，将刚燃起的欲望浇灭，然而，这也于事无补，一晚上根本没有睡好，连梦都是断断续续的，是紧张而挣扎的一个晚上。

第二天早上龙聿乐揉着眼睛，抬起昏昏沉沉的头，看到身旁的许少倾一惊，掀起了他的被子。

对于刚入睡的许少倾来说痛苦莫过于缺个好觉："你干吗？"他墨眸深邃。

"只想确认一下，我有没有对你做什么？"龙聿乐赶紧解释道。

“你不该做的都做了！”许少倾靠近她说道。

“可是……”可是龙聿乐自己什么都想不起来了。真的不该做的也对他做了吗？她对自己的奔放大吃一惊。

“可是什么？”面对许少倾带着半恼火的凝视，龙聿乐只能老实说：“可是我什么都想不起来了！”

“你想回忆一下吗？”许少倾问，龙聿乐赶紧点点头，是的，她确实想知道她醉后做了什么。

许少倾紧紧盯着她过了几秒，不知道在她的眼神里看到了什么，墨黑的眸子骤然发亮了，闪烁着光芒，附身凑近她的脸庞。

龙聿乐还没反应过来的时候，他那张帅气的脸已经压了下来，她现在宿醉后不仅头晕目眩，还全身酥软无力，脑子里一片空白。紧张得双手紧捏着床单，脑子里不断搜索着：难道我昨天晚上真的这样轻薄了他？

在许少倾的气息不断弥漫在她身旁的时候，她能感受他的脸正在贴近，可是他只说了一句：“自己想！”

许少倾放开龙聿乐时，她的脸已经红得火烧火燎，“你白天再睡一觉，我和小林一起去论坛，你今天休息吧！”

“不用，我觉得我可以工作。”龙聿乐站了起来，脚下不稳，又重重地坐到床上。

许少倾双手放在她肩上，只说了两个字“听话”，然后走入了浴室。独留龙聿乐在床上，听着浴室里发出的水声，还有空气中弥漫着的暧昧气息，迷了她的心扉，坐在那里抱着枕头痴痴地笑了起来，原来她醉后真不是一般人，那么邪恶。

龙聿乐在许少倾去餐厅用早餐时，以豹的速度洗漱完成，让酒店把早餐送到房间，边吃边换衣服，在许少倾和林建华正要走出酒店时，她已经神采奕奕地坐在大堂等他们了。

“不是让你休息吗？”许少倾质问。

“宿醉是不需要请假休息的，对吧？林特助。”看她满面笑容、走路带风，林建华真是怀疑昨天晚上的那个人肯定是狐仙变的，来缠住小老板的。

林建华僵硬地回答：“对对对！”

“那走吧！”龙聿乐说着大步走出了酒店。

在天山北坡经济带中心，巍峨的群山顶部覆盖着皑皑白雪，顺着蜿蜒公路，远处树林染上了金色。

“感觉在画里穿梭，”龙聿乐感叹道，“你看这刀削斧劈的崖壁、蜿蜒曲折的河水，还有气势磅礴的峡谷、色彩艳丽的红崖，好像一幅壮丽的画卷！”

林建华问：“龙经理，你是第一次来新疆吗？”

龙聿乐望着窗外回答他：“对啊！这里很美对不对？”又转头问许少倾，“你也第一次来是吗？感觉太美了，是不是？”

“嗯！”他压低了帽檐无精打采地回答。真是个妖精，昨天晚上醉后睡得像猪一样，今天又活蹦乱跳，元气满满。他可是被她折腾得一晚上没睡好。

走进晴空集团西部牧业的分公司，秦远达已经带着公司骨干迎在了门口。

“少董，一路辛苦了！来来来，里面请，这是我们的厂房，去年翻新过，但是今年夏天我们生产的酸奶销售额再创新高，产量已经远远满足不了需求，所以我在公司报告里好几次提到，希望能扩大规模，以提高产量。”秦远达跟在许少倾后面絮絮叨叨地汇报。

“你去把今年和去年的财务报表拿来！”许少倾说。

在公司最高层的会议室，许少倾和龙聿乐站在窗口，放眼望去，群山层峦叠翠，层层铺展开的草原一碧万顷，美不胜收。

“你看上去脸色有点儿差，有没有什么不舒服？”看着许少倾有些苍白的脸色，龙聿乐问道。

许少倾摇摇头，说：“还好，就是刚下车走路的时候感觉心脏猛烈地跳动，你有这样的感觉吗？”

“我还好，你可能是有点儿高原反应，这里海拔两千多米呢，你不能剧烈运动，保持平稳，你最好就在这里休息一下，工作就交给我吧！”龙聿乐关切地说道。

看到龙聿乐为他紧张的神情，许少倾笑着摸了摸她的头说道：“没你想得那么弱。”

秦远达敲门进入会议室，拿着一沓资料递过来：“少董，这是去年和今年的财务报表，给您！”

“放在这里吧！还要麻烦秦总在我们厂的招待所准备三间客房，让许董休整一下再看吧！”龙聿乐深知高原反应可大可小，只要休息得当就不会有大碍。

“没事，就在这里看吧！”许少倾拿起文件。

秦远达有点儿为难，不知道听谁的，为难地说：“房间早就准备好了，就怕太简陋，要么许董您在房间里看好报表然后召集我们开会吧！”

“去休息一会儿吧！”在龙聿乐的坚持下，许少倾听从了。

把许少倾强行送到房间休息后，龙聿乐自己去厂区巡视，还揪着秦远达把方圆二十公里都看遍了，秦远达也不得不感叹她的精力怎么那么好。

入夜时分，高原上的夜空挂满了星星。

“看！像伸手就能摘到一样！”龙聿乐指着窗外安宁的世界。

许少倾“唔”一声躺在床上，像是回应她，龙聿乐走近他摸了摸额头，许少倾滚烫的额头灼热了她的手心。“林建华在哪里？你都烧成这样了他都不带你去医院吗？”龙聿乐带着点儿不满的怒火温声询问道。

“他在整理材料，没有摸过我。”许少倾轻声说道。

“都这个时候了还说笑。我请秦总开车送你去医院吧。”龙聿乐拿起了手机，但是被许少倾按了下去，“我没事，这点儿小感冒不算什么。你今天忙了大半天了，休息一会儿，怎么样？有什么发现？有好建议吗？”

“我们的牧场是新疆高原的天山冰川牧场，有着万籁俱寂的万古冰川，这不仅保留了自然之纯净，更融入了巍巍昆仑中的大量有益元素，通过山脉磁化形成渗透力的溶解性的小分子活水，奶牛喝了这些水才使得我们的乳品至臻至美。酸奶口感比冰激凌还要好，入口即化，回味无穷。特别是在夏天，我们的奶制品几乎是脱销状态，然而搬工厂扩大生产确是兴师动众，几个月生产有可能会因为厂房调整而滞后，而且在奶源地再找这么一片纯净的生态牧场地也没那么容易。”龙聿乐滔滔不绝地说道，之前公司的宣传画报上说，天山区域有着优良牧草的基因库，已发现的禾木科植物就达 55 种，其中很多野燕麦、野黑麦、野生紫花苜蓿，远离大面积病虫害和农药，天然生长，新鲜纯净，这里昼夜温差大、日照时间长，使天山区域牧草干物质含量远远超过其他地区，让每一滴牛奶都拥有格外强壮的营养基因。今天看到在草地上吃着天然牧草、喝着纯净的天山冰川融水的奶牛，真是被这天然纯净的环境感染了。

“你说的情况我在财务报表上看到了，夏季的销售额涨幅很高，春秋两季平稳过渡，冬季营业额比较低，所以没必要为了一个夏天销量对整个厂区做出搬迁举动，据我了解，很多老员工的住房都买在厂区附近，如果厂区搬离，势必会流失掉一部分技术骨干。”

“所以我们要在不搬迁的情况下，做出业务调整，我觉得我们可以增加夏季新品，然后为了保证产品的新鲜度在全国主要城市建分仓，将我们的产品第一时间运达各个城市，直接进入分仓冷库，然后由分仓发往代理商手中，这样可以保证口感，将运输时间缩短。”龙聿乐认真地分析道。

“这倒是个好办法，怎么被你想到的？”许少倾也很认同龙聿乐的观点。心里不知道为何涌上了一股喜悦，这个女子给人带来出其不意的惊喜。

龙聿乐话锋一转，严肃地问他：“那你现在可以跟我上医院了吗？”

许少倾坐起来，挨着她的耳边，声音邪魅而愉悦地说道：“你就是我的医生，一看到你我什么都好了。”

“那你好好休息，我把工作都交代下去，明天一早我们就去机场，赶回去好吗？”龙聿乐觉得高原反应不能忽视，半夜带他去医院也会让他疲惫，“等到了海拔低的地方，可能你的感冒就好了。”

许少倾点头，捋了捋她的秀发说：“好的，听你的，明天一早我们就离开，但是我们去另一个地方待几天再回去好吗？”

“哪里？你需要休息，不宜奔波。”龙聿乐感到这位真是不让人省心的主。

“北鹿岛，那里海拔低，我们一起去吧，孙佳琦的第一个自主品牌发布会在那里，我得过去给他捧个场，如果到了那里还感冒发烧，我就听你的去医院。然后我们直接回昭州市，就三个小时车程。”许少倾温声说道，他充满柔情的目光，如皎洁的月色停留在龙聿乐身上，她穿着一字领的衣服，如绸缎般光滑的肌肤在他眼里微波荡漾。

她被他看得一阵炙热：“你好好休息，我回房间了！明天见！”说着飞快地逃出了他的房间。

清晨的街道，异常冷清。

龙聿乐和许少倾拎着行李，看着司机驾驶着车辆孤独地从地平线上太阳升起的地方开过来。

车子在人烟稀少的大街上奔驰着，许少倾忍不住对司机说，“打个电话给林建华！”

司机拨通了林建华的手机，只听得一个睡意朦胧的声音从蓝牙那头传来：“我订的是 9 点的飞机，7 点出门正好，少董是不是在车上吃着这里的特色早餐，然后和龙经理双宿双飞一起奔向机场？”

司机忍不住打断：“林特助，您是不是在讲梦话？我们这里虽然和你们时间显示一样，但是实际上有两个小时的时差。”

电话那头短暂的沉默之后，出现林建华从瞌睡中清醒的声音:“我这……这我……”

许少倾悠悠地跟司机说:“还是挂了吧!”显然他听不到正常人类的解释了。

龙聿乐挺了挺背,对许少倾说:“借你个肩膀,再睡一会儿吧!”

许少倾一笑,挠了挠她的头。

倒是她,说是要借他肩膀的人,在车颠簸了一会儿之后靠着他睡着了,她的发丝贴着他的耳侧,缕缕黑发若有若无地蹭着他的脖子,惹得他浑身泛起一层酥酥麻麻的电流。

清早的机场有点儿冷清,偌大的机场里龙聿乐和许少倾两人显得特别渺小,在贵宾候机室里,龙聿乐在沙发上坐了下来,手机微信群“我们都是共产主义接班人”里跳出一句:大家早安!轮休休息放假没安排,求约。

一看是晓菁。

正想回复,框内跳出来香芹的回复:我已经忙成狗,不过吴晓菁也有你空着喊约的时候,通常最早走,最常放我们鸽子的人就是你。

“我那是救死扶伤,紧急患者需要上手术台时才会舍你们而去。”

“我的白求恩女神,早安!虽然我很想跟你约会,但是我现在正在机场候机去北鹿岛。”龙聿乐回复道。

“那么巧,我也在北鹿岛,我在四季酒店忙着我们公司新品牌 ZERO 的发布会。”香芹说。

“我也过来陪老板参加这场活动。”

“北鹿岛,我也一直想去!”晓菁在微信那头发了几个长着爱心眼睛流着口水的表情。

“那你来吧，等我忙好发布会后，请你们吃海鲜，喝啤酒！”

“好啊！紧急召唤梓涵大师和秋秋！”晓菁在微信群里吼道，结果一呼百应。

许少倾隔着茶几坐在龙聿乐对面，碰到她抬头时泛着微微波光的眼睛，“我可能给你惹了一点小麻烦。”她眨着眼睛，长长的眼睫毛扑闪扑闪。

“什么？”许少倾问。

龙聿乐举着手机屏幕给他看。

许少倾扑哧一笑，揉了揉她的头发，“我还以为什么事情，那简单，我让酒店多留间房间就是了。”龙聿乐用力点点头，眉头舒展，顷刻笑了起来。

“空下来的时候，别老盯着手机看，这样对眼睛不好。”许少倾说着，双手搓了搓热，放在冒着热蒸气的水杯上面，然后对她说：“闭上眼睛！”待龙聿乐乖乖闭上眼睛后，她感受到坐在对面的男人突然倾了过来，温暖的双手贴住了她的双眼。眼皮被温热的气息滋养过，她感受到暖暖的气流，仿佛从眼睛到心里都泛着暖洋洋的气息。

“有没有感到眼睛舒服很多？”

他的话语在耳畔吹过一阵热风，带着他独特的气息，龙聿乐只觉得心口一酥，让她一时分不清梦与现实，脸颊红扑扑的，点点头站起身来说道：“该登机了。”

北鹿岛南海岸一处隐秘的天堂胜境，四季酒店坐落在这里，酒店出自亚洲著名室内设计师之手，从浪漫的沙滩海滨到覆盖绿色植物的丛林,处处令人向往和沉醉,为宾客缔造田园诗话般的岛屿度假体验,入住的客人将尽情领略到这里的每一处旷世美景。

“我第一次来,这里真的好漂亮!”晓菁感叹道,挽起苏梓涵和钱豪秋说:“来,我们一起拍照发个朋友圈!”

“你不怕又被中途叫回去了吗?”苏梓涵打趣道。

“那拍了不发朋友圈,就发我们群里可以吧?”晓菁撇撇嘴说道。

钱豪秋搂着她的脖子,举起手机说道:“你不发,你可以看我们发!来吧!”

“每次单独跟你拍照,都被误认为情侣照,我没脱单多半是因为你!”晓菁拍好照,拿开钱豪秋搂在她脖子上的手说道。

“怎么?要我负责吗?”钱豪秋朝她眨了眨眼睛。

“得了,求放过。”

看着她们嬉闹着,苏梓涵跟在后面拎着行李一同进了酒店。

待龙聿乐和许少倾抵达酒店时已经是下午了,把一切整顿好,换好衣服刚好赶上时间去参加意大利品牌 ZERO 的新品发布会。

初秋的海边,夕阳西下,启明星和月亮一起升起在天空,和着海风轻抚人们的脸庞。

一阵梵乐像是从海的另一边飘过来的,草木空灵,有着令人身心飘然的意境。

这时,在舞台的另一端,一位身着一袭大红嫁衣的新娘,执扇静立着,透着浓郁的复古气息。身穿西服的新郎缓步从屋内走出，迎上新娘，两人四目相对，繁衣为盛，郑重行却扇礼，而后新郎以执手礼将新娘迎入舞台，敬天行奉茶礼。主持人在台侧说道：“一杯默然的茶汤，实则沁润的是爱的结合，更是喧嚣都市中那两颗纯良依旧的心，ZERO 品牌发布会以婚礼的形式讲述一个品牌的理念，源自意大利的潮牌 ZERO 在中国生根发芽，相信更能像婚姻一样，枝繁叶茂，下面让我们抛却尘世杂念，欣赏一场最完美的秀吧！”音乐渐入高潮，模特一拨拨地上台展示着新款服饰。

龙聿乐抬头看了看许少倾，发现被触及的目光，赶紧收回。那么美的婚礼，每个环节都含有深意，观众都不像是看走秀，而是在观看一场真正的新中式的婚礼，处处展现了爱的本真，就像婚姻里应该被心无旁骛地真心相待。而眼前那个人，眼圈也竟然泛着阵阵湿润。

走秀结束后孙佳琦上台致谢，特意感谢香芹的付出，闺蜜们都沸腾了。说好的谁先脱单谁大宴三天，看来好时候要来了。

“尊敬的各位领导、各位来宾、各位媒体朋友：

大家晚上好！很高兴你们能来参加我们 ZERO 的品牌发布会，在此我谨代表 ZERO 向各界朋友的到来表示热烈的欢迎和真诚的感谢！

ZERO 是意大利的潮牌，我们引进中国，想要将世界的潮流与时尚带入中国，ZERO 在欧洲一直有自己的垂青者，现在要在中国生根发芽，我们将珍惜这个机会，去呵护这份备受欢迎的喜爱。谢谢你们的鼓励，让我们将诠释时尚、传播时尚、引领时尚的执着梦想得以实现。我们从制造生产到设计研发，向着具备一定时尚感召力的品牌经营而努力。

在此，我也要感谢为这次秀付出努力的同事们，谢谢你们的创意策划，我特别要感谢我的同事刘香芹，为这次 ZERO 首秀出了那么棒的点子，谢谢大家，请尽情享受 ZERO 之夜！大家一起嗨起来！”

听着台上热情洋溢的致辞，看到香芹泛着泪花的眼睛，龙聿乐抱了抱她：“香芹，真为你高兴，付出也得到了肯定！你总会得到你想要得到的。”

“小龙女，你也是，我们那么努力，肯定会得到命运女神的垂青。”听到香芹激动的声音，龙聿乐拍了拍她肩膀说：“是啊，一直要相信一切都是最好的安排！”

香芹去后台忙着晚会结束后的微信公众号推送，晓菁和苏梓涵、钱豪秋一众还在舞台侧沉浸在音乐舞蹈里，龙聿乐被许少倾一句“跟我走！”叫走了，她也没问去哪儿，只觉得月色正美，身侧良人相伴去哪里都好。

两个人漫步在沙滩上，海边吹来格外清幽的风，耳畔传来浪涛拍岸声，星空繁星点点，似乎一个世外桃源出现在眼前。

“聿乐，你想成为什么人？”

望着许少倾一张认真的脸，龙聿乐虽然觉得这时候谈理想有点浪费漫天星辰，可还是认真地回答他：“我从未想过成为什么样的人，我只想做好手上的每件事，让我做的事情成就我这个人，对人对事都是这样的态度。”

“那你问问我想成为什么人。”许少倾凑近她说道，她看到他帅气的脸庞轮廓分明，叫人沉醉，嘴上顺着他的话问：“你想成为什么人？”其实心里已经被他靠得太近，意乱情迷了。恍惚中听到他回答：“我只想成为一种人，你的人。”

许少倾说完打了一个响指，漫天的烟花带着红红的火星升起在天空，声声脆响，黑色夜空绽放出几朵美丽的花朵，辽阔的大海泛起层层浪花，绚丽烟花装点的星空格外美丽。

许少倾情动表白，看着满天烟花，看着龙聿乐那微动的红唇，慢慢抬起龙聿乐的下巴，低头深情地吻了下去，他的嘴唇那么柔软温和，还是她太久没有接吻了，一时间就傻傻地站在那里，任由许少倾轻轻地吻，然后用舌尖将她的嘴唇抵开，龙聿乐过了好一会儿才紧紧地抱着他，给了他反应，舌尖不断在他嘴里探索。

是这样吗？

爱情的滋味。

那么美丽，盛开时灿烂了一夜星空，那一刻芳华将永远被铭记。

不远处草丛里，有人拿着电话窃窃私语："老婆老婆，我成功了！用了你的法子，终于帮小老板追到了女朋友！晋升加薪又多了一份希望，不枉费我赶着飞机过来放烟花！"那个人的脸贴着手机，点头哈腰道，"是的是的，那当然，全靠老婆能干，看了那么多偶像剧，总有办法用得上，老婆功劳最大！"

林建华收起手机，从草丛里钻出来，任务完成了，该回去陪老婆了。

良久，许少倾才缓缓放开紧扣龙聿乐腰身的手，牵起她紧张得掌心出了汗的肉乎乎的手，嘴角低笑，又一次轻轻吻了吻她的唇，贴近她的面说道："把眼睛睁开。"

龙聿乐闪了闪眼皮，这才缓缓将眼睛睁开，凝望了一下眼前的他，捏了一下他的嘴角，感觉是真实的，不是梦境。

许少倾笑着温柔地抚摸了一下她的秀发，牵着她的手漫步在沙滩上。

这时他的手机响了："在哪儿？下山来宵夜吧！西沙大排档。"一听就是孙佳琦的声音。"你忙完了啊？马上来，给你庆功，不醉不归！"孙佳琦听到难得的愉悦的声音，似乎比他更高兴。

合上手机，许少倾温柔地跟龙聿乐说："带上你的朋友们一起吧。"

西沙大排档。一个靠着海枕着浪的地方。

比起四季酒店的优雅，这里更是人声鼎沸，越到夜晚越精彩。

沙滩上燃着篝火，认识的不认识的围在一起随着音乐跳舞。

晓菁一看到龙聿乐便喊道："小龙女，你又偷偷去吃芒果了！嘴唇都肿了！怎么那么贪吃，说过很多次要戒掉芒果了，还是戒不掉，又忘记你芒果过敏了？"龙聿乐正不知道怎么解释，就被晓菁拽着："走了！不用管你的嘴了，那里好热闹，我们一起先去跳个舞！"和苏梓涵、香芹、钱豪秋一起钻进人群，和陌生的人们一起跳舞。

许少倾和孙佳琦找到正在跳舞的小龙女等人，去岸边找了一家大排档，喝白酒、吃海鲜。

"恭喜孙佳琦首秀那么成功，干杯！"大家举杯祝贺。

"这场秀的开端太美，我第一次看到秀以婚礼的形式开场，美妙至极！"晓菁亢奋地说。

"我也是，被震撼到了，洗尽了都市铅华，宁谧的沙滩海浪，禅香萦绕、爱意舒展，还有什么能比一场平和真诚的婚礼更能表达爱与期望,诚意与尊重。”龙聿乐虽然做过很多活动,但是也实实在在被这次活动感染了。

孙佳琦默默在一旁开怀:“多亏香芹,是她的点子好。”

“看不出来,你这小妮子那么能干,干了!”钱豪秋举起酒杯敬香芹,香芹碰杯说道:“你们都说得我不好意思了,那是平台好,对吧? 梓涵大师?”

“这一切都是你用心,香芹,你用心在做事,自然就感染了我们。”苏梓涵不紧不慢地说。

“梓涵大师说的都是真理, 香芹我敬你, 谢谢你的用心付出!”孙佳琦端起酒杯站起来,桌旁一圈人都沸腾了:“交杯! 交杯! 交杯!”

“喝抱抱酒! 喝抱抱酒!”

平时大大咧咧的刘香芹这会儿不好意思了:“你们别闹了!”

拗不过大家的起哄,孙佳琦和香芹喝起了交杯酒,虽然手交织在一起,但距离还是有点远,孙佳琦在香芹嘴还没碰到杯子时一饮而尽。

“太快了! 太快了! 不行,重来!”晓菁又在那里闹腾,“怎么能那么快呢? 香芹你还没感觉对吧? 就结束了对吧?”

钱豪秋说:“那么快! 都不合格,快枪手啊!”

许少倾一口白酒呛了出来, 龙聿乐马上递了纸巾过去,许少倾侧身轻轻问她:“你的朋友都那么厉害吗?”

精彩的夜在嬉闹中度过, 后来他们被如花三姐妹找到,点了歌,付了钱,孙佳琦抢过吉他,弹唱起《失恋阵线联盟》,大家一起边跳边唱,喝过酒好像更放得开了。

青春就在酒与歌中绽放。

你爱谁，你得不到谁，好像都不那么重要，我们在一起，那夜是多么美好的回忆。友谊那么珍贵。比金子还珍贵。因为聚在一起时那么开心。

舞台侧旁的座位前，忙碌撤场的工作人员在不眠地加班加点。

CiCi陈熙对夏琳抱怨道："夏琳姐，凭什么我们要在这里加班加点赶稿子推送微信平台，而刘香芹刚进公司就受到小孙总表扬，不用干活就被叫走，留下我们当苦力，你看看活动结束后都几点了，还要等摄影师修片后做新闻稿。"

"你就别抱怨了，你知道之前几天她没来上班是谁给请的假吗？连Lisa都不敢说不！"夏琳心里何尝痛快，好歹她也是在公司十年的老员工了，居然被一个新进公司的丫头抢了风头。

"是谁请的假？"陈熙马上贴过来问道。

"好了，别八卦了，赶紧干活吧！"夏琳意识到自己多嘴了，赶紧将话题就此打住。

宴席散去，回到酒店已是凌晨时分。

孙佳琦没有直接回房间，到酒店门口跟众人告别后，自己径直去了舞台下面，这时的舞台已经空无一人，灯光都熄灭了，音乐也停了，他就在舞台下听着浪涛声，声声叩响在心门。

"姑娘们，你们去休息吧！回去还有工作要做，我去员工房，我先工作去了！"香芹跟大家挥挥手。

"你都喝成这样了，还能工作吗？跟我们一起睡吧！"晓菁担忧地说道，但也拦不住香芹，她已经跌跌撞撞地走远了。

许少倾和龙聿乐走在后头，许少倾牵着她的手在她耳边窃窃私语："你们四个人一间太拥挤，我房间还空着一张床，可以分享给你。"

龙聿乐把他撵去一旁："一边凉快去！"然后跟着众姐妹嬉嬉闹闹地跑回房间。

香芹走到房间一拍脑袋："电脑还忘在秀场后台，还工作工作什么呀，拿什么工作呀，木鱼脑袋！赶紧去把工作武器找回来！"一边说还一边给自己敬了个礼："遵命！这就去拿！"

陈熙从舞台旁的洗手间走出来，看到一个歪歪扭扭的身影，"是她！"脑子一转，嘴角一歪坏笑起来。

陈熙偷偷跟在香芹后面，看她不停地在偌大的后台工作室里翻找，这里堆放着走秀的服饰、化妆台、各种道具，她脑子里闪现一个主意，趁香芹翻东西时，带上了门把手反锁上了，"今晚在这里好好静思已过吧，人生啊，不要太得意，这里舞台大，适合你这种锋芒毕露的野丫头！"心里说着便拉下电源偷偷溜走了。

香芹还没找到笔记本，看到灯熄灭了，一时紧张了："谁啊？怎么断电了？有人吗？"喊了半天没回应，直到耳边传来一个声音，"干吗那么吵？不就停个电吗？"

"是谁？你是谁？"香芹急得快掉眼泪了。

"是我。"

"佳琦，太好了，是你，佳琦！"香芹一个猛扎抱住了孙佳琦，问，"你怎么也在这里？没有回房间？"

“我睡不着，过来看看这里的作品。”孙佳琦被她的熊抱弄得有点热，将她放在腰上的手拿了下来。“你干吗半夜不睡觉跑来这里？”

香芹委屈地说：“我本来想回房间写稿，可是发现电脑不在房间，就来后台找找，可是电脑还没找到，这里灯就熄了，我又发现我手机在房间里没带，你说我到底是长脑子了吗？现在怎么办？手电筒也没有怎么出去？你的手机呢？”

“我也没带，我的手机又不长在手上，你在我手里翻找什么呀！来，跟着我走！”孙佳琦牵着香芹磕磕碰碰地穿过杂物区，到了门口，使劲拉门把手却拉不开。

“肯定是他们不知道我们还在里面，所以把门反锁了，”香芹很沮丧，“喂！有人吗？有没有人可以听到？我们被关起来了，快点来开门！”

陈熙在锁上门的瞬间就以“夜里酒店怕影响客人休息，不能再继续拆舞台灯光音响设备”为由就把工人们都赶走了，然后自己拉着夏琳跑了。“什么事那么着急？”夏琳问。

“这更深露重的我怕您感冒，我们还是回房间再继续工作吧！”陈熙说着就拉着夏琳回了房间。

香芹在里面喊得喉咙都哑了也没有人开门，无论孙佳琦怎么用力，门锁得很结实，纹丝不动。两个人最后还是放弃了，月光透过窗户照进来，一室温柔。

“你冷的话，那里的衣服随便穿！”孙佳琦说。

香芹走过去选了牛仔外套和一条宽厚的羊毛大围巾。“你怎么不过来选一件，晚上会冷。”

“我不冷，刚喝了很多白酒。”看到香芹围上围巾，他似乎想起了记忆中的谁，也是特别喜欢围围巾，各种披肩，经常在下雪的冬天，用她的围巾将他也一起围进来。

香芹坐在他身旁，分一半的围巾将孙佳琦一起围进来，看到他愣愣地看自己的眼神，“怎么了？”

“晴晴，我还是很喜欢你，你是那么的美。”虽然香芹心里感到有一丝怪异掠过，但是听到他的赞美，她好似瞬间忽视了这份隐约的不安。听到他第一次这么酥地叫自己，她有些不习惯，“有吗？不是和平时一样。”

月光洒在香芹的睫毛上，扑闪扑闪的。

看到孙佳琦看自己的眼神不大自然，香芹想着说：“要不我也去给你拿条围巾？”

孙佳琦见香芹说完起身，围巾一点点抽去，刚准备转身过去，香芹的手却被他一把拉住说：“不用！”

香芹脚下一个不稳，整个人跌坐在佳琦怀里，她正想起身，佳琦的手环抱着她，让她坐在了他腿上。

香芹抬头看着，只见他眼里迷蒙着薄雾一般盯着她看，看得她脸直发烫：“佳琦，我……对不起，刚才我不小心！我不是故意的。”她解释着正想用力起身，没想到他的手抱得更紧了，“我是故意的。故意不想你起，故意不想你走，故意想就这样地抱着你！”

听着孙佳琦那么说，香芹惊讶得一句话也说不出来，这幸福来得太突然了！

香芹咽了咽口水：“你故意……”还没想好话怎么说，嘴巴就被孙佳琦用自己的嘴狠狠地堵住了，再也发出不声音来了。

孙佳琦一手挽着她的腰，一手紧紧托住她的后脑勺，将她放倒在沙发上，因为酒精的关系，他吻得很炙热，似乎像是要一口将她吃了似的。

香芹紧紧抓住他的手臂，整个人被他压得死死的，想要挣扎却一点儿力气也使不出来。只觉得自己的嘴巴里充满着一股浓浓的酒味还有他独特的气息，甚至连整个房间也充满了荷尔蒙的力量，现在她的脑海里没有一丝恐惧感，而是被舌尖上的愉悦充斥着大脑。

“佳琦……”香芹呢喃道。

“别怕……”孙佳琦轻轻抚摸她的脸庞，深吸了一口气，吻得更深更热烈了，抵开了她的牙关，直接勾缠着她的舌头，霸道地想要和她融化在一起。

香芹从最初的惊讶和不知所措中慢慢适应过来，逐步松开紧握在胸口的手，缓缓回抱住他的背。虽然在爱上他以后的无数个夜里，也曾想象过这样的场景，但是真的抱住他时，还是那么手足无措，任凭他在吻她的嘴、耳垂、颈……

孙佳琦见她顺从就越发势不可挡了，原本搂着她腰间的手缓缓向下，朝着她的衣襟内探入，然后慢慢解开她的衣扣，他的吻也从颈部慢慢吻到胸前每一寸肌肤。香芹被他吻得晕晕乎乎的，他嘴里的酒气，还有自己之前喝的酒都成了催情的药水，她明显感受到他下身的异样：“佳琦……”

孙佳琦从胸口的吻慢慢抬起来：“别说话，把你交给我，我会温柔的。”

香芹不知道如何是好，可是他的吻，他的温柔是她想过千次万次的。孙佳琦用修长的手指挑开了香芹裙子的暗扣，香芹不知道该怎么做，只是紧紧地抱着他，抚摸着他的脊背，她似乎看到月亮的笑脸，那么朦胧那么迷离。

在清晨醒来的时候，香芹发现自己已经衣衫整齐地躺在沙发上，孙佳琦坐在对面的椅子上，像是什么事情都没有发生过。

“你醒了？刚刚有人路过，说一会儿回来开门，等一会儿就可以出去了。”孙佳琦看着她睡眼惺忪地说道。

香芹撑起身体，感觉眼前的人不是昨晚亲密接触的那个人，又回到最初的样子。难道昨晚发生的一切都是梦？可是身体却像散架一样。“好。”她回复他，不知道接下来该说什么。

等工作人员来开了门，孙佳琦就走了出去，后来在酒店也没有见过他，听其他的同事说他一早就回公司了。

“是吗？那么忙。一夜温柔，就停留在那个晚上吗？谁让你自己也是愿意的。”香芹拍拍自己脑袋。

“这大上午的就开始自残了。昨天稿子没写好？”龙聿乐掰下香芹敲自己头的手。

“写好了！写好了！”香芹不知道怎么解释，但是看到微信公众号上已经发出来的文字，只能这样打马虎眼了，不然小龙女那么聪明，一眼就会被看穿。

“那正好，跟我们去沙滩上喝一杯还魂酒吧！”龙聿乐手架在香芹脖子上向沙滩走去，后面还有晓菁、苏梓涵、钱豪秋雀跃的身影。

她们躺在无垠的金黄色沙滩上，享受着充足的阳光、和煦温柔的海风，“最好的生活就是太阳在上，啤酒在手！”龙聿乐举起酒杯跟姑娘们干杯。

"那我觉得最好的生活应该是良人相伴、爱情至上！"晓菁吸着啤酒说。

"就你这个用吸管喝啤酒的怪咖，肯定有一天会为了某个男人，把我们抛在脑后。"钱豪秋用一指禅弹了弹晓菁，"现在还没男人呢，那么嚣张地叫嚣，有了男人以后肯定是男人至上、闺蜜殿后，你说你的爱情理论是不是太重色轻友了？"

晓菁爬起来看着她们问："那么你们觉得呢？应该怎么对待爱情？香芹，你说！"

香芹咕噜咕噜喝了一大口酒说："众所周知，苏格拉底是古希腊的大哲学家，却很少有人知道，他的妻子也是很有智慧的人，有一天有人问他的妻子，你是如何看待爱情的，他的妻子这样回答道：我觉得在自己心爱的人面前应该是羞耻与衣服一起脱掉，跟外人在一起时应该是衣服和羞耻一起穿上！"

"哇喔，香芹，看不出来，原来你那么污啊！来来来！敬你那么污的小心灵！"钱豪秋过来搂着香芹拿起酒瓶说。

龙聿乐也将酒瓶碰过来："原来苏格拉底的妻子那么奔放啊，我只知道她是个悍妇，经常给苏格拉底喝洗脚水。"

晓菁一口啤酒喷了出来："喝洗脚水？"

"这也难怪她了，苏格拉底平时又不去工作，都是靠他的弟子们，如柏拉图等人接济，他老婆见他整日里就在街头跟人谈论哲学，家里又揭不开锅自然火大，常常大骂之后不解气还要将洗脚水倒在他头上，他只是撸了一把水说，这很正常，就像打雷以后会下雨一样。"龙聿乐津津乐道。

"这两人也太好玩儿了吧？苏格拉底老婆那么凶悍，这样对他他也不生气，真是一个萝卜一个坑，什么样的人都有人爱，可是为什么我没有？是不是我脾气太好了点儿，应该像苏格拉底老婆那样风风火火、敢作敢为才会收获爱情？"晓菁抱着瓶子皱着眉说着。

"清醒点，吴晓菁！"龙聿乐摇了摇她。

"小龙女，那你觉得呢？什么是爱情？"

"愿得一心人，白首不相离。"龙聿乐轻轻地说，可是听得见自己的心扑腾扑腾地跳，眼前的沙滩仿佛回到昨天晚上。

"我说你说得那么文艺，香芹那么污都没脸红，你脸红什么？"晓菁一刻都没有放过她。

龙聿乐只好转移："梓涵大师，你说呢？我们这里应该是你最有发言权了，我们这里只有你结婚了，让爱情拥有了最好的归宿。"

苏梓涵抬头望了望天悠悠地说道："姻缘从一点点小小的欢喜赞叹开始，控制好本心做好本分，凡是宿缘都是有因果的，种种的姻缘促成你我今生命运的安排，有前因必会有后果。人世间谁和谁有缘，谁和谁没有缘，谁和谁是夫妇、父子、兄弟，这都在往昔有一种因果，所以今生才有了关联。不论因果如何，我们都要往好处做，不要往错处做。

"我呢，不知道为什么今生会跟他结合在一起，能做的就是每天赞美他一点儿，他要做什么就多支持他一点儿，他在外面赚钱也挺辛苦的，能够多为他分担一点儿，做好为人妻的本分就够了。"

"我看他今生能娶到你是修了八辈子的福了！"

"两个人在一起，既然选择了彼此，要多看到对方的好，宽容对方，两个人在一起是没有对与错的，无非就是我爱着你，就多待你好一些，对方自然也会待你好了。"

远处柔美的花朵和摇曳的树林装点了秋日艳阳下的风景，

几个姑娘在沙滩上谈论着爱情，谈论着内心的憧憬，没有结论，一切故事好像才刚刚开始，在内心萌发出了一种渴望。

爱与被爱。

爱与爱的欲望。在无边的海岸线上滋长。

回到城市又开始各忙各的，为生计抑或理想奔波。

龙聿乐为了筹备长三角地区首届奶业大会暨奶业产品展销会忙碌奔波，联系场地，跟主管部门对接活动流程，还要找三家活动公司策划方案比价……总之做一场大型活动，主管人员要默默付出的太多太多了。

半个月后的深夜，龙聿乐照例在无尽的加班中接到了刘明星的电话，说香芹喝多了怎么都拉不回，龙聿乐只得抛下手上的活，跑去他们喝酒的地方潮人会。

龙聿乐看到香芹整个人趴在桌子上动弹不得，眉头紧锁地问刘明星："到底怎么回事？"

刘明星也很无语，从来没见香芹醉成那样："我也不知道为什么，今晚跟老李杠上了，说上次在兰奇庄园没有喝够，今晚一定要再喝！"

老李说："别看我，其实我是炮灰！"

龙聿乐见状气不打一处来："你肯定是漏喝酒了，不然香芹怎么醉成这样，你一点儿事情都没有？"

老林乐呵呵地说："对对对，老李这个老滑头，肯定是少喝了，我看偷偷倒掉不少，一定要让他喝回来！"

刘明星倒是站出来帮着老李解释："这事不能怪老李，刘香芹不知道受了什么刺激，一个晚上都在自己灌自己，傻喝，喝傻了！”

“你来背她回去吧！”龙聿乐对着刘明星说道，“总不能让她睡在这里吧！”

“你看看我那么瘦怎么背得动她？我连我女朋友都背不动！”刘明星很是反对龙聿乐的提议，结果后脑勺被结结实实地打了一下：“你还是不是男人？来，跟我一人一边扶她回去吧。”龙聿乐将香芹的手臂扛在自己的肩膀上，“老林，老李，我们先回去了，改天再聚！”

“好的，路上注意安全！”

“你们好好照顾这小妮子吧！唉！不知道遇到了什么伤心事，我们问也不说，她哥哥问也不说，就是一个劲儿地喝酒。”老林说着送他们出了门。

将香芹带出酒吧已经是凌晨了，问她话她大着舌头半句没说清楚，刚开出几百米远，就说头痛要吐，只能路边停车，她去马路上吐，刘明星和龙聿乐两个人也只能傻坐在路边陪着她了，两个人坐在马路边上相视一笑，“你怎么会有这样的妹妹？”“你怎么会有这样的朋友？”

在路边醒来，香芹闹着要去洗手间，刘明星和龙聿乐只能将她带去附近的咖啡馆，结果她又趴在咖啡馆的桌子上睡着了。无奈他们只能在咖啡馆里等着她再次醒来，“喝什么我去点？咖啡？”刘明星问。

“喝了咖啡我晚上睡不着，就热牛奶或者常温的果汁吧！”龙聿乐所看到过的趴在桌上也能睡得死死的人，估计也只有醉汉了。

过了好一会儿，刘明星坐在那里才开口：“我妹妹以前也这样喝酒吗？”

龙聿乐摇了摇头，捧着热牛奶杯一声叹息，“也怪我，最近太忙了，真的有点儿忽视她了，不知道她发生了什么事情，我是个不称职的朋友。”

“我是个不称职的哥哥。”刘明星嘟囔着，“因为我也不知道她为了什么喝那么多酒。”

香芹忽然醒了，要去吐，龙聿乐起身想要扶她被她坚决拒绝了。只能待在位置上看她跌跌撞撞地跑去洗手池，抱着盆嗷嗷狂吐。这时从男厕所走出一个陌生的人来非常鄙视地看了香芹一眼：“靠！喝咖啡也能喝成这样？”然后摇摇头手往身上擦了擦就离开了。

香芹吐了两次后似乎有那么一点儿清醒了，能够正常说句话了，就在龙聿乐耳畔私语：“叫我哥回去，你能不能帮我把孙佳琦叫来？”

龙聿乐点头说好，对刘明星说：“帮我把香芹扶上我的车，你先回家吧，我送她去公寓。”

刘明星说：“你们两个怎么行？这个醉鬼不是一般的重，平时都吃那么多，醉酒后就更加重了。”

“没关系，我可以的，你先回去吧，我陪她去公寓再聊一会儿。”告别了刘明星，龙聿乐送香芹回家，路上给许少倾打了个电话，“那么晚能不能麻烦你个事？把孙佳琦带到巴黎花园来。”

刚开到巴黎花园门口，车还没驶入地下车库，就看到两位玉树临风的男子站在门口。

“孙佳琦，好好照顾她！不准欺负她！”龙聿乐开了车门将香芹交给他。

孙佳琦没有吭声，将香芹扶进小区里。

许少倾看着他们的背影："就这样让他们去了？不用帮忙吗？"

"解铃还须系铃人！"龙聿乐看着他们两个人的背影消失在视线里，"你怎么来的？"

"坐出租车来的，我们刚在一起喝酒聊天，你的电话来时我们正准备散场，就一起过来，让他来看看想见的人，我来看看我想见的人。"许少倾用宽厚的手牵起她的手说。

"走吧！坐我的车，我送你回家！"见龙聿乐这么说，许少倾迫不及待地钻进了车里。

孙佳琦扶着刘香芹上楼，刚走几步，在楼道口香芹就瘫坐下来了。问她几幢几零几，她只是含糊地回答了一声，四幢六零二。然后他背她上了四幢的六楼，用她的钥匙开了半天，门从里面开了，出来两位睡眼惺忪带着怒意的老夫妻，他只得再将她背下楼，使劲摇醒香芹："到底你家在哪里？""啊？哦，是十幢六零二啊！跟你说过是十幢六零二嘛！"孙佳琦没办法只得背着她找十幢。

可当用钥匙开十幢六零二的门时又一位穿着睡衣拿着铁棍的壮汉从里面开了门。孙佳琦不得不再次道歉，将她背下楼来后，直接将她扔在了地上，自己也一屁股坐在了地上，对她说："把包拿来！通讯地址找出来！"

香芹嗯啊一声将包甩给了他："包给你！心也给你！人也给你！身体也给你！统统都给你，都给我爱着的你！"

夜深人静时分，她的真心话却格外响亮，响得像是能把整个小区的人叫醒，响得孙佳琦有点儿心虚："好了！知道知道，你再睡一觉，我找好再背你上去！"

看了她笔记本上的地址：四幢六零一，他有种吐血的感觉。果然是六楼没错，其他都可以错，为什么六楼没有错？

一个晚上喝了半斤白酒的人，背着一个醉鬼爬上十八层楼，将她再次背上六零一时，他深深感觉腰快断了。

许少倾今晚喝得还真有些多，几个兄弟聚在一起，从晚饭喝到宵夜，一直在喝，直到被龙聿乐叫来，众人才散去。

一上了车就昏昏沉沉的，仰头靠在椅背上睡了过去。龙聿乐还担心着香芹，也不知道她到底发生了什么才喝成那样，半夜就这样将她交给了孙佳琦也不知道对她是好还是不好。就这样担心着忘记了问许少倾住在哪里，就习惯性径直开回了家。

直到开到地下车库停好车，才发现车上还有个呼呼大睡的人，伸手轻轻推了推他："忘了问，你家住在哪儿？"

许少倾睁开眼，微侧过头朝着她问："这是哪儿？""我家。"龙聿乐实在有点儿不好意思，她有时候真是笨得让自己惊呆，送人回家都可以送到自己家，只好怯怯地说："我开错了，我现在送你回家。"

看她紧张得马上发动了引擎，许少倾拔了她的车钥匙，"我到家了。"见龙聿乐惊讶地张着嘴的表情，许少倾不得不补充道，"现在都凌晨三点了，你送我回去再回来都天亮了，我再回去也睡不了多少时间了，今晚就在这里借宿一夜。"

"那怎么行？我那是单身公寓，只有一张床。"龙聿乐跳起来去抢许少倾手上的钥匙。

"怎么不行？难道你没有睡过我的床？"许少倾坏坏地对她笑着，拿着她的钥匙串上了楼。

"没有。"龙聿乐迅速回绝，她没有去过他家，压根儿没有睡过他的床。

“摸着你的良心说！”许少倾低下一张英俊的轮廓分明的脸,几乎要贴近她的脸了。

“那不一样。”龙聿乐似乎隐约想起了什么。

“快点上楼,困死了,早晨继续坐你的车去上班。”许少倾听她越来越轻柔的声音,便知她想起了什么,坏笑地举着钥匙去她家。

“那更不行了！”

两个人就这样吵着闹着上了楼。

小区夜晚的桂花香气迷人,房间里有些闷热,龙聿乐开了窗,桂花的香味隐隐约约飘了进来,许少倾伸手解开领口的扣子,向龙聿乐说道:“我想洗个澡。”

“噢,浴室在那边。”说着话龙聿乐朝着浴室指过去。

许少倾点点头,将身上的西服外套脱了,扔在沙发上,直接进了浴室。龙聿乐趴在阳台上,闻着久违了的香气,一年一度最美好的秋季来临了,许少倾进了浴室脱了衣衫,从里面探出脑袋,四下不见她人影,喊着:“聿乐！”

龙聿乐闻着声音,从阳台走了进来,只见许少倾赤裸着上身站在浴室门口,这样的春光乍泄,她傻愣住了。

“你有新毛巾吗?”许少倾在浴室里发现的毛巾也不知道哪条可以用。龙聿乐虽然在欧洲时看到过沙滩上很多男子都光着上身,但是像这样半夜共处一室的还真是少,红着脸背过身子不去看他:“没,没有,你随便用。”说罢便跑去阳台上用手扇风,拂去脸上的热度。

见她飞奔去阳台的身影,许少倾皱着眉低头看了看自己,似乎能猜到她那么别扭的原因是为了什么,嘴角不禁勾起了淡淡的笑意,轻笑着摇摇头。

从阳台上回到自己的房间,用蓝牙连上音响,随意播放音乐,听着李健的《月光》,温暖了夜光,看看日历,快八月十五了。龙聿乐想拿夏天的席子和备用的被子给他打个地铺,站在椅子上往上层衣柜里翻找。

“你在干什么?”循着这声音看去,龙聿乐看到房门口这个裸着背,身上仅仅围了条浴巾的男子站在门口。

“你你你……”龙聿乐半句话没说出来,椅子没站稳,伴随着“啊”的一声重重摔在地板上,许少倾很紧张地朝她跑过去,将摔在地上的龙聿乐横抱起来放在床上:“有没有怎么样?哪里受伤了?”

“痛……哪都痛。”龙聿乐真是有痛没法说,窝在床上蜷缩成一团。许少倾看着她这样子很是心疼:“爬那么高干吗?需要拿什么叫我来嘛!”

“我想找床被子给你打个地铺。”龙聿乐快痛出了泪花。

“我看不需要了,你床很大,分享我一半就行。”说罢就径直上了床。龙聿乐拽过被子,狠狠地瞪他:“那怎么行?你自己去拿一床被子到沙发上,还有……”然后指着他身上围的浴巾接着说道,“你怎么可以……”

许少倾看到她指着他围在身上的浴巾:“你自己说随便用,我没有带换洗的衣服。”只能用她用过的浴巾来蔽体了。

“可那是我的……”龙聿乐的贴身之物就这样被他围上了。许少倾看着她,似乎理解了她未能说出口的话,看着她说道:“哦!如果你介意,那我现在脱下来还给你啊!”说着,便要伸手去解那块腰间的浴巾。龙聿乐见状立马顾不上疼痛,制止着扑过来按住他的手，忙摇头说道：“别，别！我不介意了，不介意了，你别脱！你不用脱！”

许少倾顺势将她的手按住：“真的？”龙聿乐的头使劲点着：“你用着用着！”许少倾闻言，嘴角勾起淡淡的笑意，“那我就不客气了！”那笑根本就是计谋得逞后的得意。

龙聿乐看着他，这才发觉两个人贴得很近，他那熟悉的温热气息在她耳边，热烫的温度洒在她脸上，瞬间脸红成了应季的柿子。“我，我要去洗澡了，你先睡！”两个人靠得很近，龙聿乐可以听见自己的心如小鹿乱蹦。

“你怕我吗？”她想要将手收回，他却用力地握住，根本没有放开的打算。

龙聿乐红着脸，直摇头，呼吸却因为他靠得太近而变得紧张急促起来。许少倾低下头，一只手环抱着她，将她的腰圈环住，让她整个人更靠近自己，另一只手握着她的手说：“知道吗？最近看你那么辛苦，几乎只有在工作的时候才能碰到，我很心疼，看到你那么娇小的身躯，居然藏着那么大的能量，可以把那么多工作都处理妥当，我很佩服你，如果你觉得累，跟我说，可以给部门里再多配些人手，或者分给其他部门去做。”

“我以前都是这样过来的，忙的时候几个项目同时进行，我可以很好地从一个项目中抽离，马上进入另一个项目，这样循环往复，一天可以完成很多事情，将一个个项目抽丝剥茧有条不紊地完成好，你放心我应付得来！”确实，龙聿乐在做事上从来没有让他失望过，她一直是公司的一员得力猛将。

“可是，你都没有时间和我约会了！”

“现在不是正在陪你吗？”龙聿乐环抱着他的腰，亲了一下他的脸，“所以老董事长才规定公司不能有办公室恋情，看你这下又要偏心给我部门增员，还要减少工作量，这不可以，我已经破坏公司规定接纳了你，答应我，公是公，私是私，绝不能为了儿女私情，特别给我优待，在公司里我们也不要公开恋情，真的等公开的那天可能就是我离职的那天。”龙聿乐手贴着他的胸膛说道。

“好的，我的龙经理，晴空集团到底给了你什么？你那么替公司着想。”许少倾问。也许他是第一次见到这样的员工。

“一个很好的平台，施展才能，让我能实现自己价值的地方。”凌晨三点多，在一个喜欢的女人家里跟她谈理想，这也是许少倾的第一次。

这个女子就是这样，处处散发着光芒，让他着迷，让他情不自禁地侧头吻上了她的脖子，细细密密，如猛虎嗅蔷薇的骚动。龙聿乐心跳又迅速加快，整个人都有些热了起来。

许少倾轻轻用嘴唇含了含她的耳垂，然后在她耳边低语：“我会等到你愿意的时候。但是不要太久，好吗？”

龙聿乐红着一张番茄脸，点点头，“我先去洗个澡，你先睡。”然后一个箭步冲进了浴室。

清晨的阳光伴随着桂花的香气洒了进来，龙聿乐醒来看到身边多了的人，温存地笑开了，他睡在身边的姿势很迷人，贴着枕头边，他的呼吸是那么细腻而均匀，即便是睡着的时候他的手始终没有放开她的手。是如此心有灵犀的美好。这让她觉得富足极了。

他凝视着她，眼神里充满爱：“早安！”此刻，他有种冲动想要将她抱住，并融化在他怀里。

“早安！”龙聿乐正要起身，听见门咔嚓一声开了。

一个穿着素色旗袍、黑色平底鞋的女子，脸上化着淡淡的妆容，松弛的眼周肌肤和眼角的鱼尾纹都在悄悄透露她的年纪，还有就是完全诧异的眼神盯着他们看了看。

比起床上的两个人，进门的那个人更惊讶，她甚至出门重新看了门牌号码，确定是对的又重新进来。

“妈，你怎么来了，那么大清早。”龙聿乐对着站在门口愣神的女子喊道。

过了半晌她才反应过来，将东西放在桌上，去厨房忙开了：“想打你电话叫你十五那天晚上回家吃饭，可是打了你手机好几次都在通话中，想你也在忙，就过来给你做个早饭看看你。赶紧起来洗洗吃早饭吧。”

“喔，好！”龙聿乐小心翼翼地起来，许少倾也跟着，洗漱好，坐在餐桌前。

看到龙聿乐和许少倾两个像犯错被抓个正着的孩子一样，端坐在桌前，龙聿乐妈妈将两份炒米线放在他们面前，“谢谢阿姨！”许少倾接过装满米线的盘子。

“小龙女，你不准备给我介绍一下你身旁的小伙子吗？”龙聿乐妈妈盯着许少倾问道。

龙聿乐这才反应过来：“这是许少倾，我同事。”

“你以前说不会找同事的嘛！女人真是变化快！”龙聿乐妈妈打量着许少倾，然后就一系列问题，小伙子今年多大、家在哪里、家里做什么的、有哪些人、自己又是做什么、收入有多少之后，似乎猛然想起来什么似的问了一句：“你们俩不是一夜情吧？”

龙聿乐一口水呛了出来：“妈，你什么时候那么时髦了，这种问题都问得出来。”

“阿姨，我对聿乐是认真的，作为结婚对象在认真交往。”许少倾诚恳地说道。

龙聿乐妈妈好像是悟到了什么：“那这样，十五晚上，你跟小龙女一起来家里吃饭吧！”

“妈，他很忙，十五晚上没有空。”龙聿乐可不想才开始几天的恋情就被父母追着催婚，在她想象中那太可怕了。

“我有空。”许少倾抢答着，被龙聿乐瞪了一眼，他在桌下轻轻拍拍她的手，示意他可以应付。

“都睡一张床了，不应该带回来让你爸看看吗？”龙聿乐妈妈显然对她刚刚的反抗表示不满。

“妈，昨天特殊情况，我们是两个被窝，没有发生你想象的事情。”龙聿乐端起桌上的碗碟跑进厨房里，边走边嘟囔。

龙聿乐妈妈听着这样的回答似乎也高兴不起来，在桌上小声问许少倾：“你是不是有什么问题？要不要给你介绍专科医生？”

许少倾摇了摇头，也配合地小声回答：“我正常得很，一定不会辜负阿姨期盼的！”

龙聿乐妈妈听着似乎还可以的回答，就换成了正常音量：“在你的人生规划里，打算几岁结婚几岁生小孩？”

许少倾整了整衣服：“我以前从来都没有想过，遇到了聿乐之后，我觉得这个都不是问题，随时都可以，只要她愿意。”

龙聿乐听着妈妈不依不饶的问题，从厨房里喊了出来：“妈，你这是一大早来审犯人吗？”

“谁让你一早给了我一个那么大的惊喜呢！”龙聿乐妈妈说，“差不多点你们也要去上班了，我帮你整理一下屋子，你们记得十五晚上回家吃饭！”

“好的，阿姨，谢谢您，您做的米线特别好吃！我们先去上班了！阿姨再见！”

“妈，再见！”

看着他们两个离去的背影，龙聿乐妈妈一拍脑袋恍然大悟，赶紧掏出手机兴奋地说道：“老头子老头子，你知道吗？小龙女居然有男朋友了！还同居了！怪不得之前催她去相亲老说忙忙推托我们，原来早就有心上人了！对对对，这次八月十五准备带回家来给我们看呢！”

孙佳琦醒来时已经觉得身体快散架了，“什么女人居然那么重！”一早拿着咖啡进了办公室，把秘书叫了进来。

“李秘书，海外收购工厂的事情联系得怎么样了？”孙佳琦正襟危坐着问。李秘书闻言马上把资料递了过去：“找了几十家，这是筛选后的，有意大利的皮衣工厂，新西兰的毛衣工厂，还有……”

孙佳琦打开资料文件夹，就被第一页纯净的蓝天白云、绿草牧羊吸引了：“新西兰的工厂连着牧场，具体是怎么样的？”

“新西兰生产羊毛，那家工厂直接养羊，将羊毛剪下来经过工艺的处理，生产加工制成羊绒衫，那里空气好，原材料自然就好，所以很受欧洲客户欢迎，我们曾在北方市场上过一款羊绒衣，反响很不错。”李秘书报告道。

“你把我们的新品，还有其他同类品牌在各大区域销售的调研报告一起拿过来给我看一下，然后准备一下，最近我们可能要出差，考察这些工厂。”孙佳琦举着李秘书刚送来的报告说道。

“好的，知道了！我先出去准备。”说罢李秘书退出了房间。

孙佳琦再次揉了揉自己的腰，仔细翻阅文件。

香芹起来的时候记忆一片空白，脑袋还昏昏沉沉的，如铅般重顶在肩膀上，口很渴，一抓桌旁边的水杯里面居然还有水，咕噜咕噜地一口气喝完，将杯子放在桌上时惊奇地发现一张小纸条，上面赫然写着："以后不要再喝醉了！"再仔细一看，也不像她哥哥刘明星的字体，便抓了电话打给他："喂！刘明星。"

这时电话那头传来震耳的声响："刘香芹，你终于醒了！你怎么不再多喝点儿，你昨天晚上都喝成什么样了，看你以后还敢不敢再喝酒，真是！"

香芹将电话离耳朵远一点儿，眼前浮现刘明星唾沫横飞的样子。"好了！哥，不要再念叨我了，正难受着，我想喝粥。"

"知道了，一会儿叫秋姨煮了给你送来，你今天就请假休息一下，别去上班了。"电话那头的声音分贝明显减弱很多。

"嗯，好，"香芹从被窝里爬了起来，"我昨天后来是怎么回到家里的？"

"你还好意思问呢，昨天晚上你杠上了老李非跟他不醉不归，老李什么酒量，你什么酒量，你都喝傻了，他屁事没有，还能去 KTV 继续唱歌喝酒，我跟你说，你要是想杠酒也跟一个酒量差一点的，喝完了还要喝，还赖在酒吧里不肯走，我没办法，只好把小龙女叫来，我和小龙女送你回去的。"刘明星一听她问昨天的情况就气不打一处来。

"原来是你和小龙女送我回家的啊！"香芹拿着杯子下的小纸条看了又看。

"是小龙女送你回家的，我们从咖啡馆出来的时候，她就将我支开了。"

“我们还去了咖啡馆吗？”香芹疑惑着，尽力在脑海里搜索，虽然印象模糊了，脑海里却闪过只言片语：“哎呦！喝个咖啡也能喝成这样？”

“你还在那里睡了个把小时，我们两个就傻傻地坐在那里等着你醒来，你居然还把咖啡馆的洗手盆吐得一塌糊涂，我想我再也不能去那家咖啡馆了，我肯定被他们列入黑名单了！”刘明星挠挠头说道。

香芹好像也没听进他的唠叨，拿着纸条嘀咕着：“原来是小龙女写的啊！”

喝醉很伤元气，香芹休息了几天才渐渐恢复，想着约小龙女一起帮她找找喝醉那晚丢失的记忆，可是一连两次她都说忙，香芹也不好再约她。

“秋秋都一个多月不见了，我们一起去游泳好吗？我办的游泳卡暑假都过完了还没去一次。”香芹抱着电话说。

“好啊！”钱豪秋很爽快地答应了。香芹就知道她时间最自由，空闲的时候也最多。

匆匆约去游泳会所，在换游泳衣的瞬间，钱豪秋惨叫一声：“啊呀！”香芹马上凑过去问：“怎么了怎么了？”只见钱豪秋沮丧的神情：“我那个来了，不能游泳了。”听她那么一说，香芹哦了一声，“还以为出了什么事，就那么一点儿小事。”但是说着转念一想，她上次是什么时候来的，“啊”一声巨响，差点震破玻璃，“我一个半月多以前来的，完了，我内分泌失调了。”香芹抱着浴巾更是郁闷了。

钱豪秋扶起她说：“反正我也不能游泳了，就陪你去医院检查一下吧！内分泌失调就去看个妇科有什么大不了的！走！我们现在就去。”

和钱豪秋一路嘻嘻哈哈聊到医院，排了队挂了号，验了血，香芹拿着报告单在钱豪秋陪同下一起见了医生。

医生拿着报告单，推了推架在鼻梁上的眼镜：“末次月经几号？”

“上次月经在上个月头上，几号来着，四五号？我记不清了，在月初的时候。”香芹努力回忆着说道。

医生在报告单上照着她的话边写边念：“末次月经八月五号，停经 50 天，孕周 7 周+1 天。”

香芹抢过病历本：“医生你弄错了吧？我怀孕了？要不再体检一次好吗？”

医生拿着她的验血单：“这是你的验血报告单吧？孕酮上升那么快，正常人的指数不可能那么高，我做了几十年妇科大夫不会弄错的。”

香芹和钱豪秋都惊呆了，她们互相看了看，医生也莫名其妙地看着她们：“那你们这孩子是要呢？还是不要呢？”医生语重心长地对她们说：“你们年轻人做事太不考虑后果了，不要以为年轻就可以任性，很多人打胎了以后想再怀上可没那么容易了，你回去好好和家人商量一下。”

香芹拿着报告单回到家傻愣了好久，也不敢跟家里人说。拿着电话拨通了孙佳琦电话猛然哭了出来：“佳琦……我该怎么办呀？”然后一个劲儿在那里哭。

孙佳琦拿着电话站在新西兰初春的玉兰花树下被她哭得有种莫名奇妙的感觉：“怎么了？慢慢说。”

“我怀孕了，上次在北鹿岛四季酒店后台那晚。”

“等我回来。”孙佳琦合上电话马上让李秘书订了最早的班机回国。

等他赶到香芹家时是第二天的凌晨时分，天还没亮，拖着行李箱，穿着厚外套，直接按了门铃。

香芹睡眼惺忪地开门看着他，扑哧一声笑了出来：“爱斯基摩人，你怎么那么早？”

孙佳琦一把抱住了她，过了良久才放开。

对于他突如其来的热情，香芹有点儿不知所措，这算什么，母凭子贵得到孩子父亲的恩宠吗？“佳琦，你抱得太紧了，我都没法呼吸了。”

这时孙佳琦才松开他的怀抱。“想吃什么我给你去买早饭？”

“我还不饿，”香芹看着他的行李箱和倦怠的神情便问，“你这是从哪里来？”

孙佳琦将行李箱留在了门外，径直走了进来，让她靠着床休息，自己则坐在床边的椅子上，细细道来：“我在新西兰考察工厂，想收购一家海外工厂，将这里的生产部分放到海外去，接到你的电话我太吃惊了，马上订了机票赶回来看你。”

“这里你大姐的工厂不好吗？为什么还要舍近求远去收购国外的工厂？”面对香芹的疑问，孙佳琦也很坦然：“跟家人的合作如果好固然可以，如果不好会对一辈子的感情产生影响，我跟我大姐在一起做事，现在她是在帮忙，给了我两条生产线，但是难保以后如果她接到大单子的时候会减少我这里的生产量。我们既然做小众品牌，就干脆去找做精化的工厂。”

“你是意大利的品牌，怎么去新西兰找工厂？”

“意大利的工厂也在看，权衡一下每个工厂的实力和特长，先收购一家，运营起来试试，”孙佳琦瞄到床头的报告单，“你打算怎么样？”

“我心里头好怕，第一次遇到这样的事情，我会不会被我爸妈打死？”香芹父母对她极为疼爱，但是也常常告诫她做女孩子要自尊自爱，现在发生这样的事情了，她怕父母失望极了。

孙佳琦轻轻拍了拍她：“你不要害怕，不用担心，有我在，你好好在家休养，工作就暂时不要去了，公司那里我去帮你说，你爸妈那里我去说，你不用担心。”

“佳琦，我不想要生个私生子，让孩子一出生就被人嘲笑。”香芹眼里噙着泪望着他说。

“不会的，我这次回来会跟你先登记的。”虽然孙佳琦这样说，但是香芹眼里的担忧并没有退去，因为她可能还感受不到一位做丈夫的疼爱。

临近中秋佳节，许少倾坐在办公室里，将林建华叫了进来。

“少董，找我有什么吩咐吗？”

许少倾坐在椅子上思忖了半天问了一句：“你第一次去丈母娘家都带了什么？”

林建华马上道：“两条中华香烟，两瓶高档白酒，还有一些丈母娘喜欢的东西。”

许少倾像是明白了些什么，再一想还有个关键问题：“你怎么知道你丈母娘喜欢什么？”

“我老婆说的呀！我照样买就行了。”林建华觉得再轻松不过的问题，许少倾明显皱眉了，龙聿乐似乎不太情愿带他回家，加上她最近也没法分身，于是拿出一张黑卡对林建华吩咐道：“你在我这张卡上预支一笔费用，然后去买一些礼物，算上你的加班工资一起，中秋节之前准备好。”

林建华接过沉甸甸的卡，深感又一个考验来了，压力很大。

孙佳琦和香芹领结婚证那天，和李宝莉一起吃了个中秋团圆饭，李宝莉全程乐开花：“你这小子，什么时候也学会搞惊喜了，你终于圆了我的一个梦，真是太好了！”

香芹有点儿害羞地低着头，李宝莉乐得合不拢嘴，自顾自说开了：“接下来我可要忙了，帮你们操办婚礼，请大师择个黄道吉日，帮你们选婚纱、选酒店、选婚庆公司……还有最大的事情，你们是要跟我们住呢？还是想小两口单独住外面？住外面的话，我得先去给你们买套房子，还要选套精装修的房子，不然气味大对孕妇孩子都有影响……”

“妈……”孙佳琦打断说道，“我想先把事业做好，ZERO 刚起步，我在选海外工厂，收购后还有很多事情会需要衔接，会出差很长一段时间，婚礼还是等我回来再说吧！”

“那怎么行，你这孩子怎么那么不懂事，什么事情能比婚姻大事还重要？”李宝莉见香芹变了脸色，马上制止儿子不成体统的想法。

孙佳琦抓住李宝莉的手语重心长地说道：“结婚是非常累的一件事情，现在香芹刚怀孕胎儿还没稳，我们家亲朋好友加上香芹家一百多桌也是有的，那么一桌桌敬酒，孕妇是吃不消的，万一动了胎气就不好了，最好还是等孩子出生了，婚礼可以和满月酒一起办，不是更热闹吗？香芹你说可以吗？”

香芹呆呆地看着孙佳琦，似乎分辨不出哪个是要点，愣愣地点点头：“好的，听你的！”果然陷入爱情里的女人智商为零。

中秋之夜，天上月圆地上人团圆，许少倾将要去做一件很重要的事情，傍晚夕阳的光辉从窗户洒进来，他起身打开衣柜，挑选了一套最喜欢的衣服，带上一堆礼品，驾车接上龙聿乐赶去她父母的家。路上风景如画，他从未觉得如此美妙，似乎是对人生有了另一种期盼。

龙聿乐在车上说着："我家有点儿远，以前我们家住在乡下，我的童年是在乡下度过的，后来我妈妈的学校在城里分配了一套小房子，我就一个人住在那套分配来的房子里，方便在城里念书，我父母在家照顾爷爷，再后来爷爷随着奶奶走了，乡下的房子也拆迁了，我父母住不惯城里的房子，遇到城郊的生态园有房子在出租，就干脆把城里的房子都租出去了，租房子住在农庄里，好多年了。"

许少倾细细品着她说的每一句话，手握着方向盘："叔叔阿姨挺特别的。他们喜欢什么？"

"我妈喜欢唠叨，我爸喜欢喝酒。每次我的朋友来家里，他的朋友来家里，他都要请人喝酒，一高兴还能把人都给灌醉了，上次老林、老李、香芹、刘明星他们来，从下午喝到凌晨，刘明星都回不了家了，在草丛里过了一夜。"龙聿乐感叹道。

"那你的酒量是随了谁？"许少倾问。

"我没酒量，平时又不爱喝酒，我喝酒纯粹只是为场面需要，或者朋友们在一起开心应个景。"

"我看是随了你爸，虎父无犬子。"

车停稳后先迎上来的是一群流浪狗，"这是小黑，那是小黄，还有小白，最壮的那只是暴力黑！"龙聿乐介绍说。

"为什么叫它暴力黑？"许少倾看着几乎快摇断尾巴的小狗们问。

龙聿乐从车上走下来:“因为它最暴力，而且贼精贼精的，每次喂它们一起吃东西，它就冲在前面先抢一块藏在草丛里，然后再抢几块,躲在草丛里吃,不准其他狗靠近,所以你看那么多狗中就它最壮了。”

许少倾打开后备箱，准备拿东西，小狗们都趴在车旁看，“这些都是你们家养的吗？”

龙聿乐摇摇头:“不是，虽然我们的剩菜剩饭都会喂它们，但它们是农庄里的流浪狗,我们搬过来的时候就有几只,后来又来了几只。你别看它们对你摇尾巴,对其他陌生的狗可凶了,告诉它们这个地盘是老子的！进门的时候你看到其他几只大白狗吗？它们是属于烧烤区那个地界的,这些狗是属于这个地界的,狗都不会越界,我早晨起来跑步,小黑总是陪着我跑,但当我跑出了它的势力范围它就不跟了。”

许少倾看着它们扑上来,绕着他的腿打转,不由得说:“这次没有带你们的礼物，因为我第一次来还不知道你们的存在，下次来就知道了。”

“你不用特地给它们带东西,狗粮什么的它们反而不会吃,剩饭剩菜它们可喜欢了,肉骨头是它们的最爱,几只狗都抢的,还有鱼啊菜啊饭啊都吃,最夸张的是南瓜皮它们也喜欢。”龙聿乐帮许少倾提一部分东西。

两个人走到长满竹子的院子前,龙聿乐说:“到了,就是这里了。”

“你家门口的花种得真好！”许少倾看着红艳艳的一片由衷地赞叹。

“那都是暴力黑浇灌的功劳,吃了杂草,浇灌了花朵。”龙聿乐一想起那个画面就不忍直视。

龙聿乐敲了敲仿古的大门,来开门的是龙聿乐妈妈,许少倾马上问候:“阿姨好!”

龙聿乐妈妈心花怒放,迎了上来:“少倾啊,来了啊!那么客气干吗!就过来吃个便饭还带什么东西!”

许少倾诚恳地回答:“听说这里的习俗,女婿拜见丈人、丈母娘都是准备这些的。”

龙聿乐面露尴尬,有第一次见家长就说女婿和丈人、丈母娘的吗?

许少倾扛着一箱中华香烟、一箱海之蓝白酒进了屋放好东西,看见在厨房忙前忙后的龙聿乐爸爸,“叔叔好!需要我帮忙吗?”

龙聿乐妈妈马上向老伴介绍:“这是少倾。”

龙聿乐说:“他做菜很好吃!”

“有我做得好吃吗?”龙聿乐爸爸瞪向她,她不慌不忙地回答:“各有千秋!”许少倾做的西餐自然和爸爸做的中餐不同。爸爸没得到满意答复,对许少倾说:“帮忙就不用了,我都配好菜了,让小龙女带你先去骑马吧!我这里一会儿就好,好了叫你们!”

“这里还有马场吗?”许少倾问道。

“有啊,想去吗?”

“好。”

两个人四条狗走在鱼塘边的小路上。

小路的尽头就是马场。

“老邓!在清理马场吗?”正弯腰收拾的老邓循声回头脸上立即堆起了笑容说:“小龙女回来了!”

“是啊！带朋友来骑马，你这里好像多了很多马。”

“好眼神啊！前阵子新买了几匹马进来，之前的六匹里卖掉了两匹，所以你看到的几乎都是新的。”老邓说着牵出一匹优雅的白马，“来！让你朋友试试这匹！新到的，脚力很好，驮你们两个都没有问题。”

“我就不用了。”龙聿乐露出尴尬的笑容摇摇手，“你知道的我从来不骑马。”

“听你妈妈说过之前因为小时候从马上摔下来过，所以就再也不敢骑马了。不要怕，这马很温顺的。”老邓怜惜地说道。

这时许少倾已经骑上了马背，一只手伸向她：“上来吧！有我在，不用怕！”

龙聿乐本想着拒绝的，但是已经被老邓热情地一推手，许少倾一提手，就那么骑上了马。

马绕着鱼塘，鱼儿在水里悠闲地游着，不时有一两条鱼“哗啦”一声跃出水面，一切都那么生机勃勃。

穿过一片小树林，是一个盛开着许多莲花的荷塘，偶尔有几只小鸟掠过水面，粉色的荷花开得旺盛，将荷塘似乎也晕染了一种恋爱的颜色。

“这里那么漂亮，你应该早点带我来。”许少倾说。

“不曾想你是喜欢乡野的。”

“很美，我想我们老了以后也住到这里来，和你爸妈一起种种花、种种菜、养养鱼，下午可以一起坐在摇椅上，喝喝茶看看书。”许少倾说着好像在憧憬着他们的未来，这一切都是龙聿乐没有设想过的。

“你若是喜欢，可以常来，我爸就缺个酒友。”

“你不陪他喝酒吗？”

“跟他嗨不起来。”

“那跟我呢？”

“不知道。”

许少倾听着这答案似乎并不满意，喊了一声“驾”抽了马屁股一鞭，马开始由小碎步变成了奔跑。

马儿踏着草地上的小花，向着火红的斜阳深处跑去。龙聿乐紧张地抱着许少倾，感受风从耳畔吹过，似乎从未有过的美好，踏着马蹄声，绽放在心里。

马绕着农庄跑了一圈下来，回到家时天已经黑了，小屋亮起了闪闪灯光。

“来吃饭了！”

龙聿乐妈妈招呼着他们两个。

“喝点儿酒？”龙聿乐爸爸热情地举起酒壶，“这是我自己酿的，朋友从北方带来的高粱，在这里的小作坊让他们去蒸出来的纯酒。”

“好，来点儿！但是我酒量不是太好。”许少倾双手端起酒杯任由龙聿乐爸爸倒酒。

“小龙女要一起来一点儿吗？”龙聿乐爸爸举着酒壶继续问道。

“我不行啊，晚上还要开车回市区，明天还要上班呢。”龙聿乐摇了摇手，赶紧往杯子里倒上果汁。

“生个女儿就这点儿不好，在家也从来不跟我喝酒，只顾着在外面跟别人喝了。”龙聿乐爸爸嘟囔着。

“不是带了个陪你喝的吗？”龙聿乐俏皮地看了看许少倾说

道。

“来来来！开始吃饭吧！这是你爸爸最拿手的菜，只有这个季节才有的，红烧肉烧菱，少倾来尝尝！”龙聿乐妈妈将大块肉放进许少倾碗里。

“谢谢阿姨！我自己来。”许少倾接过肉后尝了尝，“真的非常好吃，叔叔好手艺！”

“我爸做菜特别好吃，以前有个日本朋友，是我高中时期学校的交流生，一个女孩子，来到我家，惊奇地像发现新大陆一样叫道：‘爸爸做菜！’”龙聿乐对往事津津乐道。

“那是！如果等你妈做好这桌菜得吃宵夜了！”听龙聿乐爸爸这样不屑地说，龙聿乐妈妈不服气了：“什么话！要不是我的帮忙你有那么快吗？我今天可是干了一天的活了，从早晨起来去湖里采菱，去摘菜、洗菜，什么都给你准备好，你就下锅炒一炒，功劳都是你的了！”

“阿姨您辛苦了！我先敬您一杯！”许少倾赶紧来打圆场。

“那我也一起敬你，伟大的夫人，你辛苦了！这桌菜多亏了你，我们才吃到那么新鲜那么好吃的菜。”龙聿乐爸爸也开始哄人了。

龙聿乐妈妈听爸爸那么一夸马上笑起来：“小龙女你难得回来，多吃点，少倾也是，在这里不用客气，就当自己家。”

“少倾是哪里人？”龙聿乐妈妈向吃得正香的许少倾问道。

“我的祖籍是昭州市，出生在美国，在那里念了小学，因为父母工作的关系回来念了一年初中后又回到美国去上高中大学，现在回来工作了。”许少倾说。龙聿乐好像也没听他讲起过往，沉默了一会儿龙聿乐爸爸恍然大悟地说了一句：“噢，香蕉人……”

龙聿乐妈妈见到那么不解风情的老伴儿，一句话堵了回去："什么香蕉人？你还中华鳖呢！"然后给许少倾又夹了一筷子菜，依然不放过地问，"家里有兄弟姐妹吗？"

"没有，爸妈就我一个孩子。"

"噢，也一样是独生子女啊！"龙聿乐妈妈说，"你和我们家小龙女是同事，也在晴空集团工作，你在那里做什么？"

龙聿乐看不下去了，插嘴回道："他是做管理的。"

"你这老太婆就是话多，女儿都开始嫌你问题多了。"龙聿乐爸爸接着问，"少倾啊，你爸爸妈妈都是做什么的？"

"我爸退休了，我妈一直都是全职的家庭妇女。"

"那你要养一家子挺不容易。"龙聿乐爸爸说道。

"还好。还好。"许少倾不知道怎么接话了。

龙聿乐爸爸又忍不住问道："以后有什么规划打算？"

"做好工作，其他都听聿乐的。"

龙聿乐爸爸和妈妈似乎对这个答案都比较满意。

中秋之夜，月亮大得出奇，周围还有一圈月华。与你的团聚，将你对未来的期盼，和我的一起浓缩在天上盈月的那一抹光华之中。

等龙聿乐和许少倾走了以后，龙聿乐爸爸妈妈两个人一起收拾着桌上的菜。

"你说你之前一直让小龙女去相亲，她都没怎么上心，突然就带了那么一个人回来，就好像大街上捡来的一样。"龙聿乐爸爸乐呵呵地说道。

"你瞧瞧你，又在瞎说什么呀！看得出来少倾这孩子对我们小龙女挺上心的,长得一表人才,说话也很恭敬,应该是个不错的人。”龙聿乐妈妈感叹道。

龙聿乐爸爸似乎语气中带了不服气:“你说是他帅还是我帅? ”

“你个老不正经的! ”龙聿乐妈妈一阵好气。

“快说! 不说不给收拾了! ”龙聿乐爸爸按住龙聿乐妈妈的手非要一个答案。

“你帅,在我眼里你最帅,行了吧? ”龙聿乐妈妈脸上浮起了少女般的笑容。

龙聿乐爸爸似乎很满意这个答案:“老婆你还是进房间去看书好了,洗洁精伤手,我来洗就好了。”

昭州市一家隐遁于世的茅草屋餐厅,亦是一家格调极浓的小茶馆,素来以老板娘到处游历学来的美食而被人熟知,每天只接待一桌客人。若不是香芹早早预订好了,可能这时候来要被拒之门外的。

老板娘先用炉子煮上一壶茶:“上好的普洱,刚从云南带回来的,你们尝尝。”

“谢谢,不过请再给我倒杯白开水。”

热情的老板娘又端上一盘盘茶点:“这是你们最爱的百利甜芝士蛋糕。”

苏梓涵抚起桌上的古琴,一众姐妹伴着身旁梓涵大师指尖弹奏出的轻快琴声享用着茶与甜品,静享味蕾的饕餮与精神上的安逸。

“一盏煮熟的茶汤,一口香酥的蛋糕入口,仿佛来到这里,才是世界静下来的地方。”龙聿乐端着茶杯说道。

“是啊，你那么忙，能约到你真是太不容易了！”香芹说道。

“最近手上的工作确实很多。谢谢你的召集，让我从忙碌中抽离出来，给我一片安静的天地，跟你们又聚在一起真开心。”龙聿乐搂着香芹说。

晓菁说道：“香芹等了你好久了，好不容易才约上你，小龙女你是我们中间最忙的人了。”

钱豪秋也附和道：“是啊！你怎么有那么多事情好忙，感觉好像你们公司只剩下你一个人了。”

“没办法，公司最近事情太多。今天香芹把大家召集过来有什么重要的事吗？”龙聿乐道。

大家把眼神转向香芹，香芹放下手中的白水杯，说道：“这餐请大家，主要是跟你们说一声：我怀孕了！”

“谁的？”龙聿乐太惊讶了，“那个孙佳琦的吗？”

香芹点点头。

“香芹你也太不懂得保护自己了，怎么未婚先孕了呢？那个孙佳琦怎么说？”龙聿乐真是心头冒上一阵火，香芹却看不出来她在生气，一五一十地回答道：“他让我先不要去工作了，好好在家养胎。”

龙聿乐不依不饶地问：“什么时候结婚？什么时候举办婚礼？”

“等他国外的工厂稳定了以后，他最近都在国外忙新工厂的事。”香芹边吃边回答。龙聿乐举着她的手问道：“有什么比你和肚子里的孩子更重要的事，你现在几个月了？”

香芹似乎感受到她的力道，缩回自己的手回答说：“三个月。”

龙聿乐急得用手指敲打桌子：“马上就要显怀了，难道要你挺个大肚子出现在婚礼上吗？”

香芹却不以为然：“我觉得就按他说的，结婚酒和满月酒一起办也蛮好的。”

“香芹，你怎么就……”龙聿乐气不打一处来。

晓菁说：“香芹，你这脱单的速度也太快了吧，而且远超我们，连跳两级。”

“不好意思还没来得及跟你们说，我也脱单了，我有男朋友了，晓菁和秋秋加油！”龙聿乐差点忘记自己的事，没跟好闺蜜们报备过。

钱豪秋一阵哀号：“就我们两只单身狗了！”说罢便紧紧抱住了晓菁，晓菁赶紧掰开她的手：“别冲动！别人会误会我们要临时凑对！”

“你的男朋友是谁？”香芹问。

“你们都见过。”龙聿乐面色微微泛着红晕低声说道。

“我就说嘛，你们两个在西坡那时候就眉来眼去肯定有问题。”香芹说。

“那时候我们还没开始，我只把他当公司领导。”龙聿乐的解释似乎来得有点儿晚。

“哇！办公室恋情，更加刺激。”晓菁说，“说说看，你是怎么收服他的？”

“这个嘛，忽然你在人群中遇见了一个人，他那么耀眼，以至于站在他身旁也变得熠熠生辉了，最初时我还没发现，后来他离开时我的心头像出现了一个缺口，那时我才知道，我已经不能自拔地爱上他了。”龙聿乐悠悠地说完，众人发现原来平时看上去干练聪明独当一面的小龙女谈起恋爱来也像个小女生。

昭州市康美亚健康管理医院的高级病房里，许淳安手里拿着报纸戴着老花镜细细读着，他的夫人严正花将刚煲的汤端过来一勺一勺地舀起来想凉一凉汤水。

许少倾削好手中的苹果递给许淳安："爸！吃个苹果吧。"

许淳安移了移视线："哦，放着吧！"然后继续看着手中的报纸。

严正花放下手中的汤水，问道："怎么那么久都没过来了，都好几天了。"

"最近公司事情多。我看爸精神那么好，应该很快能够好起来。"

"病危通知单都下过好几回了，但是我感觉每一次在跟死神斗争时都赢了。"许淳安呵呵一笑。

"是啊，你一直都是常胜将军嘛！公司那么多风风雨雨都经历过来了，这点病肯定能扛过去。"严正花揉了揉许淳安的肩，许淳安轻轻拍了拍搭在他肩上的手，严正花放下了手转头对许少倾说道："昨天你李伯父带着梦瑶一起专程来看了你爸，梦瑶第一次来我们昭州市，你抽点儿时间带梦瑶去玩玩。"

"哪个李伯父？"许少倾想着，这老两口又来这一套，之前塞给他一个琳琳还不够，这次又来一个梦瑶。

"李伯父是你爸年轻时候的战友，梦瑶你不会不记得了吧？你回国念书的时候不是常去她家玩儿的吗？"严正花帮他回忆着。

"李梦瑶比我小很多，我读初中那会儿她才上幼儿园，我那时候去她家里也不是找她玩儿，只因为他爸那时候偷偷养了只猴子当宠物，我去她家里玩儿，只是对猴子感兴趣。"许少倾打断她妈妈的臆想，纠正道。

“梦瑶现在出落得亭亭玉立,性子随她妈,温婉贤淑。”严正花说着,脸上浮起了丝丝赞许的微笑。

“要是随她爸就太震撼了,那个火爆,整个小区都知道,猴子也知道。”许少倾打趣道。

“你这小子,怎么这样调侃人家?”许淳安放下报纸,怒瞪过去。严正花见状马上温和地说道:“梦瑶考上了我们昭州市电视台的主持人,马上就要过来工作了,那么好的姑娘,我和你爸就是不想你错过,你也到了成家立业的年纪了,而且我们和李家又是知根知底,门当户对,梦瑶这孩子我们从小看着长大,本性善良又温柔,李叔叔跟你爸感情从年轻的时候就好得很,来个亲上加亲不是更好吗?”

“妈,我已经有女朋友了!”许少倾打断了严正花看到任何好姑娘都恨不得介绍给儿子的念头。

听到这句话时,许淳安和严正花异口同声:“谁?”严正花先开口问:“到底是哪家姑娘那么幸运被我儿子看上了?”

许淳安还没等许少倾回话,悠悠地问:“这么说,你最近没有来都在忙着谈恋爱了?”

许少倾可接受不了那么大一顶帽子:“那也不是,看你最近气色好转,我也放心很多,公司刚拍下来一块工业用地,准备投产做一个牛奶乐园。”许淳安回道:“嗯,这个牛奶乐园的想法不错,我在股东会议视频上看到大家已经通过了这个决策。那个你心上的姑娘,这几天带来给我们看看吧。”

在香芹的公寓里, 午后的阳光透过落地玻璃照射进来,晒得人懒洋洋的,香芹就这样靠在摇摇椅上,盖着毯子吸着酸奶,还有听着刘明星的唠叨:“刘香芹,你就打算这样躲在这个几十平方米的公寓里不回家见爸妈,也躲着不见我?”

“啊呀,哥,我哪有不见你嘛!我只是最近很懒,懒得动,哪也不想去。我只想做一颗沙发土豆!”香芹抱着一只奇怪的毛绒绒的鳄鱼抱枕说道。

“我说沙发土豆,你现在除了吃和睡,还有什么人生理想吗?”虽然香芹觉得这句话从刘明星嘴里说出来特别好笑,但是还是认真想了一下回答了他:“没有。”

“唉!我说你,刘香芹,身为一个女孩子家的你难道不想有个正常的家吗?”

“想啊,你变正常了,我们家就正常了。”

“刘香芹,再过不了多久你的肚子就要大起来了,你未婚先孕的事情就要传开了。”

“我有证的。”

“你从小到大不是都嚷嚷着要一个公主城堡,要一个盛大的婚礼吗?那样的人生才完整,你现在这样算怎么回事?你知道爸妈知道这件事都伤心很久,为此爸妈还吵了架,爸第一次对妈发了很大的脾气,责问她都介绍了什么人给你。”面对刘明星的质问,香芹有点儿心虚了:“又不是没有证,生完了再办也一样啊!”

“你那么偏袒孙佳琦那小子我们也没办法,还是多回家,让爸妈和我来好好照顾你吧,你一个人这样在外面我们也不放心。”听着刘明星这样说,香芹鼻子一酸,抱住了他:“哥,我就知道你对我最好了。”

许淳安在龙聿乐心里是有知遇之恩的企业掌门人,亲手提拔年纪轻轻的她做晴空集团最年轻的中层,但是要以许少倾女朋友的身份去见他，她一时之间心里还没准备好，毕竟工作的几年她心里一直恪守禁止办公室恋情的公司条例，如今要去见董事长，感觉像犯错的孩子要去班主任办公室一样心情忐忑。

“看我！”许少倾做了一个鬼脸逗笑了龙聿乐，“别一副那么壮烈的表情，我爸虽然很专制，有时候也很讨厌，但是听说他亲自升你的职，应该对你有好感。”

“凡事不要那么乐观。”虽然经不住许少倾的几番劝说，龙聿乐本来不想那么早去见董事长的，还是拗不过他，跟他去了，但是心里总觉得隐隐有些不那么顺畅。

“凡事有我呢。”许少倾握紧了她的手，龙聿乐报以温柔一笑。

推开康美亚健康管理医院高级病房的房门，阳光照耀在病床上，龙聿乐看到昔日面试她那位神采奕奕的领导躺在病床上，他正戴着眼镜看报纸，一旁的女子为他沏着茶。许少倾携着龙聿乐进门的瞬间，许淳安原本喜悦的笑容变成了毫不掩饰的诧异。

“龙经理，你怎么会来这里？”许淳安还没等许少倾开口介绍，便先开了口。作为公司员工她的职位如果没有上层召唤是没有资格来探望他的。

龙聿乐正想解释但不知道从哪里开始说，许少倾抢着回了话：“爸，妈，你们之前不是强烈要求我带人家过来给你们看吗？现在带来了。”

“你是说那个人是龙经理？”许淳安仍不可置信。

许少倾用力点点头，斩钉截铁地说道：“龙聿乐就是我想相伴一生的女人。”

许淳安怎么都没有想到一向深明大义的儿子居然开始违背他的意思，不肯见他为他选的女子也就罢了，还带头违背公司章程搞起办公室恋情，那个龙聿乐也不知道居的是什么心，是怎样迷惑了他的儿子。无论如何他要在他不多的时日里给儿子找一个家世背景相匹配的女子。

许淳安的表情已经气得扭曲了。许夫人见状就将龙聿乐一把拉过来说道："龙小姐，你看现在家里这样的情况也不适合谈这种事，要不改天我再邀请你来家里玩儿？"

"我也到点该去上班了。那么许董、许夫人我先告辞了。"龙聿乐被赶了出来……

长时间的沉默后，许少倾终于开口了："爸，你到底想怎样？"

"你如果不满意梦瑶或者琳琳，还有很多好姑娘可以给你选，可是龙聿乐不行。"许淳安斩钉截铁地说道。

"为什么？就是因为她的家世背景，你觉得她家配不上我们家？我可以跟你说，我在她家得到我们家从来都没有过的家庭温暖，向来你都只手遮天，你有没有问过我妈想要什么？你有没有问过我想要的是什么？你有没有在乎过我妈的感受？你有没有在乎过我的感受？从来都没有。我在美国虽然创立的是一家小公司，但是跟朋友们一起打拼是很有意义的事情，虽然项目还没有收入，但是我们每个人都充满期待，我们每一天都非常开心。就这样我中途离开回来接你的班，这不是我想要的，你赶紧好起来吧，晴空集团是你的，龙聿乐是我的，你最好不要来管。"许少倾说完就转身头也不回地走了。

"你这孩子怎么这样对你爸说话？"严正花对着许少倾的背影喊道。

许淳安想不到从小都顺从他的儿子竟然为了一个女子这样对他大发雷霆，忤逆他。“这个逆子！”气得差点一口气没顺下去。

严正花见状马上回来揉了揉丈夫的胸口：“你消消气，别为了一个不相干的小女孩气伤了身体，你才刚刚好一点儿，不能这样子发脾气。”

许淳安握住了她的手：“这辈子跟了我，委屈你了吧？”

“没有，跟着你锦衣玉食了一辈子，哪有委屈，别瞎想了，儿子也是一时气话，你别跟他计较。”严正花坐到了病床边依偎在许淳安怀里，“龙姑娘，之前好像也听你提起过她，也蛮欣赏那个小姑娘的，我没记错的话那是你亲自提拔的员工，以我们家现在的财力也不用跟哪家集团联姻才能壮大，你怎么会反对他们在一起？如果仅仅是你规定的禁止公司恋情的话，随便找家公司把她调过去就是了啊。”

“你啊！看事不能看表面，那个女孩，不简单啊，我就怕以我们儿子的性格以后压不住她。”许淳安叹了长长一口气说道，“若他们真在一起，怕是日后会地包天啊！”许淳安低头看了看妻子：“若日后我们都走了，他们在一起了，那女孩越来越强，做得比你儿子还好，你舍得你儿子被一个女子压制吗？我们做父母的都是有私心的。”

“是啊，我们做父母的都是有私心的。但是我们的儿子可能未必会理解你。”严正花落寞地说着。

许淳安没有接她的话，径直吩咐道：“下午让我的秘书小赵把人力总监何源叫过来。”

让龙聿乐没有想到的是，许淳安对她的否定来得那么快，对她来说有点儿措手不及，第二天一上班，龙聿乐便收到她曾经梦寐以求的海外分公司总经理一职。这份调令是董事长亲自指示人事部直接送到她手上的。她曾经怀着殷切希望申请过也找领导谈过，如今确确实实地拿到手了，心里却不是滋味。

“很抱歉，我又冒昧地打扰您，有个疑虑在我心里想解开，这次给我外派海外分公司，是因为我的实力还是因为许少倾？”龙聿乐跑去问许淳安。

“得到想得到的不就行了？”许淳安看着满目委屈又夹杂着些许愤怒的龙聿乐，调整了一下姿势，端坐着跟她说，“你当海外分公司的总监够资格了，但想要当我儿媳妇还不够资格。”

龙聿乐得到了答案，心里却不是滋味：“许董，虽然在您眼里我身世平平，不配您家的显赫地位，但是我会用实力证明，用时间证明，我是最适合许少倾的人。”

“回去交接一下工作，如果还想继续留在晴空集团，明天的飞机，去洛杉矶分公司报到吧。”许淳安以命令的口吻说道，一副大可不必再谈的表情将龙聿乐赶出了医院。

半年后。

香芹突然感觉宫缩了，她想，这天终于来临了。她抓起手机打给孙佳琦，这半年时间孙佳琦一直在海外工厂，回来的时间不多，来看她的次数也屈指可数，可是每次回来都拎着大包小包来照顾香芹，即使他不回来也会派人送东西过来。

短短几分钟时间孙佳琦的助理小杨就出现在香芹的公寓门口，待产包好像是提早就准备好的，赶忙将香芹送去了妇产科医院。

“刘小姐，您忍着点儿痛，省妇保院的安医生在赶过来的路上，大概一个小时后就到了，孙总说您想顺产或者剖腹产都可以，都听您的，但是您也可以听听医生的专业意见，我们孙总买了最早的班机机票正在赶过来的路上，估计明天就能到了。”

香芹在车里痛得回答不上来，躺在小杨不知道哪里弄来的房车里，蜷缩着，额头不断冒出汗来。

她从来都没有考虑过顺产或者剖腹产的问题，怀孕之后，香芹一心想着孩子是怎样的，未来是怎样的，充满期待和幻想，可是自己如何生，她从未想过。别人都说顺产对孩子好，她就想尽量顺产吧。经历了 18 个小时难产的过程，终于在医生的产钳助产的情况下把孩子生了下来。

“医生，男孩女孩？”香芹声音微弱地问道。

“男孩，要不要看看？我们清洗好抱过来喂他第一口奶。”当护士将小婴儿抱到她身边时，她简直不敢相信那么漂亮的，甚至有些毛茸茸的孩子是从她肚子里出来的，刚刚经历过的 18 个小时似乎一点儿都不痛了。

刘香芹被推出产房时，刘明星和爸爸妈妈，还有李宝莉早已经守在门口翘首以盼了。

到了高级病房里，刘明星迫不及待地抱起了孩子：“小宝贝，快！叫舅舅！舅——舅！长得那么好看，肯定是像我，俗话说外甥像娘舅，真的是太正确了。”

李宝莉摸着香芹的头说：“好孩子，让你受苦了，我带了奶妈还有两个月嫂过来，一个照顾你，一个照顾宝宝，我挑过的，你先用着看，不合适跟我说，我再找。”

“阿姨让您费心了！我还好。对了，佳琦什么时候到？”

“他之前给我来过电话，说大雾航班延误了，滞留在机场还没有起飞，应该快了吧，等他一下飞机，就让他赶过来陪你啊！”

“好！”香芹虚弱地说道。

洛杉矶马布里海滩旁的餐厅。

“你知道我找了你多久吗？”男子晃动手里的酒杯，“手机号交给公司，甚至连微信号、QQ号全部都交还给公司，我知道洛杉矶有位新上任的总经理叫Mary，带领着海外分公司半年时间业绩飞速飙涨，我想公司猎到哪位神人那么厉害，原来是我们龙总啊！”

“我用的手机号、微信号、QQ号都是公司发的工作号，工作上进行交接是正常的。如果许董是来说这些的，我想我也没必要再继续坐下去了。”龙聿乐起身要走，许少倾马上抓住了她的手臂：“坐下，好不好？我找了你那么久，思念了你180个日日夜夜，你呢？那么绝情，说走就走了，连一个招呼都不打。”

这话说得龙聿乐似乎脸上明显不高兴起来了：“我能打什么招呼？跟你说我要去洛杉矶你会让我去吗？如果没有工作我能留在你身边做什么？做饭不会，洗衣不会，没有工作我连一个留在你身边的理由都没有。”

“你就那么看轻我，我就对抗不了我爸？我连一个集团经理的职位都保不了给你吗？”许少倾质问道。

“少倾，我就是不要你对抗你爸，不要你跟他对着干，不要你为了我闹成公司的笑话。两个人若想长久的幸福，将爱情化为婚姻，必然是两个家庭的结合，我要视他为我的父亲，他要视我为儿媳，视我做半个闺女，那样我们的大家庭融洽了，我们的小家庭才会更和美。知道你这半年过得不好，我又何尝能过得快乐，在异乡的每一天，只有彻底投入工作，才能不留下时间缝隙来饱受相思之苦。”

听着龙聿乐的解释，许少倾似乎也在瞬间成长了，但是他对龙聿乐的爱情没有丝毫削减过：“你以后有什么打算？”

“没有。”龙聿乐无辜地摇了摇头。

“熬不下去就跟我回去吧！我都找到你了，舍不得跟你再次分开。”许少倾握住她的手说道。

“我现在还不想回去，至少我要有资格站在你身边时，我才能回去。”龙聿乐坚定的眼神让许少倾有些抓狂：“你这个女人，真是太让人揪心了！看我头发，我想你想得头发都白了好多。”

龙聿乐揉了揉他的头发：“好啦，将我这里的联系方式给你，我保证，在你想我的时候，我随时出现在视频那头，在你非常非常想我的时候，我就飞到你身边来好吗？我们找一个浪漫的城市去约会，就像现在这样，在马布里的海滩吃着海鲜，听着海浪声，看着海鸥成群掠过海面，陪着寄居蟹在沙滩上奔跑。”

“那你要保证再也不会凭空消失！”

“我保证，绝对再也不会消失在你的世界。”

“我们这次就当扯平了，以后的岁月无论相隔多遥远，都要相守在一起。”

“我怀着独一无二的爱情，只跟你无可匹敌，无论相隔多远，都要与你相守一生。”许少倾听着龙聿乐的这番话，轻轻将她揽入怀中，就这样紧紧抱着她。许久许久都舍不得放开。

等餐厅服务员送上菜来，一顿饱餐之后，许少倾凝视着龙聿乐说：“回国接手晴空集团你也知道是很突然的事情，其实在回国之前，我就在洛杉矶生活，在这里读书，创业。”

“创业做什么项目？”龙聿乐问。

“机器人，还在研发阶段，技术还不是很成熟，都还挤在我的车库里码程序，做实验，我突然被叫回国内，这里就没有人带头做了，有时候他们意见不合也没人协调，我就一直在给他们提供经济支持，不过再做不出什么模样来估计就要倒闭了。如果你有空闲时间，要不过去管管他们？给他们一点儿意见，他们都是技术宅男，有时候脑子就一根筋，需要有人来带领他们，给他们一个方向。"许少倾只是随口说说，龙聿乐倒一口答应了："好啊，我现在洛杉矶分公司的业务都理顺了，团队也带得很好，空下来的时间就帮你打理打理，正好我对机器人也蛮感兴趣的。对了，你这里的创业公司叫什么名字？做机器人的。"

"KINGMONKEY 灵猴王国。"

妇保院的高级病房里，梓涵大师、吴晓菁、钱豪秋一起相约来看香芹。

"恭喜你啊！香芹，升级做了美妈！"晓菁捧着花对香芹说。

"多可爱的孩子，香芹，你是很有福报的人。"梓涵大师说道。

"我的娃，终于见面了！嗨——香芹你怎么那么能干，生了那么漂亮的娃。"

几个人叽叽喳喳地围坐在香芹周围，聊了半天，晓菁突然说："这个小龙女也不知道去了哪里，招呼也不打一声，就这样消失了，太不够意思了。"

香芹闻言，眼神落寞了："其实我知道她在哪里，她让我找合适的时机告诉你们，我也不知道什么时候是合适的。"

"那天小龙女来找我，是半年前的一天……"

龙聿乐从康美亚健康管理医院的高级病房走出来以后，一个人走在街上，不知道要去向何方，电话响了很久，也没有力气去接。

走着走着，来到了香芹的公寓。她照旧在阳台的玻璃房里晒着太阳，吃着坚果，有些时日不见，香芹好像更圆润了。

“天天吃这东西不腻吗？”龙聿乐看着桌上一堆甜品、坚果、水果，无法以正常人的思维考量一个孕妇。

“很好吃的，要不要来点儿尝尝？”香芹递过一包香榧，龙聿乐接过去剥了往嘴里塞。香芹看着龙聿乐闷闷不乐的表情问道：“我说小龙女大忙人，你怎么今天在工作时间有空光临寒舍啊？”

“别提了，我将不在这里工作了。”

“什么？”香芹从椅子上跳了起来，龙聿乐见状赶紧安抚着她：“您别激动，别激动，悠着点。”

“我说这个许少倾也太那个啥了吧？把你开除了？你可一向是我们的劳模啊！”香芹愤怒道。

“不是他，是我自己，我接受了洛杉矶分公司总经理的升职，我要去洛杉矶了。”龙聿乐解释说。

“什么时候？”香芹还不能够相信自己的耳朵。

“明天走。”

“这也太突然了吧？这许少倾怎么舍得派你去那么远的地方？”

“不是他派的，是我自己要去的。”龙聿乐眼里明显透着忧伤，继续说着，“之前我就申请过这个位置，没有申请到，现在虽然来得很突然，但是我还是决定去。”

“等等等等，让我猜一猜，不是许少倾要你去，是你自己决定要去，那么这人事调动是高层做的，比许少倾还有决定权的，那就是许少倾他爸晴空的董事长许老头，许老头那么突然升你职让你去那么远的地方，肯定是发现了你和他儿子的恋情，这么说他不同意你们两个在一起？你那么伤心才去的洛杉矶？”香芹坐在椅子上一本正经地分析道。

“你那么聪明怎么不去当侦探，看别人看得那么清楚，自己呢？”龙聿乐戳了戳她的脑袋，有时候真是被香芹突然的聪明震惊了。

“这叫当局者迷旁观者清。”香芹拿起一颗坚果往嘴里塞，“那么许少倾知道吗？他怎么说啊？”

“应该快知道了吧。”龙聿乐看看时间，她去洛杉矶的消息应该公司高管都知晓了吧。

“许少倾应该是很喜欢你的吧？为什么不留下来和那许老头抗争一下呢？听说他之前脑中风进了医院，应该把控不了公司多久吧？”香芹思绪万千。

“也许留下来也是可以的，但是当我们两个热恋期一过，彼此都看腻了，加上家长的反对，即使结婚了也不会有长久的幸福；若我犟着留在晴空集团，流言蜚语会把我甚至许少倾都淹没，他好不容易在几个月时间里建立起来的威信都将失去了。若我现在从世界五百强的晴空集团离职，去创立一个小公司或者去其他公司谋职，对于现在的我来说也不会有比晴空集团更好的发展平台了，我们两个要是得不到双方父母的祝福现在就结婚了，说不定在漫长的岁月里许少倾就后悔了，悔不当初该听他爸的话，那样的我该有多悲哀。”龙聿乐这样说着心头一酸。

“那你现在去洛杉矶，不是一样将当初去意大利留学时吃过的异乡的苦再吃一遍？好不容易回来安定下来了。”香芹心里也不是滋味，好不容易和好友团聚在一起了，又要分别了。

“梓涵大师不是说嘛，年轻的时候要多吃点苦，年纪大了就会多享福嘛。”

“这次去多久？”

“不知道。一切随遇而安吧！”

香芹即将出院的那天，孙佳琦终于匆匆忙忙赶到了：“抱歉，我缺席了那么重要的时刻，我回来的时候遇到大雾，机场的航班都关闭了，等了两天才赶上飞机过来。”

“看你这胡子拉碴的，过来抱抱他吧！”香芹召唤这个孩子的父亲，他走到跟前小心翼翼地抱起那个还在睡眠中的婴儿，那么柔软，那么安详，多看一看都好似能让人心融化。“给奶娘抱吧，那么小一点点，我怕我抱不好弄疼他。”

孙佳琦接了香芹母子开回香芹的公寓，香芹心头一凉也就过去了，没在意，回自己家自在吧，他家还有哥哥姐姐一大家子也不一定舒坦，她说服了自己。

安顿好母子两个，孙佳琦说：“这里地方小，你坐月子应该会更习惯这里，所以我把对门那间也买下来了，给奶娘和月嫂住，你住在这里，有什么需要就按铃，她们就会过来。”

香芹答应着，心里还是有些小感动，原来他闷声不响已经为她做了很多。

孙佳琦将包里的证都拿出来：“这是房产证，写了你的名字，是给小孩以后买的学区房，房子还在装修，等孩子大一点儿再住过去吧，幼儿园、小学、初中、高中都有知名国际学校，还有我的股权书、证券这些都转给你，保管好吧，以后这也都是你的财产。”

“还是放你那里吧，我，有点儿不习惯。”香芹说道，孙佳琦没有听进去，将这些本本和文件都放进了她手里：“以后这个家你来当，你们两个生活得幸福就够了。”

“佳琦……”香芹感动得有点儿泪花，孕期一个人待着时还怀疑过孙佳琦是否真的爱她，但是现在她对自己有过的怀疑都觉得可恶了，一把抱住了孙佳琦。

孙佳琦将她的手放下来，为她擦拭泪花。

之后的日子孙佳琦还是很忙，倒是刘明星常常出现在刘香芹家，抱孩子给孩子喂奶给孩子换尿布，用他的话来说以后要靠这小子来孝顺舅舅了，现在要多拍拍他马屁。

在三个月后的某一天，香芹依照母亲的要求坐满 100 天的月子，人也精神很多，那是阳光灿烂的一天，据说那样的日子适合旅行，可是香芹却接到一个噩耗，孙佳琦死了。

这个噩耗太突如其来了，香芹昏厥时做了一个梦，梦里孙佳琦照样突然来看她，给她突然的惊喜，又突然离开，没有给她任何准备，虽然她很习惯没有他在身边的日子，但是梦醒了，一切没有恢复往常，这是一个现实的噩梦，所有周围的人都告诉她孙佳琦已经死了。

刘香芹刚恢复，父母生怕她伤心过度，死活都不让她去参加孙佳琦的葬礼。

香芹的泪不住地流，就在她的小公寓里，她有时候坐在阳台上，看着书看着看着就流下了泪，有时候在洗手，洗着洗着就流下了眼泪，好像自己都没有知觉。

刘明星看她一蹶不振，心里很担心，每天晚上守着，在香芹的小公寓里打地铺。

“前两天妈妈来的时候，还说两家人在商量将婚礼和百日酒一起合办的事，不是吗？”香芹一个人在那里絮絮叨叨地说着，“怎么人说没就没了？孙佳琦，佳琦，他到底发生了什么意外？哥，你不是去参加葬礼了吗？佳琦受伤了吗？躺在鲜花里的人真的是他吗？你确认过吗？”

“嗯，是他，据说是失足掉入湖里的，找到的时候已经浸泡得不成样子了，身上的信物都是他贴身戴着的，你也看到过吧，孙佳琦一直戴在脖子上的项链，他一直拽在手里，死也没有放手。”刘明星说这些的时候，心情很沉重，他很怕香芹受不了。

“是嘛，真的是他啊，他怎么会发生这样的意外，前几天我跟他发信息的时候，他还说在外国，怎么会突然去了藏区，突然发生了意外，他也没说要去旅行啊！”香芹在那里说着说着，眼泪已经控制不住地流了下来。

“嗯！”刘明星隐忍着没有说话。

这样的日子过了好一阵子，香芹还是这样，到了半夜还是会不自觉地流泪。她小声地嘤嘤哭泣，将刘明星惊醒了：“刘香芹，你不要这样好不好！孙佳琦他不值得你为他这样，孙佳琦他就是一个混球！等老子以后挂了，找到他就要跟他掐一架，揍死他！往死里揍！”

“哥，他已经死了。”香芹慢声轻说。

“让他去好了，死远点，等以后哥一定帮你找一个全心全意疼你的人，孙佳琦那混球配不上你！”刘明星义愤填膺地说。

“哥，你怎么这样说，对已故的人放尊重点儿，你是我哥，也不能这样说我丈夫！”香芹坐了起来，开了灯，言语里带着些愤怒。

刘明星看到她哭红的双眼，心里一横，管不住了嘴：“他是你红本上的丈夫,没有尽过做丈夫的丝毫责任！他心里装着的是别人,他配不上你这样对他！”

刘香芹简直无法相信自己的耳朵,站到刘明星身边抓住他的手臂:“什么？你说的是什么意思？把话讲清楚。”

刘明星知道瞒不住她了,她也迟早要面对的,就全盘托出了:“在葬礼上,莫子涛前来哭丧,我无意中听到了他说:‘孙佳琦,你这个小子过了那么多年怎么还是放不下,还是要犯傻。’我当时就觉得不对,就派人去查,原来孙佳琦有个青梅竹马的女朋友叫詹雯晴,和孙佳琦感情很好,都喜欢旅行,喜欢骑山地自行车,后来在美国的公路上两个人一起骑车时,詹雯晴被醉酒驾车的司机撞死了,孙佳琦一直没有从这个事故里走出来,他在美国的时候还企图自杀过,但是未遂。后来他的妈妈李宝莉一直陪着他,把他带回了国,他去藏地也是詹雯晴的心愿,一直想去圣洁的湖泊,他投湖估计也不是意外,而是自杀。所以香芹你要振作！这种人不值得你为他流泪。”

香芹听了以后发了久久的呆,只说了一句:“我想要睡一会儿。”刘明星也没有阻止,只是轻轻给她盖好被子,关了灯。

那一夜,香芹没有合眼。她彻夜都在问自己一句话:香芹,你到底是有多爱一个人才肯这样轻贱自己？

第二天上午,依旧是个阳光特别好的日子,李宝莉照例煲了汤带了各式的补品,过来看孙子。“香芹,你消瘦了好多,带孩子很辛苦吧！”

“有点儿,阿姨真的特别喜欢孩子的话,可以带回去帮忙带,我有空了就过来看孩子。”香芹目如空洞地说。

“真的吗？香芹,我当然愿意,特别愿意,我会把他当成小儿子那样养的，香芹你还年轻，我们佳琦没有福气，你可以去找一个更好的，你要是想孩子了随时可以来接回，我真的，真的，早就把你当成了我的女儿，我特别特别喜欢你，在第一眼看到你时就觉得你是我的女儿，我现在也只有你这个女儿了，我就打心眼里希望你能得到幸福。”李宝莉看到能够带孙子，心里有说不清的滋味，她盼望已久的延续香火的孙子，终于能给孙家一个交代了。

看到李宝莉带着孩子带着奶娘、月嫂们浩浩荡荡走出了她的公寓，她觉得一切都那么可笑：“孙佳琦，我对你来说是什么？代孕妈妈，呵！代孕妈妈啊！刘香芹你真是傻得可以，居然现在才明白！”

等刘明星晚上回到家里的时候，不见香芹人影，留下的只有一张字条：哥，爸妈，原谅我那么任性，我的人生就这么任性一次，我想听我自己的，不用找我，我并不是想去死，我没有自杀的念头，但是我真的太压抑了，我想去巴厘岛支教，想去寻找那无边的笑容，那是所之前小龙女在暑假的时候去做过义工的学校，我请她帮忙联系上了，你们随时可以在我的朋友圈里看到我的动态，又一次让你们担心了，我真是不孝！

“无边的笑容……”刘明星打开朋友圈，香芹真的是时时保持动态，最新的一条是在机场的行李照：我的人生就这么任性一次。然后在很多留言下面留了一条：统一回复：感谢朋友们关心，我去巴厘岛支教。刘明星呢喃道：“看来我又得帮你想办法说服爸妈了！”

三年后。

昭州市晴空集团炸开了锅，大理石地板上只听得叮咚作响的声音川流不息，每个人似乎都以奔跑的节奏忙碌着，从部门会议，到高层会议，没有停歇过。

“策划部，应对的策略出来了吗？办公室，新闻发布会放在什么时候？由谁去？”一年前新来的CEO应隆民在台上振振有词地质问着。

“应对策划想是想了一些，正想在会上讨论呢！”现任策划部经理赵黎法说道，“我们部门觉得这件事是不是先压一压，暂时不要召开新闻发布会了。”

“我们办公室将新闻发布会放在晴空集团会务大厅，随时准备好了可以开新闻发布会，至于谁去我们部门还没有决定权，一切等待领导吩咐。”林建华已经在两年前升任了办公室主任。

“那么大的事，舆论已经一片哗然，我看百度热搜都快排名第一了，居然还没有好的对策提案，你们都是干什么吃的！集团白养一帮废物！废物！”应隆民大发雷霆，“集团同心协力，这样每个部门出一个方案，策划部这件事应该是你们部门为主要职责，你们出三个方案，下午前汇总到我办公室。”

应隆民回到CEO办公室，松了松领带，连夜应对突发事件，纸还是没有包住火，他旋转了大靠背椅打开电视机，看到新闻里都在放晴空集团的丑闻——

“近日，上千名晴空集团旗下世家乳业奶制品食用者发生呕吐、头晕等食物中毒事件，这次千人食物中毒事件，晴空集团还没有任何回应，记者联系了晴空集团公关部门，对方还是以一句无可奉告结束采访。对于事件的发展，本台将持续关注。昭州电视台小刚报道。”

应隆民关了电视机揉了揉太阳穴,这事再要压恐怕是压不住了,自媒体时代,信息传播得那么快,再加上电视台这么一官方报道,连网络传播的小道消息都成真的了。

应隆民将策划部经理赵黎法叫到办公室里,将办公桌上一堆材料推给他:“你看看,这是各个部门过来的汇总,本来是你部门的事,现在变成我们所有部门为你一个部门服务,帮你出主意了。”

“是帮公司出主意。”赵黎法嘿嘿一笑,将材料粗粗翻阅了一下。

“你好好看看有没有可以用的,现在事态发展得太快了,之前去压制也没压住,电视台都报道出来了,赶紧想个方法吧,不然董事会那里我也不好交代。”应隆民单手撑着额头,这事发酵得太大了,超乎想象,很是头疼。

赵黎法走到跟前对他说:“我倒是有个主意,会上不方便跟你说,你看看这样可行吗?我们是牛奶生产商,运输都是外包给全运物流去做的,包括前几年许少董建的分仓,都是和全运物流合作的,我们把事件的责任推在物流上,这样可以降低对我们品牌的伤害。”

应隆民抬头看了他一眼:“全运物流会同意吗?”

“放心,这个交给我去办!”

许少倾一下飞机就皱着眉头,林建华前来接机,感受到少董从未有过的低气压。

“少董,您回来了!”林建华一见到许少倾赶紧迎上去。

“我才去欧洲参加经贸洽谈会几天,怎么会发生那么大的事情,现在处理得怎么样?”

“今天上午应总召开了新闻发布会，我们晴空集团出了那么大的事依然是媒体的焦点，估计过一会儿就能见到新闻稿了，也不知道召开新闻发布会后社会反响会怎么样。”林建华回答道。

“出了那么大的事情查过吗？怎么会这样？”

“应总说这个先压一压，先把外部形象搞好，再整顿内部。”

许少倾还在奔驰的路上就接到电话，马上要召开董事会。待他走到会议室，等待他的是一张张铁黑的脸。

“少倾啊，你总算回来了！”戴着金丝边眼镜的老者先开口道。

“嗯，刚下飞机。”许少倾绕过众人，坐到主位上。

“少倾，既然你回来了，这件事想怎么样处理？”戴着金丝边眼镜的老者是徐文勇，是晴空集团的元老，当年和许淳安一起创立了晴空集团，后来两个人出现了意见分歧，徐文勇为了友情放弃了集团的掌舵权，去高校当了教授，但是依然拥有晴空集团的股权，也是董事会最有威望的成员。

“公司的股价一路下跌，止都止不住。”另一位发言的是蒋厚军，是晴空集团的常务董事、公共发展部总裁。

“在应总召开新闻发布会后，我们的股价又一次跌停了。”常务董事、首席财务官林美丽说道。

“不能再这样发展下去了。”常务董事、片区联席会议总裁、人力资源管理部总裁何源说道。

许少倾看着一张张熟悉又陌生的脸，问道：“在座各位有什么好的办法和建议？”

“当务之急，先撤掉应隆民，再找个能干的人成立应急事务组，把这件事弄清楚，处理好。应隆民找全运物流背黑锅，这事都被全运物流老板的女儿用网络直播的方式直接捅到了网上，网友全部痛骂晴空集团不顾全运物流老板妻子生病住院，雪上加霜诬赖全运物流，导致我们的声誉进一步受损。我们的负面影响是越闹越大了。”副董事长、公司市场战略总裁郭海涛说道。

“换谁来领导应急事务组？”人力资源管理部总裁何源头疼着。

“这不是应该问你的问题吗？”林美丽瞪了何源一眼。

徐文勇放下了手中的杯子缓缓说道：“把龙聿乐调回来处理这次恶性事件吧。我记得五年前也开过一次应急董事会，当时我们赠给山区小学的牛奶出现了质量问题，龙聿乐刚进公司半年，就申请加入公司成立的应急事务组，亲自去出问题的学校调研，当了支教老师才发现是那里的校长贪心，想将公益牛奶偷偷藏起来卖，拿了一批卖不出去的过期牛奶给学生喝，导致了学生集体中毒，她将这件事处理得妥妥当当，事后我们还获得了良好的社会声誉。我们的老董事长许董破格将她从普通员工升了经理，这几年她在洛杉矶，也把洛杉矶分公司打理得很好，这次就让她回总部救急吧！”

何源为难地看了徐文勇一眼：“可是，龙聿乐是老董事长亲自调去洛杉矶的，这样冒然把她调回来，是不是要请示老董事长比较好？”

“那个倔脾气的老头！我说什么来着！让他早点儿放手非不听，熬到自己熬不动了才叫少倾回来，这三年住院时好时坏，还时时插手公司的事情，我们老董事长啊！我也要抽空再多去劝劝他，能放手的尽量放手吧，时代不一样了，都是年轻人的天下了，自己都躺进了医院，还想把什么权。少倾，你说是吧？”徐文勇转过来说。

“董事会表决吧！”许少倾凝思了一会儿说道。

飞机穿过层层云雾降了下来，龙聿乐提着行李匆匆走在人群中，戴着墨镜，看不清眼里是喜悦还是忧伤。许少倾在茫茫人海中一眼就认出了她，只觉心脏猛地一跳，似乎马上就能从胸口一跃而出似的，接过了她的行李，给了她一个深情的拥抱。

“现在应该是你最忙的时候，叫小林子来就行了怎么还亲自跑来？”她笑得眉眼弯弯，顺势挽起了他的手臂。

“是你回来了，我必须亲自来接你。”许少倾宠溺地揉了揉她的头发。

“许久没见，讲话倒是长进那么多，跟谁学的？”面对她狡黠的提问，他笑而不语。

看着许少倾专注开车，龙聿乐坐在副驾驶上，感觉自己的心也随着飞机落了地，回到了故土，一切安好。

“去哪里？”许少倾问道。

龙聿乐回答说：“白鹿农庄，我爸妈准备了晚餐，要一起去吗？”

“今天不行，我们把你送到以后晚上还得去开应急会议，你今天好好休息，明天再来公司吧。”许少倾说道。

“我不在的时候，还要谢谢你照顾他们。”龙聿乐心里都明白，和父母视频通话的时候，他们说许少倾又过来陪爸爸喝酒了，知道母亲牙齿不好不能吃小核桃时就带她去看了牙医，装了假牙。他为她所做的一切他没有说，但她都记在心里。

许少倾没有回她的话，微微开了点儿暖气，将龙聿乐车椅放下来一些，对她说道："你一路劳顿，睡会儿吧！"车里很快就弥漫着一种使人昏昏欲睡的暖风，龙聿乐微微闭上了眼睛，十几个小时的飞行颠簸确实有点儿累了，她心里很清楚这次回来的理由，但是前路怎么走，她真的还理不出什么头绪。但是就这样躺在他的身边，再累也是心安的。

又一年芳草萋萋，百花绽放。龙聿乐回到阔别已久的白鹿农庄，父母为准备丰盛的晚餐忙碌着，门外的几只小狗也摇着尾巴在她的脚边扑腾着，许久未见它们居然没有忘记她。

母亲跟她说："你这丫头一走就是三年，我们都成了空巢老人了！"

龙聿乐说："不是还有小小黑小小黄跟你们做伴吗？哪是空巢老人呀，我刚看到门口的一群小狗，它们又添新崽了吧？"

父亲说："你这丫头怎么跟你妈说话的，什么时候标准降得那么低了？把自己跟小狗比了。"

"哎哟！爸，妈，我这不是回来了嘛！"

"回来就不要再走了。"母亲说道。

"嗯。"龙聿乐点头道，这次回来看到父母亲头上增添的几缕白发，她不由得心头一阵酸楚，撒娇地搂住他们的脖子，想掩饰眼眶里的湿润。

在白鹿庄园的紫藤庭院里，圆圆的月亮已经悄悄升起在枝头，闪烁的灯光装点着热闹氛围。

龙聿乐沏了壶茶，很难得的时光能够静下来喝杯茶，心里却是思绪万千，如果当年没有离开的话现在会怎么样，一个女人心那么大，梦想那么大，飞得那么远，到底是得到的多还是失去的多？还是真的可以为心里所追求的梦想不计得失吗？

门嘎吱一声响，女人们清脆如响铃般的声音打断了她的胡思乱想，龙聿乐和她们一一拥抱。

“梓涵大师，好久没有见，过得怎么样？”龙聿乐问。

“我每天不是在滋长自己，就是在消耗自己。”

苏梓涵是一点儿都没有变，岁月没有在她脸上和心里留下任何痕迹，吴晓菁也是一点儿没变，性子也没变，一看到龙聿乐就马上抱住她：“小龙女，想死我了。”

“我也是。”龙聿乐轻轻拍了拍她的背问，“过得好吗？”

“还是老样子，单身狗一条，把生命和时间都给了工作，为人类健康事业作贡献。”听着吴晓菁说，龙聿乐回道：“代表人民感谢你！”

钱豪秋模样完全变了，以前白色的奶奶灰头发和中性风的服饰荡然无存，黑色的秀发已经及腰，变得妩媚动人，像变了一个人。

“秋秋，你恋爱了？”龙聿乐狡黠地问，她的预感不会有错。

钱豪秋举着右手的无名指闪着钻戒：“你走的第二年我结的婚。”

“跟谁？”龙聿乐惊讶又喜悦。

“你也认识。”看到龙聿乐更加惊呆的表情，她扑哧一声笑了出来：“看把你惊的，是莫子涛。”

“你们两个怎么好上的？”龙聿乐怎么都联想不到性格迥异的两个人会走到一起。

“我也想不通，你怎么会爱上莫子涛，他那么闷，而且天天爱讲大道理，你跟他在一起都不会觉得是找了个爸吗？”吴晓菁没心没肺地说道。

“你们都看不到莫子涛的光芒，所以才被我捡了个宝，最初对他的动心，是因为他妈，其实是他妈先看上我的，觉得我很不错，想我做她的儿媳妇。”

“肯定是他妈眼神不好，不然她肯定只会让你做莫子涛的兄弟。”吴晓菁说道。

“我妈那时候咳嗽得厉害，医生说多吃一些白萝卜，我想到莫子涛农场里的无公害有机蔬菜，想去买一些，莫子涛就带我去了他妈的园子，后来他妈妈问我是不是要吃新鲜的蔬菜，常常让莫子涛带一些她亲手种的蔬菜给我，我又不好意思白拿，就做了很多甜点什么的给她送去，老人家很喜欢吃，一来二去就这样跟莫子涛熟络了起来，后来他跟我表白了，然后我们就在一起了。”

“原来是一个萝卜引起的爱情，感动，真心恭喜你！”龙聿乐张望说，“怎么没有看到香芹？她还没从巴厘岛回来吗？”

“她去了巴厘岛半年就回来了。其实，这两年我们都几乎没有见到过她，群里发消息她也不回，打电话也是匆匆说几句就挂了。其实我们中间变化最大的就是她了，有一次我在大街上遇到她，她完全变了模样，具体在她身上发生了什么事情我们都不知道。有时间，你去见见她吧，说不定对你她肯说心里话。”钱豪秋说道。

龙聿乐心里升起一股莫名的心痛，只是淡淡回了一句：“好！”

原来阔别多年，很多人，很多事，都物是人非了。

龙聿乐在公司开完紧急应对会议以后，将应急事务组的工作安排好只身去了机场，去之前跟许少倾说：“给我三天时间，这期间先稳住媒体。”

虽然此次她也不知道能收获多少，但还是毅然前行，不深入调查怎么能得到最真实的答案呢？

到达蜀地深处已经下午时分，雨淅淅沥沥地下着，整座城市都被烟雨笼罩着，雾蒙蒙的看不清远方，龙聿乐乔装打扮成工厂女工，化名龙小芸，由工头玲姐带着进入工厂，玲姐只知道是上面办公室李主任介绍过来的人，说是办公室李主任的远房亲戚，姑娘手脚很勤快，急需要一份工作，就被李主任安排进了工厂，跟了玲姐。

“这是工厂车间，我们在这里干活，你今天第一天来，就先去宿舍休息吧，八个姑娘一间宿舍，正好前阵子有个姑娘被辞退了，你就睡她的床吧。”玲姐对龙聿乐说道，“虽然你是李主任介绍过来的人，但在这里要听我的，不能随意出入厂房，也不能随便请假，知道吗？”

龙聿乐点点头，住进了员工宿舍，四周弥漫着潮气，条件比想象中还要差一点儿，还好她也不是特别讲究的人，将就着和衣而睡。

晚上工友们陆陆续续进了房间。

“哎呦！累死了，还让不让人活了，这工厂那么黑心迟早要倒闭。”一个姑娘的声音在门口响起。

“好了，玉珍，不要说了。”有一个先推门的姑娘见到了陌生的龙聿乐，警惕地问了一声，“你是新来的？”

“是的，我叫龙小芸，以后大家就叫我小芸好了。”龙聿乐看着刚刚问话的姑娘说，“你叫什么？”

“我叫林爱君，她是玉珍，那是小美，其他还有丽丽她们四个还在加夜班，我们刚下班。”林爱君介绍道。

“这么晚还要那么多人加夜班？”龙聿乐问。

“我们厂里不是最近出了事情嘛，所以有特别多的事情要做。”玉珍刚说完就被林爱君使了眼色，林爱君缓缓地说道：“我们三班倒就是这样。”

等龙聿乐第二天上岗时，并没有被安排到鲜奶包装车间，而是和林爱君等人被安排到一个大车间去清洗设备。

玉珍最后一个走进车间，收了伞拍拍肩膀上头发上的雨滴，嘀咕了起来：“这雨烦死了，下个不停，衣服洗了还没干又淋湿了。”

龙聿乐没有接她的话，倒是凑近玉珍小声问：“为什么我们要在这里清洗设备？我们不是包装工吗？”玉珍正好很多牢骚没处发，就跟她说：“哪有那么多包装给你做，我们厂出事后，包装就没多少活了，上头让我们清洗就清洗。”

“那么重的活，不是应该在设备检修时统一有专业人士去做吗？怎么由我们来做？”龙聿乐问。

“上面只给了两个选择，要么做，要么走人，你以为我们那么累是干什么，就是被这些大机器给累惨的。”玉珍无奈地说。

傍晚时分，因为下雨阴天，天黑得格外早，龙聿乐以给家里人打个电话报平安为由，到李主任办公室借用了电话，李主任只知道龙小芸是晴空集团总部办公室负责人林建华的亲戚，也自然不好怠慢，就同意了。

电话那头那人的声音听上去有些倦怠：“你千里迢迢跑那么远有什么发现吗？如果没有也没关系，赶紧回来吧，不要在那里吃苦了。”

“少倾,这说话的口气一点儿都不像你。你那里发生了什么事情吗?”龙聿乐问。

“今天质监局派人来公司调查了，事态可能比想象中的还要严重,受影响的人可能比电视上公布的还要多,我们现在站在舆论的风口浪尖上，无论公布什么消息都能翻起几层浪,做什么都是错的。”许少倾提着电话揉着太阳穴说道,这可能是他职业生涯中面临的第一道难题,可是难题那么难,几乎要将他难倒了。

“少倾,一切不好的都会过去的,相信我,如果这是最难的时候,那么真是太好了,往后将不会有比这更难的时候了。”

“我的小龙女怎么那么会安慰人。我想你回来,你好不容易回到我身边,却又飞走了。调查这种事情未必一定要亲自去,虽然你判断得很对,我们的源头四川的雪域牛奶生产工厂存在着很大的问题,但是未必要你亲自去,我今天就收到一份详细的调查报告,这次牛奶变质门事件,很大程度都是出自工厂原材料的管理不当,我想我们公司应该要承担起责任来,不能再随便找家公司顶罪了。”许少倾说。

“不要那么急于下结论，好像不止你知道的这些，我这次来,发现雪域工厂出事后好像在急于掩盖什么,再等我两天,我一定查出来。”

挂了电话龙聿乐思索了一会儿,把李主任叫进来问道:“在这里时间最长的员工是哪位?”

“来我们这里的时间都差不多，和我一样都是半年前进来的。”李主任说道。

“哦，我刚想起来我还得给我表哥林建华打个电话报个平安，不好意思李主任再借你电话用一下。”龙聿乐说道。

“好的，没事，你用吧，我正好去食堂吃个晚饭。”看着李主任远去的背影，龙聿乐轻轻关上了门。

“林主任！”电话那头接通了。

“龙总，您这个时候打电话过来有什么吩咐？”林建华问道。

“半年前蜀地雪域牛奶工厂出了什么事情？”龙聿乐问。

林建华拿着电话想了一会儿：“没什么大事啊，那阵子正好机器检修期，说一些工人嫌公司福利不好罢工，当时的厂长就换了一批人，恢复了正常运作，总部也没追究什么。”

“当时的厂长是谁？”龙聿乐问道。

“说来也巧，这人你也认识。”林建华拿着电话得意起来。

“是谁？”龙聿乐可没那么多时间听他长篇大论。

“秦达远啊！”

“他不是在新疆吗？怎么会去四川做厂长？”

“两年前，在管理层竞聘时，他主动要求去了四川雪域奶业工厂做厂长，雪域奶业是晴空集团老牌的工厂，规模也比新疆的西部牧业大两倍，人往高处走也是情理之中的事情啊！龙总有什么不对的地方吗？”

“那他什么时候走的？”

“半年前，罢工事件平息后，招满了人，雪域奶业正常运作了，他特地来总部申请，说新疆的老母亲身体不好，要求调回新疆，可以照顾到家里，总部考虑他的特殊情况，准许了调任。”

“那他调任时同时调动的还有谁？”龙聿乐一个接着一个问题问道。

“当时的副厂长唐德良，他们一起调去新疆的西部牧业。”

“唐德良是跟着他从西部牧业一起调过来的吗？”

“不是，他以前一直在雪域奶业。”林建华说道。

“那么他们两个以前就认识吗？”

“这我就不清楚了。”

“你把雪域奶业这几年的财务报表发我邮箱一份。”龙聿乐交代道。

挂了电话，龙聿乐去了镇上的酒店，她的电脑电话都放在酒店的房间里，浏览了雪域奶业的财务报表，虽然表面上看没有什么问题，可是晴空集团旗下一直盈利的老牌工厂连续两年处于亏损状态，让人琢磨不透。

入夜，雨还是下个不停，龙聿乐还没看明白报表和财务，就裹了条大围巾到酒店隔壁的火锅店吃宵夜。火锅店里人不多，老板很热情地招呼她：“姑娘一个人啊？来这里旅游吗？”

“不是，我来工作的，老板随便来点这里的特色菜就行。”龙聿乐找了靠窗边的位置坐了下来。

不一会儿，老板就端上火锅锅底来，开火打了几次火锅没点着，换了气罐，嘭一声巨响，锅子震了一震，不远处传来一个男子的尖叫声：“啊！”

老板随即对他吼了一声：“没事没事，吵什么吵，不要喊，赶紧回屋去！”对有点受惊的龙聿乐说，“不好意思，可能好久没换气罐了，让您受惊了，这顿算我请，这个锅好的，您请这边坐吧！”

龙聿乐盛情难却，就坐在隔壁桌，往锅里涮肉：“老板，我倒还好，你的伙计好像有点儿受惊过度了！”

“他啊，是我表弟，半年前在雪域奶业工厂爆炸中受了惊，还没恢复过来。”老板说道。

“雪域奶业爆炸过吗？”龙聿乐放下了筷子。

“是啊，不过不是大面积的，就我表弟的车间，你等等啊，你想知道我叫他过来。”说罢老板转头对在配菜间里的人说，“阿华过来一下！”

里面的人走了出来，表情已经恢复了平静：“大哥，什么事？”

“这位顾客问问你刚刚怎么叫成那样！”老板说道。

阿华挠挠头有点尴尬地说：“不好意思！刚才惊到你了。”

龙聿乐说：“我没事，倒是惊到你了，听老板说，你之前在雪域奶业工作，半年前那里发生了爆炸，到底怎么回事？”

“市场上有种很知名的奶茶，麦香奶茶您听过吗？就是我们雪域奶业除牛奶以外生产的另一种产品，那时候堆了很多原材料，奶茶粉、香精等，分类没做好，包装也没弄好，不知道怎么的就粉尘爆炸了，我们那个车间机器都损坏了。”阿华说道。

“麦香奶茶我是听过，但是雪域奶业爆炸事件我没有听说过，当时多少人受伤了？”龙聿乐问道。

“万幸，爆炸的时候我们都在外面作业，波及的也只有小部分人，我们都签了保密协议才拿到医疗费和遣散费的，所以这里也没人说起，要不是刚吓到您了我也不会说，从雪域奶业出来我就一直在表哥这里帮忙了。那事情都过去了。”阿华说着就转身去厨房干活了。

龙聿乐吃完宵夜又给林建华打了电话：“雪域奶业工厂里真的没有老员工了吗？半年以上的。”

“一般各地工厂的员工不是归我们总部管，当地工厂有很大的人事自主权，不过你说半年以上，之前的副厂长、现任厂长何青彪应该是晴空集团的老员工，两年前秦达远过去当厂长时，他就升任了副厂长，现在是厂长，事出在他那里，他现在应该很头大吧。”林建华说道。

“何青彪……何青彪……”龙聿乐默念着。

龙聿乐挂了林建华电话后,又给许少倾打了个电话:“我有个大胆的猜想……”

两天后,晴空集团牛奶变质门事件的新闻发布会在雪域奶业的工厂举行,全国各地知名的不知名的媒体都跑来了,汇聚在这个不起眼的小镇。

晴空集团董事长许少倾站在主席台上发言:“首先,我在这里非常感谢各位参加本次新闻发布会,各位不远千里来到这座偏僻的小镇并到我们的雪域工厂,在此,我致以最诚挚的感谢,感谢各位的关注与传播,将我们最想要做的事情,最想要说的话,都一一传播出去。

“过去的几天时间是我和我们公司团队最痛心难过的几天, 一千多人因为食用了我们公司生产的牛奶而发生食物中毒,我对社会大众致以最诚挚的道歉,对自己作为企业领导者作最深刻的检讨。

“这次我在过来的路上,因为四川大面积暴雨天气,我乘坐的航班也在途中遇到强劲的气流颠簸, 很多乘客都在那里哭,当时我就在想:生命到底是什么?我们活着的时候要做什么?我一直以为我们从事着很傲人的事业,我们为贫困地区的学校提供的高钙奶为青少年补钙, 我们的奶粉一直都受到行业好评,哺育了千千万万的婴儿, 我们的奶茶温暖着旅途中的人们,可就是这样傲人的事业出现了污点,这次的变质门事件让我觉得原来我们还有那么多疏漏,忘记了关心员工,忘记了引导他们做人做事。”

“根据我们提供的线索，公安部门查到前雪域奶业厂长秦达远，副厂长唐德良、何青彪集体贪污腐败，已经移交司法部门处理，他们将劣质原材料以高价买入，混入优质原材料中，又因保存不当引起粉尘爆炸，他们三人想隐瞒事实真相，将工厂原三十多名知情员工遣散，当粉尘爆炸后受影响的机器再生产牛奶时，就发生了质量变化，导致牛奶细菌数翻倍增长，以致顾客食用后发生呕吐、恶心，甚至休克等现象。现在我们晴空集团已经召回了这个厂区生产的所有产品，对于食物中毒的顾客我们也会负责到底，除了相关医疗费用全部报销外，还会给予一定的赔偿。这个我们会交给我们的法务部门统一处理。

“日后，我们将完善公司管理制度，增加职工职业道德操守的培训，增加出厂的检验环节，争取做到零事故，让食品质量高于一切，让消费者安心食用。”

外面的雨淅淅沥沥地下了很久，路变得愈加泥泞，参加发布会的记者们陆陆续续乘坐晴空集团提供的大巴会务车返回，许少倾站在总经理办公室，眺望着远处的雪山，心情凝重，龙聿乐默默站在他身旁，递上了一杯热茶。

“我不知道开完这次发布会后，影响会是怎么样的，很多食品行业中的品牌出现了一次事故后再也站不起来了……也有很多企业选择隐瞒事实，等事情过去再重振旗鼓，但是我想追随内心，坦诚面对错误，是我们的责任就要承担起来。”许少倾喝了一口茶望着远方说。

龙聿乐从背后环抱住他：“你是对的，无论如何我都支持你，如果你赔光了我养你。”

许少倾转过来，用力抱住了她：“傻瓜……”

林建华急匆匆地敲门进来了，看到此情此景又马上退出去关上门，再次敲门，等许少倾放开了龙聿乐，对着门喊了一声“进来”后，林建华才匆匆进去。

“这么着急什么事？”许少倾问。

“少董不好了，我们送记者的大巴和小车都通通折了回来，去县城的路发生了塌方，路堵死了，他们暂时回不去。”林建华满头大汗地说。

“多久能修好？”许少倾继续问道。

“还不确定。”林建华心里也没有底，虽然办公人员一直说很快会恢复通车，但到底会多久他都不敢确定。

“先去整理一间大会议室，让记者们有地方写稿发送稿件，然后还要多准备几间休息室，准备好茶水点心。”许少倾吩咐道。

林建华问：“这些我们都已经准备了，万一这路需要几天时间才能修好，是否能先请我们在这里成立的民间救援队空投一批帐篷睡袋等生活物资过来，之前的管理很乱，而且数目也不足以给那么多人临时落脚休息。”

“先等等看吧，明天路还没修好，再做这个打算。”许少倾吩咐道。

“我也是这样想的，我先电话联系救援队，让他们准备好帐篷等生活和食品物资，如果有需要可以随时调用。”

雨一直下，塌方的那处路还没修通，又有两处发生了塌方，水位也不断上涨，河里翻起滚滚浪涛。记者们和许少倾等员工一起被困在工厂里，同吃同住了两天。

许少倾和员工一起给记者们送餐过去。“许董，我们还有多久能回去？”已经有记者开始不耐烦了。

“你能收到的信息，也是我能收到的，现在我们也无能为力。”许少倾回答道。

“你这叫什么话！”人群中有人很不满地站了起来，可当他一句话还没说完，灯突然熄灭了。“怎么回事？”“怎么了？”室内人声嘈杂。

“林主任，赶紧去打电话叫维修部的电工来。”许少倾说。

“好的。”但当林建华拿起手机拨号时，一直都拨不出去，“不会通信中断了吧？”

许少倾低头看了一下手机，信号很弱，电话也打不出去。

这时外面响起一个声音：“大家快往外面跑！”

大家跟着声音蜂拥往外面跑，爬上了屋顶，只见不远处的山间泥石流如千军万马之势奔腾而下，瞬间冲垮了附近村民的房屋。

他们中很多人都是来自城市的财经新闻记者，完全没有经历过这类灾难，被眼前的场景惊呆了。

他们在屋顶上很清晰地看到，洪水中站着几个村民，他们小心翼翼地走到了对岸，中间还有几个村民站在岩石上行动缓慢，一对情侣和三名老人想要抱在一起前行。突然一声尖叫，一个人没站稳，五个人都被洪水冲走了。

龙聿乐看着眼前发生的一切，捂住了嘴，眼泪不住地流。灾难来得太突然，太可怕。许少倾把手轻轻放在龙聿乐肩上，像是要给她力量。

通信中断，工厂被水淹没，村庄毁坏严重，望着眼前的一切，很多人深深陷入了不安与绝望。

当夜幕降临时分，远处的河流终于恢复了平静，不再吞噬一切，但是雪域工厂的一层二层都被淹没了，人们也不敢走下去，生怕山洪再度暴发，一个个站在天台上瑟瑟发抖地等待救援。

“在洛杉矶的时候日思夜想，想着见到你后我们会一起面临什么样的境况，但是怎么都没想到我们会陷入今天这样的困境。”

“无论如何我都会守你平安护你周全的。”许少倾将她拥入怀中，其实他最不想见到的是连累她陷入困境，最初赞同集团公司将她调回来，他只是有和她厮守在一起的私心，没想到如今却使她陷入困境。

“只要能和你在一起，再大的困难我都不怕。”

“会过去的，会好的。”

这时天空盘旋着直升机，将印着“晴空集团民间救援队”字样的包裹一个个空投下来，空投的物资除了帐篷、御寒的衣物外，还有一些食物和一条橡皮船。

“少董，直升机空投了一些物资，足够我们生活几天了，他们还写了一封信，将这次泥石流的情况说了一下：因为我们在灾区中心，附近没有直升机降落的场地，我们还得在这里坚持一下，紧急救援的力量增强后，很快就能解救我们。”林建华说道。

“将这些物资和食物分给大家吧！”许少倾环视周围，看看抱着相机或者抱着电脑的记者，“看看有没有受伤的，或者被困的人，想办法先救伤员。”

夜晚，许少倾和龙聿乐依偎在帐篷里。

“等出去后，你最想做什么？”许少倾问。

“吃一顿正宗的麻辣火锅！”龙聿乐说着。

“都什么时候了,还想着吃!”

“那你呢?”

“我想着永远和你在一起,再也不要分开了,你走后的三年已经是我人生中最漫长的三年了。”许少倾望着眼前的她,都觉得有些不真实了,每每视频电话里他都想她回来,可是怎么都说不出口,现在身陷险境反倒容易说了。

“这是求婚?”龙聿乐望着他问。

“是的,聿乐,嫁给我好吗?在脆弱的生命面前,没有比与你长相厮守让我更期盼的了。我想跟你在一起,这辈子都不分开了。”听着许少倾那么深情的表白,龙聿乐紧紧抱住了他。

帐篷外面,雨停后的天空灰蒙蒙的一片,像被蒙上了一层纱,看不清方向。远处的民房陷入一片死寂,没有通信,没有灯火。

许少倾和龙聿乐都躺在帐篷里。

“知道吗?出发前的那天我去见了香芹,她已经不是我认识的刘香芹了,完全像变了一个人。”龙聿乐说着,心头涌上一股酸楚,“孙佳琦的事情你若知道应该早些告诉我的。”

许少倾听得出她的话里带着埋怨,可是作为朋友他又何尝不想孙佳琦走出阴影,看得出香芹对孙佳琦的真与暖,想不到这都暖不了他。“孙佳琦那个人看上去吊儿郎当,嬉皮笑脸的,但他是痴情种,就是想不到他痴情到发魔发疯,可以这样轻易对待自己的生命。”

“出发来这里之前的那夜我去了香芹那里……”

跟苏梓涵和吴晓菁、钱豪秋一起聚会后,虽然第二天要出发，但是听她们一说香芹的情况，龙聿乐还是放心不下，去了香芹的公寓。

“是你。”香芹开门的时候一惊。

龙聿乐也是。

原本时尚摩登的香芹，已经变得优雅成熟，与原来判若两人。

客厅里一个小男孩瞪着水汪汪的大眼睛对着龙聿乐看，香芹对他说：“妈妈以前的朋友，快叫人！”

小男孩奶声奶气地叫了一声：“阿姨好！”

“好可爱！”龙聿乐伸手想去抱抱他，可是他立马退到了刘香芹身后。香芹拍拍他说：“乖，先去睡觉，妈妈一会儿就来。”

“妈妈我怕！”小男孩嘟着嘴，扯着香芹的裤腿。香芹一把抱起他，对龙聿乐说：“我去哄他睡觉，你先坐一会儿。”

“好！”龙聿乐环视了一圈她曾经熟悉的香芹的小公寓，所有的装饰都变了，地上堆了很多玩具，香芹也变了，她走了三年，城市发展得很快，人也变了很多。

过了一会儿香芹从房间里走出来：“不好意思，这个点儿孩子都闹着睡觉。”

“是我不好意思，深夜造访，来得太唐突了。”龙聿乐说完，两个人一阵沉默，好像中间隔了一道墙。半晌，龙聿乐小心翼翼地问：“你过得好吗？”

“就你看到的这个样啊，一个单亲妈妈带着一个孩子，除了工作就是照顾孩子。”香芹说道，眼里一阵寒凉。

“香芹你还那么年轻，那么漂亮，总会遇到真心待你好的人的。”龙聿乐握住香芹的手说道。

香芹竟条件反射地抽回了手，看到龙聿乐诧异的目光，只是淡淡地说了一句:“一个心都灰了的人,怎么去重新接纳一个人,接纳一段感情?”

“香芹……”龙聿乐怜惜道,“还记不记得在意大利一起念书的日子,很多男生追求你,我就问你最喜欢哪个,你却说一个都不喜欢,我很纳闷,然后小心翼翼地问你是不是像同学传说中一样爱上我了,然后你笑得前俯后仰,告诉我那是不可能的,你在等一场百分百的爱情,第一眼看到就会爱上的人,而他也义无反顾一心一意只爱你,然后一生一世一双人到白头,那个对美好爱情向往的人哪儿去了?”

“哪儿去了?你是不知道,我也不知道。你离开的时候这世界一切安好,孙佳琦虽然在国外工厂,但是他一回来就来看我,我们领了结婚证后,虽然聚少离多,但我觉得这里还是一个安稳的家,等我孩子出生以后,他却自杀了,为了他的前女友,我才知道原来我是一个为他传宗接代的代孕妈妈,他心里压根儿没有过我,我很绝望很抑郁,但是我想为了我哥,为了爸妈走出抑郁症,所以去了巴厘岛,去寻找你说的无边的笑容,在那里的半年我确实过得蛮纯粹的,有着和孩子们在一起单纯的快乐,可是半年后我哥的公司出事,我不得不回来帮他接管公司,回到熟悉的地方,熟悉的伤痛,我只有靠工作来填补,让自己闲不下来才没有空去想。”香芹仰面朝天,努力不让眼泪掉下来。

“刘明星他怎么样了?”

“因犯操纵证券市场罪被判刑五年,每次去看他,越是看到他强颜欢笑,我就越是难过,我想把企业做好了以后,等他出来还给他,他一定还是那个意气风发的刘明星,现在吃亏,也能让他好好改改自大的脾气,也好过等老了再吃亏,现在还有的是时间回头。”香芹说道。

龙聿乐一把抱住了她:“香芹,你长大了。”

“可不是,我已经是孩子他妈了,总不能自己还孩子气吧。”

“一个人带孩子很辛苦吧?”

“从巴厘岛回来我就把孩子接回身边了,白天有阿姨带着,我妈还有李宝莉女士经常会来看他,晚上我坚持自己陪伴着他,虽然他是单亲家庭长大的,但我希望他不会有缺憾。”

“一切都会好起来的。”

“一切都会好起来的。”许少倾说完拥抱着龙聿乐,亲吻了一下她的额头。她的眼里泛着泪,顺势将头埋进了他的胸膛。

很多人在这样的夜晚根本无心睡眠,雨还在下,整个帐篷里湿漉漉的,也不知道什么时候能离开这里。龙聿乐却似乎没有这种忧虑,已经很久很久没有在许少倾怀里安眠了,他身上独有的香水味伴着他的鼻息,让她有着久违了的幸福感。在隔壁帐篷里发出的一句“雨停了!雨终于停了!”时,龙聿乐也从睡梦中醒来,众人纷纷从帐篷里出来,雨真的停了,天也已经蒙蒙亮。

“快看!有人来救我们了!我们终于有救了!”人群中有人呼喊出声音来。

“是吗?在哪儿在哪儿?”

“在那,快看快看!”

远处,穿着迷彩服的解放军战士整齐地坐着皮划艇慢慢向这里靠近,人群开始沸腾了。

“同志们!再坚持一下,由于外部道路塌方仍在全力疏通,我们将尽最大努力将你们护送到安全的营地,等待道路通车。

有没有受伤的群众？老人、孩子、妇女先上船，我们将陆续带大家离开！”船上解放军战士的话掷地有声。

人们收拾着帐篷，按老幼顺序排着队等待船陆续靠拢。

许少倾看着这一切，心中的愁云渐渐舒展，可这时，林建华突然走到他身边小声说了句话，随即看到他皱起了眉头。他对身旁的龙聿乐说：“你先上船，我等一下就来。”

“你去哪儿？”龙聿乐对着许少倾转身离去的背影问，对方像没听到似的快速消失在楼道口。

楼顶上的人们陆陆续续离开了，龙聿乐执拗地等在那里，有几拨人过来劝但也无济于事，最后一艘船过来，两位解放军战士劝她：“姑娘，跟我们去安全的营地吧！”

她摇了摇头：“我的同事还在下面呢！”

“走！一起去看看！”他们将皮艇固定好，随龙聿乐朝着许少倾离开的方向走去。

从楼梯上往下走，越往下越是阴冷潮湿，水已经漫过二楼的厂房，龙聿乐看到许少倾他们挽起裤腿，小腿以下都浸泡在水里。

许少倾看到她走过来惊讶地说：“你怎么没走？这里不安全，赶紧上去！”

“发生什么事了？”龙聿乐问。

林建华赶紧回道：“食堂的老方自己偷偷下来拿东西，结果一根梁柱被泥石流冲倒把他压在下面，我们几个挖了很久也无济于事，被压得太深了。”

许少倾补充道：“上面的大柱子不能移动，怕移了这半边的房子都有危险，只能从这个洞里一点点掏出碎块来，老李和老钱已经掏了很久了，现在能碰到老方了，但是压在他身上的碎石头太多了,我们根本就没法把他拉出来。”

“现在里面的人怎么样了?”军人问。

“还能回答几句,还活着,所以我们不能放弃。”许少倾说道,担忧地朝里面看一眼,不知道老方还能坚持多久。

“压在他身上的碎石头倒是好办,我们一起挖,应该很快就可以挖掉,就是压在身上的大石头被柱子挡住了很难挖,而且压住了很难直接把人拉出来。”一名军人皱着眉头说道。

这时龙聿乐从包里拿出一样手掌大小的铁玩意儿说:“这个就交给我试试吧,两位军人大哥,当我支起大石头时麻烦你们迅速将老方拖出来,小卢、老李你们将老方周围的碎石头搬开,以免老方二次被砸。”

“龙总,这个小盒子真的有那么大力量吗?”小卢难以置信地说道,“那块大石头别说有柱子挡住了,就算没挡住,我和老李两个人也未必能抬开啊!”

“试试吧!”龙聿乐说着将小铁盒放在地上,打开了开关,一个红点闪耀出微弱的光芒,然后她打开手机遥控着,小铁盒的四个轮子像四条腿一样前进,精准地走到石头下面,她又按下手机键,上面像四个手臂一样伸出来,将大石头一点点地抬高,看得周围的人们目瞪口呆。

几分钟后,龙聿乐喊了一声:“好!开始!”只见两位军人一用力,就将老方救了出来。

“你是怎么做到的?”许少倾毫不掩饰对自己女朋友的崇拜。

“杠杆原理,用一个支点都能撑起整个地球了,何况一块石头。”

在救生艇上,一位军人犹豫地问道:“不知道姑娘可否将宝贝借用一下?”

龙聿乐举着盒子问:“这个?”

“是的。刚刚看到它轻而易举地顶起了石头,现在有好几处地方都是这种情况,如果不能及时救援他们都会有生命危险,我们想借用你的宝贝去试一下。”

“好的,不过我身上就带了这么一个,你们先拿去用,不知道您是否能送我去有信号的地方,我这次回国前正好在蜀地一家工厂试制了三百多件类似这样的小型机器人,按时间来算现在已经生产出来了,如果能运到这里,也许对你们更有帮助。”龙聿乐说道。

“那真是太好了!”

第二天,晴空集团直升机救援队配合龙聿乐将救援机器人等物资运达营地,龙聿乐忙着将每款产品的用法一一给他们讲解。连许少倾都始料未及,他只是创立了一家软件公司,机器人还是一个憧憬,连个模型都还没做出来呢,她倒是在短短几年时间里倒腾出那么多新奇的产品,还应用在救援领域。

“怎么会想到在中国生产呢?”许少倾问。

“先不说劳动力密集、成本低等等现实,我总归要回来的,游子总是心念回家,父母在这里,你也在这里,我不仅要把生产放在中国,连我们的研发团队也都要搬到中国,甚至我们未来的销售领域也将在中国这里率先开拓!”龙聿乐说道。

“看来龙总都规划好灵猴王国的未来了,研发团队也搬到中国来,Eric 那帮小子都愿意跟来吗?”

“你还不知道吗?一年前 Eric 交了一个中国女朋友,正等着他女朋友大学毕业回国,跟她一起回来。至于 Antony 早已经被中国菜征服了胃,既然大家都决定来中国,Vincent 和 Michelle

都表示可以跟着来中国看看,条件是我要在这里多给他们介绍漂亮的中国女朋友。"龙聿乐说着,想着Vincent对她的要求,要让她介绍漂亮女生的要求,她真不知道推谁入"火坑"好。

在龙聿乐给众人讲解机器人时，记者们也纷纷从营地出来围观,看着那些十八般武艺俱全的小小机器人,大家不禁惊叹。

"报告!在龙游村附近发现数位受伤村民,被围困的村民数目不详。"解放军战士来报告。

"马上过去看看!"军官立即下命令。

"我能不能也跟过去看看?"龙聿乐说着,"毕竟这些机器人还在试验阶段,还没投入生产及运用。"

"好吧!但是你一定要注意安全。"军官说。

"我也去!"许少倾也跟了上来。

一行人火急火燎地赶往龙游村,"那个村子里的人不是全部都撤回来了吗?怎么还有那么多人在村子里?"军官问道。

"报告!是都撤出来了。可是村民阿春看到今天天气转晴了,就打算回家一趟,却不幸遭遇了泥石流,被埋在泥石下面。她的丈夫和村民老何跟着去了,看到阿春家倒塌了,他们两个人也救不出阿春来,就叫了十几号人来帮忙,听说阿春还被埋在里面,她的两个孩子还不确定在哪里。"

去龙游村的路被山体滑坡阻断了,龙聿乐就随着救援队一起徒步在泥泞里,步行了两个小时才到达龙游村,泥石流顺着村庄流下,掩埋了四周的房屋。

救援队到了的时候,村民都从屋舍四周聚集起来。

"现在里面的情况怎么样了?"军官问。

村民看到救援队来了却不进来,纷纷出来围住他们:"阿春还在里面呢,你们赶紧去救人啊!”

“除了阿春外,还有多少人被围困了?”

“阿春的丈夫李荣去救她,也一起被埋住了,还有一起去的老何,现在下面还有声音。”

“你们几个人受伤了?”

“我们来了十七个人,现在有六个人受了不同程度的伤,都在那个坡上坐着呢。”

“医疗队赶紧去看看吧。”

“龙姑娘,这里的土质特别松,我们的部队如果都过去的话,难免会发生房屋再次坍塌的事情,你的小机器人有没有办法?”

“这样吧,先让熟悉的村民带路,等到入口时,我让机器人先过去将里面的全部情况拍个照,将他们三个人的生命体征全部都收集了,您再安排救援可以吗?”

龙聿乐的机器人收集回来的信息是,李荣和老何受伤比较严重,不能动弹,要赶紧医治,阿春的生命体征很微弱。在屋顶上破个洞能直接将李荣和老何救出来,但是这样一来可能会让受损的墙体再次压到阿春,她已经经不起那样的创伤了。

“如果不从房顶下去,能有别的地方进去救人吗?”军官问。

许少倾说:“我们是不是可以从侧面那里进去,机器人传回来的影像里左侧好像有个门,应该可以从门里进去。”

龙聿乐说:“机器人的分析报道上显示:在房屋左侧进去开挖,就是时间很慢,而且也不确定房屋挖掉一侧会不会坍塌。”

军官抬头看了一下天,一片雾蒙蒙的看不清。“赶紧挖吧,把两个人救出后马上撤离。”

没有大型的机械,靠着人工在顶上挖了洞,进去将李荣他们两个人从洞中拖出来后,果然听见闷长的一声,好像哪里又塌下去了。

医疗队用担架抬着李荣和受伤的群众一步步从泥泞里离开。

“那阿春怎么办?”

“赶紧救救阿春吧!”

“万一还有希望呢,也是一条人命啊!”

……

村民们纷纷发表意见,迟迟不肯走。只听见军官大喊一声:“快走!”第二次泥石流突然滚滚而来,从龙游村的山顶直接倾泻下来,还没等人们反应过来就已经冲到了眼前。

“小心!”许少倾拉着龙聿乐往麦田里跑,结果还是跑不过泥石流,双双被卷入泥浆里。

许少倾满身泥污,脸上也全被泥浆浸泡,分不清眼睛鼻子,他抱起龙聿乐,喊着:“聿乐快醒醒!聿乐!聿乐!醒醒,看看我!”

脚下流淌的泥浆已经没过膝盖,来时青青的麦田已经被一望无际的泥塘所覆盖。许少倾生平第一次感到绝望与无奈:“有没有人啊?快来人呀!”

在苍茫的大地间回旋着许少倾一遍又一遍的呼喊声。

许少倾不知道时间过了多久,他抱着龙聿乐继续走着,那是人生中最漫长的时刻,他不敢想象失去龙聿乐会怎么样。

直到听到龙聿乐咳了一声,他的眉心才稍稍舒展开来,略带紧张地问:“聿乐,聿乐,你怎么样啊?”

“我还好,你呢?”

“你好我就好。”

一路上许少倾就这样抱着龙聿乐走着,似乎早已忘记了累,这世上的一切都抵不过她安好无恙。

那些小机器人虽然一起淹没在了泥石流中,但是当龙聿乐苏醒后按了回归键,那些机器人一个个都列队回到了她跟前,一步步跟着他们两个一起走着,有些会感应学人体动作的,还学了许少倾和龙聿乐那样一个将另一个横抱着走。

有记者困在营地就拿着相机随处拍照,看到一个泥人抱着另一个泥人,模样也辨认不清,就一直抱着,后面还跟着一排一个横抱另一个的机器人,就拍了照,顺便采访了几句,只听得对方回了一句:“抱着自己最心爱的人怎么会累。”其他再无回应。

那位记者叫刘小冒,本是财经记者,采访晴空集团牛奶质量门事件而来到这里,没想到意外被困了,除了本职工作外,他还有一个拥有大量粉丝的微信公众号,经常发布一些八卦娱乐资讯,有时候也能得到广告商的青睐,发布一些软文广告。

现在刘小冒被困在这里,连网线都断了,微信公众号不能更新,这期间可要掉粉很多,想想都心疼,可是有什么办法呢?无能为力又闲不下来的他只能到处拍拍,采集一些素材。

“抱着自己心爱的人不会累。”这话那么熟悉,他脑子里浮现出昨天去附近村庄随拍的情形——

刘大伯是这附近大光明村的村民,李小冒看着他蹚着水抱着一头黑猪,汗如雨下,就给他拍了照片,上去攀谈起来。

“大伯，这里还是危险的，泥石流很可能还会来，你怎么能一个人回村里去呢？”

“我这不出来了嘛！留崽子一个我不放心，正好把它一起救出来。”刘大伯指着胸前横抱的黑猪傻呵呵地笑。

这就让李小冒更不理解了：“您冒着生命危险就去救一只猪啊？”

“这你就不懂了，前年我养它的时候，本来打算过年杀年猪的，你知道吗？它当时看到屠夫就跪下去了，大家都说它有灵性，有可能是神猪，我就一直养到现在，现在有感情了更不会去杀它了，也不想留下它不管！”刘大伯一番解释让李小冒目瞪口呆。

后来听附近居民说，刘大伯年轻的时候有老婆孩子，后来老婆嫌他穷，带着孩子跟别人跑了，就剩下刘大伯一个人了，别人都说他傻兮兮的，精神有点儿不正常。

李小冒看着他额头上冒的汗珠，问他：“大伯，您抱着它不累吗？”

“抱着自己的心头好，不累！”刘大伯回答着。

许少倾和龙聿乐赶到营地时，已经是夜晚时分，营地的医疗力量有限，好在他们并没有受严重的伤。

林建华从来都没有见过那样的许少倾，素来一尘不染的少董满身泥污，怀里还抱了一个泥人，“少董，少董，您可算回来了！我们大家都急死了，解放军救援队的领导派人去找你们，都没有找到！你们回来了真是太好了！”

“泥石流把我们都冲散了。”许少倾说。

旁边的小姑娘不禁一阵感叹：“林主任，太佩服你了！这样都认得出是我们少董，果然是真爱粉！”

“哪凉快哪待着去！”林建华对小姑娘说完便再不理睬她，赶紧给许少倾他们准备热茶热汤。

“其他人都还好吧？”许少倾稍作整顿，换好干净的衣服后问。

“都回来了，很担心你们！”林建华说道。

“我们一起去看看他们吧！”龙聿乐说着，就和许少倾一起走出了帐篷。

解放军救援队的军官看到许少倾和龙聿乐安然无恙很是激动，紧紧地握了一下许少倾的手：“你们没事真是太好了！”

“谢谢关心！我们没事！”许少倾还礼道。

“我特别担心你们的安全，也不知道让你们去灾区协助救援对不对，你们没有受过训练，我担心在那样恶劣的情况下你们会有危险，我们被泥石流冲散后找了很久都没找到你们，只好组织队伍带着伤员先回来，正想再去找你们，你们就回来了！好在你们安全回来了！”军官说道。

“我们没事，其他人都还好吗？”龙聿乐问。

“因为撤退及时，大家都没什么大碍，就是那个李荣，那个固执劲十足，说不见到老婆不肯医治，他要在看到老婆后才肯医治。”

李荣见龙聿乐和许少倾一拨人去看他，也感到有些难为情，他的执拗可能给很多人带来了不方便。

还没等大家开口，他自顾自说起来：“我老婆长得个子小小的，我曾发誓一定要保护好她，照顾她一辈子，让她一辈子过得衣食无忧开开心心。”

村民李大牛插嘴道:“他老婆有一百五六十斤呢! 上回过年村里宰年猪的时候称年猪时,她也去秤上称了自己,大伙都看到的。”

李荣听见李大牛那么一说,便有些不高兴了:“那是我们结婚后生了孩子她才发胖的,她嫁给我时才八十多斤呢。她的胖都是我给养的。我多想再给她吃好点,再养胖一点儿啊。我们结婚那时候家里没有钱,为了造房子结婚欠了好多债,今年终于还清了债,我想带她去过好日子。我知道她折回去干吗,她觉得我在外面打工辛苦,刚给她的两万块还在房子里,她想去拿回来。是我没能力去救她,是我没能力保护她。”说完一行热泪流过这位汉子的脸庞。

龙聿乐走上去将一个小机器人递给李荣,说:“你也别太过责怪自己,相信阿春也不想看到你这样,当时情况太特殊了,我们很遗憾没有能救出她,这是她给你讲的最后一段话,你按上面的红色按钮就可以看到。”

李荣颤颤巍巍地拿着小机器人,按了播放键,里面的场景很昏暗,阿春似乎知道自己快要走了,微弱地吐出了最后的话:“阿荣,好好活下去,照顾好两个孩子。”

那是她最后的心愿,让他好好活下去,让他替她加倍地爱自己爱孩子。

看完这段视频李荣潸然泪下, 任凭医生护士帮他处理伤口,似乎在他的脸上看不到疼痛,内心的痛苦已经盖过了肉体的伤痛。

走出医疗帐篷时夜已深了, 许少倾和龙聿乐并肩走着,看到一些军人才得到稍微的休息，手里的馒头啃到一半就已经睡着了，双脚已经被水泡烂了。

“这才是最可爱可敬的人。”龙聿乐不禁感慨道。

许少倾环抱着她的肩：“你是我最可爱的人，告诉我，你是怎么倒腾出那些小机器人的？体积小，力量无穷大，刚成立这个软件公司时，还只是编程，连机器人模型都还没有。”

“我接管的时候，他们也都还在那里写程序，我就给他们定了几个方向，机器人运用在哪些领域，发挥怎么样的作用，根据想要的效果做程序，这样就顺畅多了。你看到的这些是用在灾难救援领域的，我们当初的定位是用在高速车祸救援的，瞬间将伤员救出，将事故车辆及时移走，保持高速畅通，后来慢慢研发，它们可以用在地震、泥石流、山洪等自然灾害救援上。此外我们还研发了一些运用在生活方面的，比如自动驾驶系统，这款产品还没完全设计好，我们打算先从汽车教学方面入手，由机器人教人学开车，是不是很酷？”

“阔别三年，你令我刮目相看，聿乐，你越来越光芒耀人了。”

雨停后天空开始艳阳高照，前方带来好消息，道路通了，大家一阵兴奋，记者们终于可以回家了。正当许少倾、龙聿乐和记者们一起沉浸在回家的兴奋中时，发现周围的村民还垂着头，眼里流出不经修饰的羡慕之情。

等记者们分批离开后，许少倾拉着龙聿乐说道：“你先回昭州市等我，好吗？”

“我知道你担心我的安危，但是你留在这里难道我就不会担心你吗？我相信你留下来做的事情肯定是正确的，你能相信我吗？我想和你一起留下来，和你一起做你想做的事情。”

许少倾将龙聿乐拥入怀中感慨道:“能拥有你是我三生有幸!”

“雪域工厂大部分员工的家都在这次灾难中受损了，现在工厂也毁了,我们要规划一下,在这里给他们重建家园,重建工厂工作,重建希望!”许少倾眼神坚定地说道。

“你想过新一任厂长由谁来担任吗?”龙聿乐问。

“虽然说从其他分公司调过来或者外聘是最合适的，他们有着领导经验,但是如今这里是灾区,估计高薪聘请也未必留得住人,所以我想在现有的员工里提拔一个,你觉得谁是合适人选?”许少倾询问着。

“从这次变质门事件中看到，一个人的品德比才能更加重要,尤其雪域工厂是晴空集团离总部最远的加工厂之一,在管理上抓得住质量还得靠这个厂长。我到这里比你多了一些时日,从接触上来看,生产部的第一车间主任卢劲勇还不错,可以考虑,他在工作中比较踏实,这次发生灾难,他也一直抢着先救人,任劳任怨。”龙聿乐说道。

“这一切我也都看到了，从我让林建华找出的人力资源资料来看,虽然小卢人年轻,退伍后来厂里工作时间也不长,但是他管理的车间井然有序。我找他谈谈,看看他的想法吧。”

在卢劲勇走马上任的第一天,工厂还是灾区,一切都没有生产力,这让车间主任出身的他倍感英雄无用武之地。他找到龙聿乐:“龙总,这工厂都毁了,许董事长还升我职,我也不知道该做什么。”

“那你愿意当这个雪域工厂的厂长吗？”龙聿乐反问他。

卢劲勇坦诚地回答她：“愿意啊！我当然愿意！我就是不愿意白拿工资，你说公司升我做厂长，那我也得做厂长的事啊。现在工厂设备都浸泡在烂泥水里了，也不知道什么时候能开工啊！”

“你现在是厂长了，不能还是车间主任的思维，只顾着生产，还要兼顾大局，眼下厂房要重建，首先要考虑重建的位置。你是本地人，可以给许董很好的建议，还有工厂的人员架构、考核制度等等都要你制定好上报。”龙聿乐说道。

卢劲勇一拍脑袋：“龙总，真是醍醐灌顶啊，这些就是当下我要做的事情！说起厂房重建，如果要换地方的话我觉得小和山这个位置很好，我们现在用的水就是从小和山的水库运来的，运输成本也高，如果能直接建在小和山附近，不仅可以对水的源头进行保护，还能减少运输成本。那里地势比较高，受山洪泥石流等自然灾害的影响比较小。小和山真的很漂亮，龙总有空可以去转转。”

“谁在说小和山啊？小和山真是个好地方！”林建华和许少倾闻声推门而入。

“许董，林主任，你们来了！”卢劲勇起身，“你们谈事情，那我先出去了！”

许少倾按住他的肩：“你也一起坐着听听吧！”

林建华说道：“今天我们和这里招商局的领导一起去看了几个新厂址选择的地方，有两处地方都很好，其中一处就是小和山，风景很漂亮。”

许少倾没有接他的话，转身对龙聿乐说：“还记得当年我们去老林那里吗？我们说要做一个奶牛乐园，当年你做了前期市场分析和项目规划，后面那些规划没得到完全的实施，改了很多，那块地大部分还是用于生产，小部分用于乐园，也只能做参观和教育。但是这里就不同了，小和山地域辽阔，上游的水源生产牛奶，下游建造工厂、员工宿舍，还有民宿，员工宿舍允许员工个人免费住。在这次灾难中失去家园的工厂员工可以以员工价买房，家人可以开民宿、土菜馆。在旗舰馆里可以展示我们的生产工艺，透明化产业链，我们的产品可以免费给游客品尝，销售不同时令季节特定包装的产品作为伴手礼，更有亲子游乐项目，可以好好享受这山川美景。”

卢劲勇听得目瞪口呆："原来小和山的未来是这样啊！"

龙聿乐拍了拍卢劲勇的肩膀说："小和山的未来还要靠你！"

许少倾低头问道："聿乐你觉得呢？"

"你能为部分受灾的群众谋条生路，让他们居有定所，那自然是好事。我们建奶牛乐园的初衷，就是做个亲子游乐项目，现在你是否能改改初衷，建一个人人可以在这里就业谋生之所？"

"你的意思是怎么样的？详细说来听听。"许少倾说。

"游乐项目吸引人气，我们的展厅展示和销售产品，我们员工家属可以开民宿都很好，再加个周末市集怎么样？我们搭建一个舞台，在一片开阔的草地上，由我们搭个平台，让人们可以自由地摆摊卖东西，制作小吃销售，人人都可以凭借手艺来这里做买卖。"

"那么我们生产区和乐园区最好分开来。"卢劲勇说道。

"这是当然的，生产区的安全规范要抓起来。乐园区互动性强，可参观的生产链也要做好。"龙聿乐说道。

在制定好战略和方针后，许少倾和龙聿乐还有林建华一行才回了昭州市，卢劲勇则是信心满满，他希望几年后许少倾他们再次过来看的时候，是一个新的雪域工厂。

在回到昭州市后，晴空集团的变质门事件过去了，主流媒体和网络上铺天盖地都是蜀地泥石流、山洪暴发的灾情信息。灾难过后，政府对这次救灾事件的集体和个人加以表彰，晴空集团的民间救援队由于向灾区输送大量物资，对灾区重建的贡献，自然列入表彰榜单，晴空集团的股价涨停了好几天。

一切都来得那么快。

谁也没想到等晴空集团再度成为网络话题的焦点时，不再是负面的变质门事件，也不是威风的救灾英雄集团，而是一个八卦消息，一个痴情少董的八卦，弄得轰动了整个网络。

那位名叫刘小冒的记者在灾区收集了很多一线新闻，在他的公众号上发了，其中有一组照片在微信上流传甚广。

一个泥人抱着另一个泥人，一个老农民抱着一头黑猪，然后标语都是“抱着最心爱的”。

然后引发了网络大讨论：“对待最心爱的什么姿势最正确？”“危难来临时你是否还会爱我？”“你怀里抱着的是最心爱的吗？”……

等到后来，网民们开始人肉搜索，查到这两位泥人是正在蜀地的晴空集团少董许少倾和晴空集团洛杉矶分公司的总经理龙聿乐。

在康美亚健康管理医院的高级病房里，许淳安正吹胡子瞪眼：“阿花，你说过了那么多年，你儿子怎么还是那么死心眼儿，就那么让他上心了啊！”

严正花看了他一眼:“你说你儿子死心眼儿，你不一样固执？我们都这把岁数了,你怎么还不肯放手？现在整个昭州市，不！几乎全国全世界都知道他们的事情了,你想怎么样？”

许淳安没有回答她,淡淡地说了一句:“这个时候了,是不是也快到了？”

这时门口响起了敲门声。严正花说了一句:“请进!”便起身要去开门。

门咯吱一声开了,龙聿乐走了进来,拿着一个小机器人对许淳安说道:“许董近来身体好些了吗？这是送您的小礼物,如果您觉得看报纸累,只要这样拍一张照片,它就会把上面的信息念给您听。”

“过来坐！”严正花拉过来椅子对龙聿乐说道。

许淳安接过小机器人,拿着老花眼镜仔细瞧了瞧:“这是哪儿来的？”

龙聿乐坐在椅子上跟他聊了起来:“少倾在回国以前,在洛杉矶和同学一起创办了一家软件公司,那里的团队一直在研发机器人的软件,正好您调派我去洛杉矶分公司,我有空的时候就去他的软件公司,和他们一起琢磨着做的。”

“你还能一心二用啊！听说这次晴空集团变质门事件你处理过去了,洛杉矶分公司也做得风风火火,说说看你有什么打算？”许淳安说道。

龙聿乐拿着一封信件给他:“这是我想过几天交给人力资源总监的辞职信,我想等工作交接好了离开晴空集团。”

“你舍得吗？”许淳安脸上露出一丝诧异,但立即平缓地掩饰了过去。

“没有谁比许少倾更让我在乎了。”龙聿乐低着头说,看不清她眼里是坚定还是羞涩。不管怎么样，她还想信守晴空集团员工之间不得恋爱的公司准则。

“来教教我这个小机器人怎么用？除了读报纸还会干吗？”

医院外朗朗晴空，风雨过去一切都会好的。三年时间，龙聿乐想着一切总会苦尽甘来的。

正午时分，许少倾独自走进偌大的咖啡馆，点了和往常一样的商务简餐。

菜还没上，对面坐下来一个人，在他抬头的一瞬间，让他惊呆了，对方还没开口，微微朝他笑了一下。

许少倾眼里饱含热泪，艰难地张口问道：“我们是不是在哪里见过？”

对面的人却没有他的激动，只是淡淡回了一句：“倾，你还是老样子！”

许少倾再也坐不住了，站起来握住他的手，拍了拍他的背，已经顾不上他的眼泪随着动作挥洒而下。那个人只是同样的握了握他的手，拍了拍他的背。等他的情绪平复下来，再随他一起坐下。

“三年前是怎么回事？”许少倾努力抑制自己的情绪问道。

“你知道晴晴，她一直在我心里，从来都没有抹去过，我和香芹在一起，她怀孕完全是个意外。和香芹在一起的时间越久我内心越觉得亏欠晴晴，对不起晴晴！”

“晴晴走了很多年了，你早该放下了。你不该为了她，为了她……”许少倾不知道怎么说下去为好。

“是啊，我为了晴晴想要结束自己的生命，我想以这种方式去陪伴晴晴。在我们一起许愿要去的藏地的圣家湖里，我在湖泊源头伫立了很久很久，想我和晴晴我们很多的过往，我们从出生就相识，一起长大，一起去留学，一起度过了很多困难的关口也一起度过美好的时光，我们说好的要一起相爱相守一辈子。我在那里越站得久就越感觉她在召唤我，当夕阳照射在湖面的那一刻，我决定投湖去追随她，跟她永不分离。哪知道有位牧民注视了我很久，他把我救了起来，当时我已经处于昏迷状态了，我怎么被他拖到湖边，他怎么没有游上来我都不知道了。我被路过的骆驼队伍救走，他年轻的生命却永远地停在了圣家湖。”

“这么说，你妈妈李宝莉女士带回来的浸泡得面目全非的是那个救你的牧民，不是你？”许少倾惊得目瞪口呆。

“是的，这也许是我这辈子最内疚的事情。后来，我被骆驼队伍救了之后，过了半个月才恢复神志，可是那个时候也是一心只有寻死的念头，队长见我整日茶饭不思，就一路上开解我，我就这样跟随他们一起去了麦加，后来我又去了很多地方，尼泊尔加德满都、缅甸等等，一路走一路看，遇见了很多人，很多事，也放下了很多。晴晴的死使我的心都死了，可是想到还有香芹，还有儿子，还有我妈，我是她最大的希望，还有我爸，还有你们，我决定回来了。”

“你见过他们吗？”许少倾问。

“还没有。第一个来见你，看看你的反应。”

“好你个小子，原来我是小白鼠！”

午饭后，许少倾迫不及待地去找龙聿乐，正好遇到她也在找他。

“你猜我今天遇到了谁？”

“你猜我今天遇到了谁？”

两个人几乎异口同声。

许少倾问：“谁啊？”

龙聿乐回答：“你父亲，他今天找我，我跟他说我决定辞去晴空集团洛杉矶分公司总经理的职务。”

许少倾一阵诧异：“他同意了吗？”看到龙聿乐点点头，他心里一股欣喜涌上来，抱着她转了一圈，“太好了！我们就在昭州市长相厮守，我这就给你在总部安排个职位！”

龙聿乐摇了摇头：“我要从晴空集团辞职了，以后在工作上不能帮你了。”

“为什么？”许少倾不解道。

“听我说，少倾，我觉得公司明令禁止办公室恋情是很正确的，你是晴空集团的掌门人首先要做到这一点。而且，我特别不希望以后跟你因为任何工作上的意见分歧而吵架。当然我也有一个特别私心的要求，希望你退出灵猴王国的股份，我将把灵猴王国作为我的事业重心，在这里打造一个机器人产业先锋的公司。”

许少倾见她那么执着，就应了她：“好吧，那我放你离开晴空集团。我在灵猴王国的股份都转赠于你！”

龙聿乐摇了摇头：“我在晴空集团工作的这几年攒下来的正好够买你的股份。”

“我们两个非要算得那么清楚吗？”许少倾无奈地问道。

“这件事能听我的吗？我们以后为各自的事业奋斗，为各自的理想奋斗，将工作与生活分开，我们有各自的战场，家是最温暖的港湾，回到家就没有工作的话题，我们努力拼搏的样子也能成为孩子的榜样，我们从不会为金钱利益纠葛而吵架，我们共同经营的只有一份爱情，这样不好吗？”

“既然你决定了，就都听你的吧！”许少倾拥抱了她。

龙聿乐忽然想起了什么，问他：“那你今天遇到了谁？”

“孙佳琦！”听到许少倾说起这个名字，龙聿乐差点惊掉下巴：“怎么可能！”

听许少倾把孙佳琦三年的曲折离奇讲述完，龙聿乐说了一句：“这个故事我需要冷静地思考消化一下！”而后立即离开了。

她拿起电话，打给了刘香芹：“香芹，你知道我今天听到一个特别不靠谱的事情，你知道吗？你在电话那头一定要冷静，香芹，孙佳琦他居然没有死，他回来了！他真的回来了！”

电话那头只是淡淡地回了一句：“我看到他了。”

然后就没有声音了。

就在香芹打算离开公司大门口的那一刻，居然看到孙佳琦活生生地站在她面前。

香芹对秘书交代了一句后，秘书直接退到车里等她了。

香芹看到眼前光着头、满目疮痍的孙佳琦，惊悚过后的表情极为平淡：“你来做什么？”

孙佳琦有些局促：“你还好吗？孩子还好吗？”

“你这样的关心来得是否太晚了一点儿？”刘香芹淡淡地看了他一眼说，“我告诉孩子他爸爸已经是天上的星星了，会在夜晚星星闪耀的时候，在他的睡梦里陪伴着他。”

“孩子，孩子叫什么名字？”

“大名叫刘天启，小名叫刘小宝。”香芹的语气里带着刺，自她从巴厘岛回来后，就给孩子改了姓，李宝莉也一句话都没有说，只是和往常一样来看看孩子，看看他们母子两个有什么需要就来帮一下忙。

孙佳琦点点头，呢喃道：“天启好，天启好啊！小宝也好，小宝也好。我能见见他吗？”

香芹没有回话，只是丢了一句：“我还有重要会议，先走了！”就转身离去了。孙佳琦看着她绝尘而去的背影，伫立了良久。

再次重逢，相比许少倾的诧异和香芹的冷淡，李宝莉的号啕大哭最让孙佳琦接受不了，李宝莉抱着他一顿捶打，呜咽着反反复复说着一句话：“你怎么才回来！你怎么才回来！”

等到她平静下来，抱着孙佳琦，摸着他的头说道：“怎么瘦了那么多……儿子啊，你回来真是太好了！妈这辈子都没什么可求的了，真的，你回来就够了！”孙佳琦望着眼前发型完美，却夹杂着根根白发的母亲，一阵心酸：“妈，儿子不孝！”

“回来就好！回来就好！只要你回来，妈不给你乱张罗对象了，你要是还放不下晴晴，妈也一起替你守着，你要是不想创事业也没关系，妈可以养你一辈子！”

“妈！”孙佳琦紧紧地抱住了李宝莉，这应该是世上最爱他的人了，他怎么能让她那么伤心。“晴晴，我在圣家湖里被救起的那一刻开始，就把她放下了，这几年走了很多地方，遇到了很多很多事，我甚至还去了伊拉克，看到那里失去家园失去双亲的孩子，在我陪伴他们的时候，就想起了天启，我的孩子，我只看过他一眼，我都还没抱过他，我想他，想香芹母子，我真的亏欠他们太多了，我想我这辈子都不可能弥补我的过错！怎么办？妈……”李宝莉紧紧抱住泪流满面的孙佳琦。

过了好一会儿孙佳琦抬头问李宝莉：“妈，你说启儿愿意见我吗？”

刘香芹去参加重要的会议时，总是会拜托李宝莉去接孩子，凭良心说，虽然孙佳琦弃他们母子而去时她也曾经连带李宝莉一起愤恨，但是李宝莉从来没有在意过，错在孙佳琦，她一直尽心尽力为刘香芹照顾着孩子，直到半年后刘香芹回来，说要将孩子带在身边，她也没有丝毫怨言地将孩子给香芹照顾。

刚开始接手照顾天启的时候，他总是不习惯新的环境，在半夜里大哭不止，香芹还是找了李宝莉，李宝莉二话没说就赶来夜里一起照顾孩子，陪着孩子睡觉。在香芹忙的时候，她也陪着孩子上早教，上幼儿园。

天启也很习惯生命里有疼他的妈妈，有外公外婆，有爷爷，还有个最疼他的奶奶。

李宝莉带着孙佳琦一起守在幼儿园门口，等待刘天启放学。孙佳琦的心里还是忐忑不安，不知道孩子见到他时会怎么样，他该让孩子叫他爸爸还是叔叔比较容易接受一些。

等下课铃声响起，李宝莉带着孙佳琦一起等在教室门口。“奶奶！”刘天启见到李宝莉开心地跑了过来，李宝莉一把抱起了他：“我的小乖乖，今天过得开心吗？”

“开心！”

“今天做了什么啊？”

“今天何思琪生日，我们都吃了蛋糕，奶奶我生日的时候能不能也买个蛋糕请大家一起吃啊？”

“当然可以啊！你想吃什么蛋糕？”

“巧克力蛋糕！”

孙佳琦看着眼前的孩子，刚出生的时候还是毛茸茸的一团，软软的他都不敢抱，现在都已经那么大了，眉清目秀，像极了他妈妈。“天启，我能抱抱你吗？”

“你是谁？”天启眨巴着眼睛问。

李宝莉看着孙佳琦难以启齿不知道从何说起的神情，便帮他介绍：“天启，这是你常常说想见到的爸爸，他终于回来了！”

“爸爸！你是星星变的？”

“什么？”李宝莉诧异地问。

刘天启说道：“妈妈说，爸爸已经变成了星星在天上了，那爸爸再回来，是不是从星星变回来了？”

“是啊，爸爸变回来了！爸爸回来了！回到你身边了，你说好不好啊？”孙佳琦抱着他说道。

“好啊！那太好了！那个许一鸣再也不能笑话我没有爸爸了，爸爸你回来了，就不要变成星星走了好吗？”

听着刘天启这么说，孙佳琦心头一软说道：“好的，爸爸再也不走了！”

晚上，孙佳琦和李宝莉带着刘天启买了很多菜，在香芹的小公寓里做了满满一桌菜。

待傍晚香芹回来的时候，看到冷清的公寓突然变得热闹起来，刘天启拉着香芹的手，兴奋地指着孙佳琦介绍道：“妈妈，妈妈！我有爸爸了！你看！奶奶说这是我爸爸，这下许一鸣再也不能笑话我没有爸爸了！”

香芹蹲下来跟刘天启说：“妈妈不是教导过你，不要在意别人怎么说，关键是你自己怎么看怎么想，别人的看法并不重要，如果你活在别人的世界里，该多悲哀！”

“可是妈妈，我也觉得有个爸爸很好。”刘天启拉着香芹的手走到桌前说，“你看这是爸爸教我做的树叶画，是今天老师布置的作业，我马上做好了，明天拿去学校肯定比其他小朋友的都好看。妈妈你看这是爸爸做的菜,都是我最爱吃的。”

李宝莉看着香芹一张漠然的脸, 热情地招呼道:“过来坐吧!等你回来开饭呢!”这么多年她已然习惯了香芹对谁都这样陌生的表情,和最初认识她时的温婉阳光完全判若两人,她明白命运给了香芹那么多磨难,香芹只是一时放不下,给她那么多伤害的是她的宝贝儿子,他们欠香芹的。

香芹坐下来吃了饭,正眼都没有看孙佳琦一眼,好像他的存在对她而言就如同空气。

正当香芹想要说什么的时候她的电话铃声响起了。她拿着电话走到阳台上,孙佳琦隔着玻璃,看到了她隐隐有些担忧的神情。

“宝莉阿姨,我现在要急着出两天差,这两天就麻烦你照顾了,如果你忙,照顾不过来的话也可以送到我妈家里去。”自从香芹从巴厘岛回来以后,一直叫李宝莉阿姨,在她看来没有正式的仪式,孙佳琦心里也没有她,她也实在改不了口,但是由着刘天启一口一个奶奶地叫着。

“没事,你安心去忙吧,天启就跟着我吧!”李宝莉宽慰道。这些年李宝莉习惯了将对孙佳琦的爱转移到天启和香芹身上,加上刘香芹的父母平时也忙,她就担起了帮香芹照顾孩子的责任。

“我哪都不想去,我就想在自己家。”刘天启任性道,拉着妈妈的衣角欲言又止。

刘香芹似乎能看穿小孩子的心思,蹲下来亲了亲他:“天启乖,妈妈去去就回来,你跟着奶奶听奶奶话。”

晴空集团被一则许淳安将所有的股份转让给许少倾的消

息炸开了锅，虽然知道是迟早的事情，可是创立这个集团的元老突然放弃了对这个集团的把控，全权交给了许少倾，同时宣布的还有几位老员工的退休，提拔了林建华等新生力量，晴空集团似乎将迎接一个新的时代。

虽然很多人不理解，也有些人来劝阻，但是龙聿乐还是毅然辞职了。离开了晴空集团，成立了灵猴王国，在昭州市的开发新区商办楼租了一层办公室，Eric、Antony、Vincent 和 Michelle 等主创人员悉数到位，虽然他们常抱怨在中国的种种不习惯："过马路到处找钮没找到""上个公厕里面居然没有纸""与陌生人打个招呼却引来对方好奇的眼神"……但是种种不适应还是被中国的美食给征服了！在这里吃烧熟的蔬菜居然可以那么多样那么好吃。再加上新招募的人员，公司除了原有的开发部门，还新增加了市场营销部、策划推广部，大家信心满满地开始了创业计划。

在接到吴晓菁电话时，龙聿乐正热火朝天地开始新事业的征程。距离上次见面已经过去好几个月了。

吴晓菁在给香芹打电话时内心还有些不抱期待，没想到香芹居然一口答应了。当吴晓菁和龙聿乐、刘香芹，还有苏梓涵一起再聚到一起时，恍若隔世。

"晓菁，看你红光满面，红鸾星动，这次约我们出来是不是有好事要宣布？"苏梓涵先问道。

"大师不愧为大师！这都能被你看出来！"吴晓菁跳了起来，从包里拿出了几张请柬："既然梓涵大师已经一语道破天机，我也就如实招了！这是给你们的红色炸弹，下个月十八日我结婚，请大家去参加我的婚礼！"

“闪婚？”龙聿乐惊奇道。

“遇到看对眼的就嫁了！我哪像你都成网络红人、国民情侣了，还不来个 happy ending（幸福的结局）给大众一个交代！”吴晓菁对龙聿乐说。

“小龙女的网络新形象我也看到了，也转发了，标注恭喜！”苏梓涵说道。

“你们能不调侃我吗？”龙聿乐说道，“说说你是怎么被丘比特之箭射中的？”

吴晓菁立马露出了春心荡漾的神情：“最初遇到是几个月前，那天他来我们医院体检，我匆匆忙忙要进会议室，他也急匆匆地走路，跟走路没长眼睛似的，把整杯要送去检验的尿液全洒在我身上了，当时我那个气啊，直接就把他骂了‘你搞满杯敬酒啊’！他也不生气，傻呵呵地一个劲儿向我赔礼道歉，还说要请我吃饭赔罪，我本来是拒绝的，但是他认识我们科长，拉上我们科长作陪我也勉为其难去了，一来二去我们就熟了，发现他人还蛮好的，老实本分傻呵呵。有一天他突然给我送了花，跪倒在地，我又着急着进手术室就对他说：‘好了好了，嫁了嫁了，我嫁，你赶紧走吧！别捣乱，我要去忙了！’就这样决定嫁给他了！然后婚礼啊婚期啊都是他在操办！你们到时候记得早点过来参加！”

龙聿乐听着她神奇的爱情经历乐得合不拢嘴：“你确定他给你送花是求婚吗？”

吴晓菁听她这么一说，不服气了：“那当然了！不然还下跪干吗？”

“恭喜你！晓菁，终于找到了爱情的归宿！”香芹由衷地说道。

“谢谢香芹！知道吗？今天你能出来我真是太开心了，之前一直都约不到你，我也很担心你呢！”吴晓菁说。

香芹垂下了眼：“之前感情不如意，加上哥哥又出了事，我真的是几乎把自己都封闭起来了，我每天加班加点工作，就是希望等我哥出来的时候，能有一个像样的公司交给他，让他不至于因为五年的牢狱之灾，被之前的朋友们看不起。”

“这几年你也确实做到了，你的兰翎资本已经是业内翘楚，你们投资的几个项目都是数百倍的回报率！”龙聿乐宽慰她道。

“怎么熬过来的也只有自己知道，之前我哥被判刑后，公司已经大不如前了，如果再做老行业，也许很难有起色了，我只有换个方向试试，还好这几年的努力没有白费。”香芹松了一口气。

“孙佳琦他……”龙聿乐还是忍不住提了，不知道香芹愿不愿意，这是要面对的问题。

“我们虽然住得很近，但是照面时间也很少，他都在照顾天启，每天在我回来前接孩子放学，做晚饭，陪孩子做功课。如果我回来晚了他就在我家客厅睡地板，等我回来后，他就去隔壁他早先买的给照顾我们母子的保姆住的房子。我这阵子也忙，经常天南海北地出差，前阵子天启幼儿园发生了手足口病，天启也被传染了，都是他照顾的，天启幼儿园的运动会、家长会都是他去参加的。刚开始我是想跟他摊牌，让他在我们的世界消失，可是天启内心好像很渴望有个爸爸，后来我也一直在忙，就由着他在那里烧饭、洗衣服、照顾天启。”香芹说道。

吴晓菁惊呼：“孙佳琦终于翻身做奴隶了！”

苏梓涵说：“放下即是得到。”

时间过得真快，一晃眼，创业竟有半年时间了，眼看投入的资金在每月发完工资后日渐减少，账上的数字恐怕撑不到过年了。龙聿乐站在公司的窗台前，听着助理梅以森在那里汇报："Amy，一个好消息和一个坏消息，你想听哪个？"

"一起说！"龙聿乐回答。

"我只有一张嘴巴。"梅以森有些无奈道，"那我先说坏消息吧，上次蜀地工厂生产的那批机器人，灾情过后使用后的机器人都还给我们了，可是大部分都已经坏掉，最近生产的一批也存在试用以后高损坏率，新品返修率也很高，不知道原因出在哪里。"

"下午召开一个会议，和工程部、技术部一起探讨一下吧！在我们投放市场以前，这些情况一定要解决掉！"龙聿乐接着说，"那好消息是什么？"

"我们获得了天使轮投资，资金已经在刚刚几分钟前到账了！"梅以森伴随着手舞足蹈及夸张的惊喜神情表达着他的兴奋之情。

虽然是意料之中的事情，龙聿乐还是被他的喜悦之情感染了，"你为什么不先说好消息呢？"她眉开眼笑地接着说道，"走！现在就开会，把这个好消息分享给大家！"

孙佳琦的父亲让李宝莉郑重地约到丽思丹顿大酒店。这是近年昭州市新建的酒店，地处城西的金融街，低调得似乎找不到门头，但是随着地上的流光步入，如同进入一座私家花园，一树树的花含苞待放，也有不知名的果实初上梢头，柳条柔软随风起舞，古槐银杏摇曳生姿，抬头遥见远处的古迹，丽思丹顿大酒店静守这方佳境，已经成为商务人士的新宠酒店。

孙佳琦一直候在包厢里，虽然回来重新见到他时父亲也曾流露出欣喜的神情，但是时间过去了，也恢复如常了。他那么郑重其事地找他来，他心里应该也略知一二，只是他的心境与以往大不同了。

等了好一阵子，孙父终于结束公司会议，在母亲李宝莉的陪同下匆匆赶来，到达包厢的时候有些晚了，孙佳琦也没有一丝埋怨，和往常一样站起身来唤了声“爸、妈”，孙父点了点头坐定后挥手向服务员示意：“上菜吧！”

一桌佳肴孙父还是习惯性地吃得很少，等晚餐差不多快结束的时候，他终于开口了：“你以后有什么打算？”

孙佳琦反问道：“什么打算？”

“你对香芹母子有亏欠，总不至于一辈子在那里做保姆吧，你回来也有段时间了，该收收心。”孙父厉声呵斥道。

“我不是在做保姆，是在尽一个父亲应该尽的责任。”孙佳琦也很坚持自己的想法。

李宝莉看着两父子似乎谁也不肯让步，就缓和地说道：“佳琦，你爸爸也不是不让你照顾他们，你照顾他们母子是应该的，只是你也该为自己考虑一下，男子汉大丈夫成家立业，你是不是该考虑一下自己的事业？香芹在这几年事业奋斗得有声有色，你呢？你是想回你爸的公司，再继续自己之前做的海外工厂呢？还是另外有想做的行当？”

孙佳琦握住了李宝莉的手，说道：“妈，正是因为香芹事业做得很好，总是那么忙，留下天启一个人，这是他最需要陪伴的时候，香芹那么忙我就为孩子多付出一点儿时间，这是我现在最乐意去做的事情。”

孙父已经气得胡子都直了：“带孩子是一个男人要做的事

情吗？这像话吗？”

“儿子，好好听你爸爸的。”李宝莉也开始站在丈夫这边了。

“家里有爸和哥哥姐姐们在做事业，反正也不缺钱花，留我一个人去活得像自己，不行吗？原谅我死里逃生的任性。”听到孙佳琦那么固执，孙父拂袖而去，李宝莉叹了一口气，说了一句“你这孩子！”后追了出去，留下孙佳琦一个人悠悠着继续吃着满桌的菜肴。

相比隔壁包厢的闹腾，他这里倒是自在清静。

吃到差不多的时候，他也意兴阑珊地踱步出了包厢，无意中瞥见一个喝得醉熏熏的男人用手臂搭在一个正襟危坐的女士的椅背上，像是整个人都要拥抱住她，他越靠近她，她越往边上躲：“刘总，我再敬你一杯！”

“黄总，我不能再喝了！我已经醉了！”似乎传入耳中的是香芹的声音，孙佳琦停下了脚步。

“我们今天的聚会也到这里吧！”里面的人也陆陆续续走了出来，在一一握手告别后，那个黄总似乎握住香芹的手格外长的时间：“刘总，您说关于那个医疗网站项目投钱的事项，要么再去我那里喝喝茶，详细聊一下，我在这个丽思丹顿里有个小会所，就几步路，您去参观一下吗？”

香芹揉揉太阳穴，尽量让自己清醒一些：“您想要了解的我明天让助理打印详细的资料给您送过来，可以吗？”

“唉！刘总见外了，只要你说可行就一定可行，你在风投圈的威名还有谁不知道，我们都跟着你就行了，就是我对医疗网站行业还不了解，想要听你稍微讲讲，钱嘛！马上可以到位！”黄总说着顺势将手搭上了香芹肩膀，趁着她的醉意，想要强行将她带上楼。说是他的会所，说白了就是他在丽思丹顿的常年包房。

香芹想要推开他，可是力气也没有他的大，酒桌上的朋友陆续都走远了，只能好声好气地说："黄总，我们深夜共处一室不合情理，惹人非议，我们还是在工作时间详谈吧！"

"在这里没有非议，也不会有人非议！这是老子的地盘！哈哈哈！"虽然听说黄总是丽思丹顿的三大股东之一，但是敢在酒店就明目张胆地掳人，恐怕这个人醉得不轻。

香芹明显已经生气了，想要用力挣脱他的怀抱："放开我！"

这时孙佳琦冲了上来，把那个喝醉酒的黄总打了个鼻青脸肿，然后拉着香芹就跑！他们被后面酒店的保安追了整整两条街，躲进巷子里才算把那帮人甩了。

在狭小黑暗的空间里，孙佳琦和刘香芹几乎贴着面挤在一起，呼吸着彼此的呼吸。

孙佳琦看着眼前的姑娘面如桃花，甚是可爱，忍不住去亲了一下，迎来了一巴掌。香芹气冲冲地跑出巷子，男人果然没有一个好东西，最坏就是孙佳琦，她跟着他跑什么劲儿，打人的是他。喔，喝多了，才反应过来，她什么都没有做错，白跑那么多路，白担心被抓住。

孙佳琦在她后面追着，一把抓住了她的手臂："对不起！"

香芹甩了他的手，继续阔步往前走，在嘈杂的马路上传来了他的大喊声："香芹！对不起！这句对不起迟来了那么多年，我还是要跟你说！怪我一直没勇气，怪我一直没看清自己！香芹，我爱你！我爱你和儿子！香芹，对不起！香芹，我爱你！"

路人都看不下去了，"原谅他吧！""在一起！在一起！""小两口要吵架回家去吵，在马路上嚷嚷什么啊！我们孩子睡着都被你们吵醒了！"

见香芹停下来踌躇一下，孙佳琦赶紧追上去，拉着她的手离开人群。

在春鹿湖畔，孙佳琦终于等到了三年后刘香芹主动对他开口说的第一句话，没想到她竟是学他用手捋了捋头，问道：“什么时候当的僧？”

“剃了发就一定是和尚吗？”孙佳琦笑了笑，“在加德满都确实动过出家的念头，但是还是放不下你和儿子，所以回来了。”

“这次见过后知道我们挺好的，放下吧！”

“看过之后才知道真的再也放不下了。”

香芹望着这一湖的水，用树枝一点，一圈圈水波晕了开来。“我每次饭局喝醉后总是先到湖边来坐坐清醒一下再回家，怕是酒席上一句句恭维的话迷乱了人的心智，饭桌上的人们总是专挑好听的说，而一个人好话听多了容易自我膨胀。我需要时刻保持清醒，认清我自己在什么位置，我真正拥有的，还有我想要得到的。这湖面吹来的冷风容易让我恢复冷静。”

说完这番话香芹就走了，留下孙佳琦一个人对着这一池湖水，冰冻三尺非一日之寒，他知道解开她内心的结还需要很久很久的时间，但是他愿意等，等她内心的寒冰化掉的那一天。

灵猴王国的领导团队正在讨论是用大量的资金去建造工厂还是用于市场推广，一番激烈争执后，最后龙聿乐决定先去建造工厂。

梅以森站在龙聿乐的桌前，给她呈报文件，等她签好字以后，迟疑了一下。

“有什么话要对我说吗？”龙聿乐放下手中的笔问他。梅以森从国有企业跳槽过来，也是公司组建之初就过来的员工之一，相比其他创业公司过来的人员，他身上还有很多固有的工作习性，比如说话总是有顾虑。“你是我的助理，我希望能和你一起并肩作战，既然有想法，我们保持沟通可以吗？不要有什么顾虑，在这里你什么都可以说，即使说错也不用放在心上。”

“您决定把江海波投的500万都用于建造工厂吗？”

“产品是一切，产品决定终端市场，肯定要把产品先做好。”龙聿乐凝望着眼前那位神色略带忧伤的小伙子，“怎么了？坐下来慢慢说。”

梅以森听她这么说索性直言一回，拉了椅子坐了下来：“策划部的负责人李玫抱怨她的方案不能执行，空留着策划部有什么用，光研发部和工厂就好了，不需要她了。他们策划部现在是最消极的。”

梅以森顿了顿，继续说：“听说这件事还闹到了投资人那里，李总那里派人来传话，他的意思是边做推广，边改进技术，至于要不要成立工厂，要投入多少，还是看您决定。给您绝对的自主权，让您权衡一下看着办。”

听完梅以森一番话，龙聿乐揉了揉太阳穴。果然如许少倾所说，创业的路是布满荆棘的坎坷，“可是我已经开始了，即使满身是伤，也要披荆斩棘，砥砺前行！”梅以森出去后，龙聿乐一个人在落地窗前站立很久，看着窗外的车流人流川流不息。

一阵手机铃声将她的思绪收回，电话那头响起了爽朗的声音：“聿乐啊，你每天那么跑腿疼吗？”

“我哪有每天在跑？”龙聿乐纳闷地问道。

“你每天都在我心里啊，我脑海里跑啊跑！我吃饭的时候想着你，开车的时候想着你，连睡觉梦里也都是你！”

龙聿乐对着玻璃笑如灿烂春风：“许少倾，你什么时候学会那么油嘴滑舌了，跟谁学的？”

“孙佳琦呀！除了他还能跟谁学，老莫那个木头无论何时说话都一本正经的。”

“骗人！孙佳琦那么佛系一个人还会教你风花雪月？”龙聿乐想着孙佳琦现在死后复生，判若两人，眼里满是香芹和儿子，似乎再也容不下其他风月了。

“是以前，很久以前，一直没派上用场，今天忽然想起来了……”

龙聿乐对他的无聊还蛮受用，故作镇定地说：“我要去工作了。”挂了电话，才发现投射到玻璃上的已经是一张满面春风的脸，洋溢着自信，幸福之情溢于言表。

又一个风和日丽的日子。在莫子涛的现代化农业基地，新建好的观景平台上，他早已经烹好茶等着那帮人。

这时孙佳琦牵着刘天启出现在眼前，莫子涛赶紧起身迎了上去：“好久不见，这小子好像又长高了！”

刘天启嘟着嘴说：“叔叔好！我不叫小子，我叫刘天启！”

莫子涛尬笑：“天启宝贝你好！叔叔这里有很多好玩的，你要不要去玩一会儿？”说罢指向一个迷你游乐场。

刘天启点点头，就跑去玩挖沙了。

这时钱豪秋走了出来，“高僧来了！你们聊，我出去了，去会你家香芹了！”看着孙佳琦一脸懵然，钱豪秋继续说道，“怎么？她没跟你说啊？我们很早就约好了今天姐妹几个聚一下。”

正好迎面碰上了许少倾：“老莫这是老婆不在家，怕是寂寞才叫我们来的吧？”

莫子涛像是被看穿了一样，挠挠头，不好意思道：“这不是好久没见你们了，这里也刚弄好，就请你们哥几个过来聚一下嘛！”

钱豪秋一乐手一扬：“你们好好聚，我去会你的香芹、你的聿乐了！”留给他们一个渐行渐远的背影。

莫子涛端出了新鲜时蔬、鸡鸭鱼，还有一坛梅子酒。拿起酒杯给许少倾倒上，要给孙佳琦倒的时候，莫子涛迟疑了一下：“僧，你喝酒吗？”

孙佳琦无视他：“我没出家，不过你们先喝吧！我先给天启喂饭。”说罢，他带着天启洗手，摆好小桌椅，将饭菜盛好，陪着他一口口将饭吃完，然后看着他继续去玩，孙佳琦才回到桌前。

“听到你回来的消息，我真是太惊奇太高兴了！”莫子涛给他倒上满满一杯，敬了他一下，又将自己杯中酒喝了个干净。

“你太让我们意外了！以后不要再做惊吓我们的事情。”许少倾也端起酒杯敬了他一下。

“以后不会了。”孙佳琦说话间将目光移向了刘天启，满是关爱。

莫子涛夹着菜正想往嘴里塞，忽然想起了什么，筷子停顿了一下：“你这次回来，刘香芹是不是特别开心，我能想象她看到你站在门口一定激动得热泪盈眶，对你说：‘快进来说！屋外有柳絮毛毛！’”

许少倾白了他一眼：“老莫这阵子无聊，朋友圈刷多了吧？”

只听得孙佳琦淡淡地回了一句：“这个季节没有柳絮毛毛。”

许少倾看被傻老莫弄僵的气氛，赶紧扯开了话题：“老莫，你这越来越有情趣了，还做农场啊？”

莫子涛摸了摸脑袋：“都是秋秋弄的，确实越来越像样了，一到节假日周末人气还很旺，本来就打算给她种一亩玫瑰，送她一个玫瑰园，后来她收到后，惊喜地把这一切分享出去，结果网上很多人要来玩儿，就干脆把这里都改造了，做个烧烤园、迷你游乐园，周末可以带家人孩子来玩玩。她跟我结婚后不久就全职在家，可是也闲不住，做了这个玫瑰园以后，还打算接团队婚礼生意，这不在那里造了一个玻璃房，打算做个生态餐厅，接一些团队生意。”

“真会折腾！我发现现在的女人怎么一个个都那么爱折腾，不是说独立的女性不好，就是太独立，有时候我觉得我在她身边，越来越体现不出作为男人的价值了。”许少倾喝了一口闷酒。

“她爱怎么样都好。”孙佳琦淡淡地说。

吴晓菁蜜月回来就赶不及要给龙聿乐送礼物了。吴晓菁一个个将礼物递过去时，冷不丁问了香芹一句：“你和那个假和尚怎么样了？”

“孙佳琦没有出家。”龙聿乐对得意忘形的吴晓菁说。

“现在是超级奶爸，今天我出门时碰到了他带着孩子一起来。”钱豪秋说道。

“去了哪里？”刘香芹问。

“他居然没向你汇报？”钱豪秋说，“那个老莫越来越耐不住寂寞，知道我今天抛弃了他跟你们出来，他就约上了几个男人上我们家喝酒去了，我出门的时候正好遇到了孙佳琦带着儿子来，还有许少倾。”

"他不需要向我汇报。"刘香芹淡淡地说。

龙聿乐看着香芹冷淡的神情不禁问道:"你和孙佳琦之间怎么总是一个在追一个在躲?你真的不肯放过他,放过自己?"

见刘香芹只是点了支烟,久久不语,苏梓涵轻轻拍了拍她:"真正让你放不下的是你内心的执着!如果你能放下执念,也许自己会好过些。"

香芹弹了弹烟灰,苦涩一笑:"干吗老说我,说说你吧,最近创业怎么样?创业的路很艰辛,我可是一路走过来的,应该没那么好走吧?"

"刚拿到了海德创投江海波的500万元投资。"龙聿乐微微一笑。

"江海波的钱估计没那么好拿吧?"刘香芹似乎想起了投行圈业内的传闻,但是看到龙聿乐踌躇满志也不好多说什么。

"你们两个休息时还聊工作?"吴晓菁发出了抗议之声。

"那聊聊你,看你朋友圈晒的蜜月旅行特滋润。"龙聿乐看着吴晓菁毫不掩饰的幸福样子,就顺着她,让她多吐露吐露。

"我跟你们说,闪婚好不好呢,也就看是否跟对人。我们这次去马尔代夫度蜜月,那种纯净得就两个人的世界,我更确定,他就是我这辈子的那个良人。"吴晓菁的表情也似涂了蜜,春风得意,"知道吗?马尔代夫感觉像是天空与大海恋爱的结晶,美到现在回想起来都像一场美丽的梦。我们隔壁住的是一对法国老夫妻,每天早上都会在海里游泳,每次游过我们窗前,我都躺在吊床上看海,他们也总是会热情地和我打招呼,对我说早安,有时候我们也跟他们一起游泳,酒店岛人很少,就我们承包了这片海。在天与地之间的海,享受着海风温润。法国人的骨子里有着与生俱来的浪漫和精致的生活态度,每天早起,还能听到他们房间传来的风情音乐，在露天台上听到红酒杯碰撞说Cheers(干杯)的时候，我知道他们要下海了，老了还能这样相爱真好。”

“相爱一时容易，一世难。”香芹说。

“周末在岛上办的鸡尾酒会上，我碰到了中国过去的酒店经理，那是我们要离开的前一天，我们待了一个多礼拜，岛上几乎所有能玩儿的都玩儿遍了，那种新鲜劲儿过了，都开始怀念城市的喧嚣了，我就好奇地问她：长时间地在岛上工作，觉得幸福吗？她笑了，而且笑得很大声，她说看惯了城市的繁杂，反而更喜欢回归平静的慢节奏生活，何况这里的居民真的非常淳朴善良，这片海有着大海最原始的模样，这么美的景色足以让她停留。的确，城市有时候似乎像个牢笼，快捷便利，灯火阑珊，却遗忘了最初的美，这里与世无争，是片难得的净土。”

“我怎么感觉你去了趟马尔代夫就跟我们梓涵大师一样对人生看得那么通透了！”钱豪秋说。

“从容过生活，九万里悟道，终归诗酒田园。”苏梓涵点头道，“挺好！”

“我还没到梓涵大师那个境界，我难得去度个假，放松一下可以，待了一个礼拜后我可想你们了，还想念城市的车水马龙，甚至都想念我的手术台，我还是喜欢城市的生活。”吴晓菁说。

龙聿乐拿着500万风投资金满怀期望地找地打算建造工厂，没想到碰了一鼻子的灰，现在没有产品面世，没有销量，没有纳税，不可能去拿地建造厂房，只能四处去找合适的厂房租赁。厂房从租到改建装修、投入使用又是一笔很大的开支。

厂房还没落实好，梅以森忧心忡忡地拿着份报告走进龙聿乐办公室，在蜀地救援时走红网络的机器人受到很大关注，如今已经有国内公司开始模仿生产出了多款同类产品。

“龙总，现在我们处于进退两难的境地了，之前推出的机器人一经网络曝光就已经有了仿款，而且他们的生产技术更成熟，这是我市场调研买回来的几款，您看看。”

龙聿乐拿起桌上的机器人仔细研究，确实是他们之前试验品的改良款，可以说性能上更优越。龙聿乐紧蹙眉头道：“找厂房的事你要抓紧了！”

梅以森有些担忧道：“龙总是否考虑产品或者产能调整？”

“产品的调整基于我们能够自主生产的基础，梅以森，我们现在以找厂房为主，你现在更应该提交给我的是几个备选地，要尽快，我们只有研发能够落地，才能将产品的性能提高。”

“好的，知道了。”

梅以森是土生土长的昭州市人，之前在政府机关工作，所以对于昭州市非常熟悉，没几天时间就把租赁厂区的提案报了上来，为了节约成本，龙聿乐撤了蜀地工厂的生产外包业务，在郊区的软件园区租了两层楼，一层是研发和测试，一层是销售、财务和行政。

在正式搬入新园区的那天，以李玫为首的策划部员工集体辞职了，起因是李玫好几个策划案造价过高，龙聿乐都没有批，而且软件园离市区较远，无论是租房居住或者生活相对不方便，策划部的“蒸空”影响最大的是市场部，市场部士气低落，没有销售就没有业绩。

在入园的那一天，江海波来了，却不是来道喜的，开门就劈头盖脸地奚落一番，并问道：“龙总，你们什么时候能清算，我要退出来！”

“江总，当初向您介绍项目时我们就说过，我们是技术研发型公司，我们从产品投产到销售是有一个过程的。您在我们最需要投入的时候撤资，是不是太强人所难了？”龙聿乐对雪上加霜的江海波很是气愤，不知道他听了什么流言这个时候来谈清算。

“龙总，我投在你们这里500万说多不多，说少也不少，但是你们给的财务报表一直在亏损状态，我们都是生意人，在商言商，之前投资的时候你们公司的架构是比较完整的一家公司，有专业研发团队，有销售、有企划，至少对于前景还是很乐观的，现在策划部没有了，市场部也走得所剩无几，我是来讲生意的，做个亏本生意我也不愿意，提早止损，清算了我退出！”江海波斩钉截铁地说，似乎是没有商量的余地。

“你们天使投资，关键不是投人吗？我们的核心技术团队都是非常有想法有创意的，我们的技术主力Eric还是全球计算机大赛亚军，我们的技术团队已经磨合了很多年了，已经相当融洽了，现在很多独角兽企业原先的商业模式也不是现在这样的，都是一步步变革，一步步成熟起来的。我相信我们的技术团队足够优秀，把控好生产这一关，把基石奠定好了，相信销售肯定不是问题。我们在调整战略，请您给我们时间！”面对龙聿乐的诚恳，江海波似乎是吃了秤砣铁了心，丢下一句：“反正我的话已经说到了，心意也表明了，请龙总尽早清算，让我尽早止损！”说完他转身就走了。

龙聿乐看着靠天使投资扩张后的厂房忧心忡忡，偌大的园区办公区域人员已经走得差不多了，仿佛又回到美国车库那时候，只是那个时候虽然地方小但是信心满满，现在是空荡荡的座位，人心惶惶，车间的生产、管理还没招进来，资金面临清算。

葡萄架下，久违了的一家人的晚餐。

“今天少倾没来啊？”龙聿乐爸爸端着最后一盘菜出来问道。

龙聿乐应了一声坐了下来说：“我没有叫他。”

“怎么？是吵架了吗？”龙聿乐妈妈寻思着女儿愁眉苦脸的表情问道。

“妈你别问了行吧！难得我今天有空想回来陪你们吃个饭，你们搞得像审犯人一样。”龙聿乐嘟囔着。

“你这孩子！”龙聿乐妈妈想责备的话还没说出口，就被龙聿乐爸爸的话给打断了：“赶紧吃饭吧！吃吧吃吧！小龙女要不要陪爸爸喝一杯？”

“好啊！”龙聿乐接过酒杯。

龙聿乐妈妈说道：“女孩子家家喝什么酒啊，都是你惯出来的，小时候就跟她说我们家就你一个女儿，女儿也要当儿子培养，什么喝酒啊必须学会，必须要独立自主，要有担当……”

“就你会心疼女儿我不会啊，我那是担心她，教她独立自主有错吗？一个女人不想吃挣钱的苦，就一定会吃婚姻的苦，不要想着依附男人，自己也能成为一个对社会对国家有用的人才。”龙聿乐爸爸看了妈妈一眼，又温柔道，“像你妈妈这样也很好，又有事业又顾家，我们家老婆当了一辈子老师培养了无数人，桃李满天下是吧？”

“别以为夸我我就不说你了！”嘴上虽然那么说，龙聿乐妈妈又给龙聿乐爸爸倒满了酒，然后转头问，“你呢？也还要加一点儿吗？”龙聿乐眯着眼睛笑着点头，妈妈虽然倒了，还是加上一句：“可别喝醉了！”

“放心吧！妈！”龙聿乐说道。仔细想想她真的很久没醉了，至少能灌醉她的对手不多。

“这次回来是有事要跟我们商量吗？”龙聿乐爸爸看着女儿回来一直紧锁眉头，便问了出来。

“爸爸妈妈，我买房子的时候你们不是也支援了一部分嘛，我说万一，万一我把房子拿去抵押贷款，如果以后我没机会赎回来，你们会心疼吗？”龙聿乐小心翼翼地问道。

“你是不是创业遇到问题了？如果觉得困难走不下去，重新去找工作也可以，干吗非要把房子拿去抵押？”龙聿乐妈妈不解道。

“妈妈，既然我从晴空集团离职了，我就不想再做给人打工的工作了，再苦再难我都想坚持下去，再坚持一把！”龙聿乐喝了杯中的酒斩钉截铁地说道。

“既然你有了自己的想法就去做吧！那套房子本来爸爸妈妈也就出了一小部分首付款，每个月还贷也都是你自己的钱，后来也是你拿到了奖金积累了几年才付清的。那是属于你自己的房子，你想怎么折腾就怎么折腾去吧！即使失败了也不要怕，你还那么年轻，还有很多机会，再怎么样回家还是有地方住，还有口热饭吃！我和你妈都有退休工资，都不用你担心，你顾好自己就行！”

听到爸爸的一席肺腑之言，龙聿乐竟感动得什么话都说不出口了。这个世界上，父母永远都是最爱自己的人。

龙聿乐爸爸好像又想起了什么似的，蹙眉说道：“下次别有什么事情要跟我们说的时候才跟我喝酒，记得你上次陪我喝酒还是要去美国的时候，没事多陪我喝酒，这酒是去年夏天我跟你妈一起酿的葡萄酒，多香！喝了脸色也好，看我们家小龙女又漂亮了！”

“你这老头喝了酒以后就爱说胡话，小龙女，酒还是少喝点儿！”龙聿乐妈妈说道。

“好的，妈，你永远是对的。”龙聿乐搂着妈妈脖子说道。

乡间的夜格外宁静清冽，月朗星稀。因为喝了酒的关系，龙聿乐不能开车回城里，就在父母这里留宿了一晚。

闲暇之际她随手发了条朋友圈：“相信熬过了黑暗，就会见到光明！”

在乡间小路上饭后散步，和忠实的追随者小黑、小黄、暴力黑等狗子们。朋友圈很多点赞很多留言也无暇回复，路上和邻居打打招呼，聊聊天，似乎有了难得的夜晚清闲，有了生活的烟火气。

回到家时门口多了辆车，“你怎么来了？”龙聿乐惊讶道。

“怎么？不欢迎突然造访吗？”那人笑起来有迷人的小酒窝。

“怎么可能，快！进屋坐吧。”龙聿乐说道。

月下花茶伴美人，“这里还是老样子啊！”刘香芹说道。

“是啊！”龙聿乐说道，“坐啊！坐下来聊！”

“原来是香芹来了啊！在门口的时候我还不敢认，刚听到你的声音才确定。”龙聿乐妈妈切了一盘水果端出来，“这都是自己种的果树结的果子，不用客气啊！你们慢慢聊，我先进去了。”

“谢谢阿姨！”刘香芹说道。

“你有好几年没来这里了吧？今天怎么突然有空过来？”龙

聿乐问道。

“说想你了不可以吗？不欢迎我吗？”刘香芹打趣道。

“瞧你说的，你要想来我这里的大门随时为你敞开着！”龙聿乐说着，给香芹剥了瓣橘子塞给她。

“我今天特地过来看看你，江海波的事情我听说了。”香芹说。

“是啊，你之前还提醒过我，怪我一切太顺，也没把你的话听进去，现在公司面临清算，不知道能不能撑过这一关。”龙聿乐闷闷地说。

“江海波这人是圈子里出了名的三分钟热度，一开始对项目热情对你也热情，你甚至会被他的热情所感动，真的合作起来，你若不能给他带来立竿见影的成果，他翻脸比翻书还快，及时止损。我们投融圈对他都有所保留，不太愿意跟他合作，不太敢要他的钱，所以他一直在做天使投资，都是最初轮的。”香芹说道。

“当时项目刚启动，我们公司很需要钱，跟你说的一样被他的热情感染，也没在圈子里详细问问，就跟他签了协议，一切都太顺了，被顺利冲昏了头脑，才导致了今天的困境。”龙聿乐叹声道，“这也给了我一个教训，随时要保持清醒，这个教训太昂贵，不知道公司还能不能继续下去。”

“你和许少倾这段时间怎么样了？看他那天的表情不是很好？”香芹担忧道。

“其实他刚知道这事的时候就提出来要帮我，我拒绝了。”龙聿乐捧着杯中的茶说道。

虽然她轻描淡写，但是她自己清楚，她伤了他。

许少倾通过 Eric 知道她的情况后第一时间来到她的办公室。

“如果清算后，你要给江海波多少？”许少倾问她。

“估计 300 多万吧，项目才刚开始，他怎么就认定我们不能成功？我们花了半年时间选址、装修，并经历了内部的调整，所以我对我们所做的事业还是充满信心的，那么有发展的产业肯定是未来的趋势啊！”龙聿乐愤愤不平道。

“我知道，我懂！聿乐就按你内心坚定地去做吧！钱的事你不用担心，我这里来处理。”许少倾说着想把龙聿乐拥入怀里。

龙聿乐却一把撑开他的手臂：“什么叫你来处理？你想怎么样？”

“别说 300 多万，即使是江海波用 500 万影响到你了，我都可以帮你，让他滚蛋！”许少倾霸气地说。

“许少倾！我不许你这样帮我，你第一时间跑来宽慰我，为我打气我很开心，但是你用钱来帮我，我真的不需要。”龙聿乐说道。

“为什么？为什么你可以接受江海波的钱，却不能接受我的？难道我的钱是非法获得的吗？聿乐，在你眼里心里到底是怎么想我的？就因为我是靠着家里的产业挣来的钱，就被你那么嫌弃，看低吗？”许少倾明显有些生气了。

“不是的，和你共事的时候，我就知道你非常努力，日后一定能超越老董事长，肯定会成为一个非常好的领导，非常能干的企业家。”龙聿乐安抚着他，诚恳地说道，“可是我就不想接受你的帮助，不想要事事依赖你，这事我想自己解决。”

许少倾明显是尊重龙聿乐的，什么都没说也没做。可是没想到还是狭路相逢了。龙聿乐去参加电视台的创业大赛时，遇到了评委许少倾和刘香芹。

在电视台的后台，许少倾见到龙聿乐就问："那么久不跟我联系，是害怕我来帮你吗？来这里就是你说的办法吗？"

"你那么激动干什么！"龙聿乐手都被他抓疼了，生气道，"你见到我那么惊讶，是不喜欢我抛头露面吗？"

"为什么宁可来这里，大庭广众下融资，也不肯要我的钱？要我的钱真是让你那么难接受吗？"许少倾眼里出现了哀怨。

"是！我就是不想要你的钱！"龙聿乐说罢就走开了。她知道她伤了他的心，可是她也不好受。

"你知道吗？那天在电视台我以为你会夺冠的，可是没想到许少倾却没给你打分，导致你直接出局，你们两个到底怎么回事？"香芹问道。

"听朋友介绍去了电视台参加路演项目融资，可我没想到评委是他，还有你，我也不知道是晴空集团的基金和你的蓝翎资本主投的资金，我真是病急乱投医！"龙聿乐摇头道。

"由我们直接给你注资不好吗？"香芹不解道，"第一次你找了江海波给你投了天使轮，你当时知道我在做投融资也没找我。第二次我知道你的困难，你既然拒绝了许少倾，你就考虑一下我公司吧，蓝翎资本不仅能够在资金上帮到你，还能在业务上帮到你，我们有成熟的体系在做。"香芹诚恳地说道。

龙聿乐摇了摇头："香芹，相信我，这点我很确定，我不能要许少倾的钱，也不能要你的钱，因为你们都是我最重要的人。"

"既然把我们看得那么重，为什么就不能要我们的钱？我不仅是把你作为最好的朋友来帮你，更是看中你们企业的前景无限可观才来帮你的。”刘香芹说道。

“既然是恋人就是恋人，既然是最好的朋友，那么就是最好的朋友，我想我们的关系就那么纯粹、简单。不要涉及金钱，不要涉及利益。就做一辈子的朋友。”龙聿乐说道，“在创业这条路上，我看到多少兄弟反目，多少夫妻成仇人，我不想这样，我们明明感情很好，却输在了金钱上。”

“那你又看到了多少夫妻同心同德，多少朋友齐心协力？”

“有是有！很少！”龙聿乐说道，“我就不想这样！我们的这份感情太难得了，多少年了，这辈子我认识你的时间最长，我多想一辈子就这样跟你一起走到老！我不想在这样重要的感情上试一次、输一次！夹杂着金钱的感情就没那么纯粹了，到时候都会跟利益相关，利益驱使下什么都能取舍，不是吗？我不是圣人，我怕做不到，有一天在利益和感情面前选择，就还是像现在这样好吗？我们能时时聊聊我们的近况，我们能关心彼此，成为彼此心里的那份牵挂，这样好吗？”

刘香芹知道龙聿乐一旦铁了心别人很难左右，“那你也要答应，真的撑不下去了，需要寻求帮助了，也要第一时间告诉我。”

龙聿乐抓住她的手点了点头。

龙聿乐将房产抵押了，从银行贷的款终于把清算的缺口补平了，一切又将从头开始。好在 Eric 他们技术主力一个也没走，常常会反对她决策的梅以森也没有走，他只是淡淡说：“挺喜欢这里的工作氛围的，也看好机器人事业的前景。”龙聿乐心里明白，其实梅以森是最有资历前景的，他是任何一家公司都会抢着要的人才。他的这份信任，他的坚持，让龙聿乐觉得应该给予她的这群小伙伴们更好的未来。

未来等着他们一起去创造！

清算完成后，手上剩余的钱并不多了，龙聿乐坚持要自己招工人，研发后自己生产，没办法，梅以森只能为她去寻来一组工人，带头的厂长徐长根以前是做机械的，跟机器打了一辈子交道，在几个月前的一场事故里断了一根小拇指，后来再找工作就很难了，但是梅以森看着他的资历深，薪资要求不高，最主要是人上进肯吃苦，就把他招了进来。

说是一组工人，其实也就三个，徐长根带着两个学徒工组建了灵猴王国的工程部。徐长根和两个学徒都不懂，机器人是他们完全没有接触过的新鲜事物，但是一个学徒之前做过电焊工，一个学徒以前是做木工的，徐长根就带着他们一起琢磨着拼拼凑凑，实在不懂的地方就问 Eric，语言不通就请 Eric 女朋友来翻译，捣鼓着也居然能做出一个像样的来。

“这样下去不行啊！”梅以森忧心忡忡道，“每次这样花时间研究做出一个两个来，没有专业的生产技术，无法达到量产，再这样下去，你贷款来的经费很快就要用完了。”

梅以森担忧的问题也一直困扰着龙聿乐，她也怀疑过当初的坚持是否正确：“梅以森，我的坚持是不是个错误？不是应该先有好的产品再向市场推广吗？”

“你的理想主义也要结合现实，比如贷款的钱用完了以后拿什么去坚持，拿什么去还款？”梅以森说。

“是啊！”龙聿乐点头道，在这点上梅以森永远都比她清醒理智。当初一股脑儿地热情投入，也没想过后果会如何。

刘香芹发来一张邀请函，邀请龙聿乐参加刘明星的重生派对。

因为表现优秀，刘明星提前出狱了。

这次刘明星的欢迎派对非常低调地放在自己家，请的也只是几位亲近的朋友。刘明星家也就是刘香芹的父母家，学生时代龙聿乐经常去的地方。刘香芹父亲早年发家，刘香芹母亲就在西郊花园当时最早的别墅区买了两套别墅、两套商铺，四套房子打通连在一起，一个厨房一家子在一起吃饭，刘明星住一套别墅，父母和香芹住一套，两套商铺做了客厅，两套花园连在一起，刘香芹母亲酷爱戏剧，常常在花园里和戏友唱《牡丹亭》。

再次走进刘家，只见低调的门楣里面，地上摆满了风信子。风信子的花语是忘记曾经的痛苦，重新开始新的生活，那一定是香芹给哥哥精心布置的礼物。

“小龙女来了啊？”香芹出门迎接道。

“是啊！刘明星呢？好久没见他还好吧？”龙聿乐问道。

“在草坪上，和老李他们在一起聊天呢。”随着香芹手指的方向，龙聿乐看见了许久未见的刘明星，好似脱胎换骨了，剃了板寸头，以前的耳钉、夸张的戒指等饰物都不见了，反而倒更有成熟男人的味道了。

“老李、老林，你们到得真早呀！”龙聿乐一步上前，“刘明星，恭喜浴火重生！”

刘明星低头一笑，给龙聿乐递了一杯酒，老李乐呵道：“小龙女来了啊！过来坐啊！”

这时孙佳琦牵着刘小宝过来了：“小宝，叫舅舅！”

刘小宝看了孙佳琦一眼，有点认生地小声叫道：“舅舅好！”

刘明星一转笑脸，开心地对刘小宝说：“来！舅舅抱抱！”

孙佳琦转身对着龙聿乐说道：“门口有两位朋友初次到来，

能麻烦你去接一下吗？我还得在这里看着小宝。”

龙聿乐也没多想，应了一声“好的！”就转身走了出去。

在门口看到了许少倾倚着车门，许久未见，龙聿乐压制着内心的澎湃，只是淡淡地问了一句：“怎么不进去啊？”龙聿乐自从和许少倾在电视台后台吵了一架后就没有见过面，她心里很清楚，许少倾是一心想要帮助自己，可是自己却怎么也不能接受恋人的钱财馈赠，当初爱上他也是在乡野时不清楚他身份的一见倾心，跟他在一起是相互欣赏的同舟共济，这样纯粹的感情怎么能建筑在金钱之上呢。

“在等沈伯文。”许少倾回答道。月色如华，照在他脸上，好似比上次见到时清瘦了许多。

“嗯。”龙聿乐说，“孙佳琦让我来接你们，里面挺大的，弯弯绕绕的，我陪你一起等一下他吧。”

“好。”许少倾说完，两个人就陷入了沉默。

过了一会儿，龙聿乐才打破了沉默问道：“你和刘明星也很熟啊？”

“不熟。”许少倾说道，“孙佳琦邀请的。”

“上次在海洋之心游艇上，刘明星公司的新三板上市庆功会上也见到了你。”龙聿乐慢慢回想着过往，那是他们确定在一起的时刻。

“那也是孙佳琦邀请的，他以前最爱热闹，现在好像是一心想帮大舅哥，沈伯文也是他邀请的。”许少倾说道，“说曹操曹操就到，沈伯文来了！”

远远地看到一辆吉普车不紧不慢地倒入车位，停得笔直，不差分毫。

“伯文兄！”许少倾伸出手握了握沈伯文。

“许少倾，好久没见，好像清瘦了很多。”沈伯文说着。

“有吗？”许少倾摸了摸自己的脸，“里面请！”

沈伯文走着，看到在门口候着的龙聿乐便问道：“这位是？”

许少倾介绍说：“她是灵猴王国的总经理龙聿乐，他们企业主要是做机器人研发、网络安全的科技型企业。聿乐，这是我们昭州市最年轻有为的市长，沈伯文市长，对了，龙聿乐也是我们昭州市的青年联合会委员，我们沈市长之前是上一届的青联主席，所以你们之前可能没碰过面。”

“谁说没碰过面，之前在千岛湖洲际酒店世界集团的年会上，我们好像见过，只是那时候不认识，没有打过招呼。”龙聿乐说道。

“龙总好记性！幸会幸会！机器人产业是新兴产业，发展得怎么样？”沈伯文边走边聊着。

“不瞒您说，之前在蜀地泥石流灾害的救援中使用过一批我们的试验品，我们现在还在研发中。”龙聿乐介绍说。

“半年前蜀地的泥石流灾害我也十分关注，那是近年来人员伤亡最大的一次，经济损失巨大。我看到报道中的机器人救灾，没想到是你做的。”沈伯文说道。

“是我和我的团队做的，我们本来在洛杉矶，后来我想回国发展，他们也愿意一同来到中国，我们现在在昭州市的软件产业园里，共同做软件研发。”龙聿乐介绍说。

“回国好啊，现在我们经济在大步向前发展，国内的机遇不比在国外差。”沈伯文赞扬着，说道，“对了，现在国家有一个智慧城市的项目，正是需要像你们这样的技术人才来服务，你们如果有兴趣的话可以来参与招投标。”

“非常感兴趣，谢谢伯文兄，不知道怎么才能参与进来？”龙聿乐请教道。

“你登录政府专门的采购平台，然后点进去，就能看到项目的招标要求，你看看你们企业是否能达到要求，是否能做，如果想做的话就下载这些文件，按照文件要求制作标书，在规定时间缴纳保证金，投标。”沈伯文详细介绍道。

许少倾看到龙聿乐的眼睛里泛出久违的信心之光，不禁对沈伯文真诚地说道：“谢谢伯文兄，还请伯文兄多多帮忙！”

沈伯文摆了摆手说道：“不要这么说，我帮不上忙的，市里和省里的专家组一起来评定，一切都要看龙总的方案、预算报价，这是需要在众多标书中筛选的，而且服务周期是一年，一年之后要重新筛选。”

“谢谢伯文兄，有你这个消息就够了，我一定会努力争取的。”龙聿乐说着，脑海里不断琢磨着刚看到的招标文件，这正是他们最擅长的，他们可以把最新的技术带进来。

“伯文兄来了啊！”孙佳琦迎了上来，“小宝赶紧叫大伯伯！”

“大伯伯好！”刘小宝礼貌地问候。

孙佳琦牵起了刘小宝：“小宝乖，自己去玩！”刘小宝听话地走开了。孙佳琦转过身来一一为沈伯文介绍：“这是小宝的妈妈，刘香芹，是蓝翎资本的董事长！”

“您好！那我就跟佳琦他们一样喊您一声伯文兄了！”刘香芹伸出了手和沈伯文握了握。

“你好你好！蓝翎资本我倒经常听人提起，一看香芹本人，果然巾帼不让须眉！蓝翎资本在昭州市的基金小镇吧？是近几年做得最风生水起的。以前去调研时，我还看过你们的小镇约咖，每隔段时间都会举办一次项目和资金的对接是吧？对初创企业帮助非常大！”沈伯文说。

“谢谢您的夸奖和肯定！上次您来调研的时候我正好在瑞士出差，没来接待请见谅，不过您来调研的照片我们可是挂在企业文化墙最显眼的位置。里面坐吧！我来介绍一下我哥！”刘香芹说，“这是我的哥哥刘明星，他之前的科创企业已经在新三板上市了，但是由于太高歌猛进，做了错误的决定，并付出了很大代价，以后他会是蓝翎资本的带头人，吸取以前的教训，脚踏实地，重新站上商业舞台，重拾自己的荣耀和辉煌！”

刘明星一愣，妹妹之前也没跟她提过，“伯文兄你好！见到你很荣幸，我是刘明星。这是我的两位老朋友，兰奇庄园的老李和老林。”

老李拿出雪茄递给了沈伯文：“伯文好久不见，抽一根吗？”

沈伯文连忙拒绝：“不抽不抽，谢谢！内子不喜欢烟味，我很早就戒烟了！”

老李调侃道：“没想到青年才俊伯文还是个妻管严啊！”

“两个人在一起当然是互相迁就。”沈伯文义正言辞道。

“那你还是赶紧离老李远一点，我们每次和老李在一起，即使自己不抽雪茄，也会被熏得头发里、外套上都是雪茄味，不洗的话几天都散不掉。”老林调侃道。

“瞧你说的都得躲着你我不是，自从小龙女戒烟后，我们的队伍就只剩下你我了，还好现在刘明星也回来了！”老李说道。

“别看着我，我现在也不喜欢了，我还想多抱抱我外甥，一股烟味肯定被他嫌弃。”刘明星说着。

“为了融入你们的队伍，我今天也不抽了！红酒就配牛肉好吧！”老林说道。

“人都到齐了！我们就开宴吧！”刘香芹说道，“祝愿我哥劫后余生都是顺风顺水！浴火重生后更加飞黄腾达！干杯！”

大家一起干杯。

“谢谢诸位！我一定不辜负大家的期望，尤其是我的妹妹香芹为我付出的一切！”刘明星一口气干了一整杯。

“以前呢，明星喜欢冒进，相信经过这次教训，以后这小子也长大了，我们都是吃着亏一步步成长的，不是吗？”老林感慨道，“想当年，我也曾有一段低谷期，那是和朋友一起合作搞船运的时候，亏得什么都没有了，老婆还天天跟我吵，说让我不要去做的事非要去做，现在什么都没有了，吵得都差点要跟我离婚，有那么一个时期，非常困难，等过了就好了，明星敬你！明天会更好！”

“老林就喜欢煽情，明星，明星，你是明日之星，肯定能重振雄风的！”老李说着也和刘明星干了一杯。

“瞧你们这架势，再和你们这样一整杯一整杯干下去，我哥可要喝醉了。”刘香芹说道。

“香芹，你哥的酒量你还不知道啊，再说了这么好的日子我也得跟他喝一满杯！”说着龙聿乐举起酒杯，“刘明星，欢迎重新回归组织！”

酒过三巡，菜过五味。

待到这餐吃得差不多时，沈伯文起身告辞：“各位，今天很高兴认识了这么多新朋友，又和老朋友相聚了，难得有那么开心的时光，我们吃得差不多了，就先告辞了！你们继续玩儿！”

“别啊！我们夜生活才刚开始，等一下还有泳池派对呢！”刘明星说道。

老李对刘明星摆了摆手说：“明星别盛情相劝了，伯文有个不成文的规矩，每次能走的宴席都会在八点前准时离席。”

“家里老婆管得那么紧？”老林好奇道。

“这不是管不管的问题，男人也要靠自己责任担当，我们家小宝还小，家里老人岁数都大了，都是老婆一个人在管，白天工作，晚上还要辅导大的功课，照顾小的，我得回去帮她一把。”沈伯文说着，“今天谢谢各位！下次有机会再聚！”

沈伯文离席后，龙聿乐感叹道：“这年头还有这样克己顾家的男人，真是太少见了！”

“沈伯文平时很少参加这种聚会，即使参加了也都是在八点前离开，无论家里大宝小宝有几个宝，我看他老婆才是他心头至宝。”老李调侃道，“只有宠老婆的人才最有出息！”

“是啊，这话我认同！我这把年纪了还天天给老婆做饭，我老婆一辈子没工作过，嫁给我之后就做了全职太太，一日三餐都是我给她做的。”老林说道。

“那你老婆做什么？”许少倾好奇问。

“我老婆不工作，现在孩子们都长大了，她每天下午就跟一帮老姐妹、老朋友打打麻将消磨一下时间，有时候孩子们需要我们去帮忙带孩子，我老婆就过去帮忙。”老林说。

“反正个个都是妻奴！”老李笑着说，“不过，男人赚钱养家宠老婆也是天经地义，对吧？”

“喝酒喝酒！干杯！”刘明星单身狗聊不下去了，真是看不得他们一个个都这样。

酒足饭饱后的第二场游泳派对，天凉了也没人下水。老林和老李到底是没有忍住烟瘾，分了烟草兜自顾自抽起烟斗来了，刘明星就坐在他们身边喝着酒，烤着火。

龙聿乐站在泳池的另外一头，许少倾取了杯鸡尾酒递给她。

“谢谢！”龙聿乐接过鸡尾酒，“你瘦了很多。”

“是吗？”许少倾摸了一下自己的脸颊，“你呢？还好吗？”

龙聿乐“嗯”了一声，之后两个人陷入了长时间的沉默，龙聿乐就这样一口一口喝了杯中酒，许少倾看在眼里也不知道说什么好，末了说了一句：“还要吗？我帮你再去拿一杯。”

“好啊。”

许少倾又给龙聿乐拿了一杯，龙聿乐接过尝了一口说道：“这个味道很不错，蓝色的玛格丽特很特别，像一滴蓝色的眼泪。”

“你之前已经喝了不少红酒了，再喝那么烈的鸡尾酒，当心醉了。”许少倾担忧地说道。

“醉了好，一醉解千愁。”龙聿乐喝了一大口。

许少倾举起酒杯碰过来，说道：“那好！我跟你一起醉！”

在泳池旁不远处的草坪上，刘小宝绕着孙佳琦和刘香芹问：“妈妈妈妈，你什么时候才能给我生个弟弟？”

刘香芹惊奇地看看刘小宝，转眼看向孙佳琦，孙佳琦一口鸡尾酒呛在喉咙口，连忙摆手道：“不是我教的！”

“我看幼儿园的小朋友好多都有弟弟或者妹妹，我真的很羡慕王鸿宇，王鸿宇他弟弟王鸿萌天天跟他妈妈来学校一起接他放学，他说到了晚上他们还一起睡，一起在床上玩儿，特别有趣！妈妈，妈妈，你也再给我生个弟弟好吗？我真的好想要个弟弟。”刘小宝拉着刘香芹的衣角说道。

“小宝，你不怕弟弟出生以后跟你抢玩具啊？”刘香芹摸着刘小宝说道。

“我不怕，反正我的玩具多的是，弟弟想要，我给他就是了啊！反正爸爸会给我再买的，我想要什么爸爸就给我买什么，不是吗？”刘小宝说道。

“你就这样惯着他？”刘香芹转头问孙佳琦。

“小宝很乖，知道自己想要什么，每次带他去文具店，他只买自己需要的，店员百般讨好他向他推销，对他来说一点儿都不起作用，玩具他也是很克制的，每次去也只选一件，不会多买的。”孙佳琦说道。

刘小宝拉着妈妈的衣服：“好不好嘛！妈妈妈妈，求你了！好嘛好嘛！”

刘香芹拉起他的手：“小宝，小孩不许管大人的事，乖！自己去玩儿！”

喝到后来龙聿乐和许少倾都躺在沙滩椅上有点儿神志不清了。“你说刘明星准备的是什么酒？”龙聿乐说着，“明明喝不过我，偏偏就选高酒精度的让我自己醉是不是？我不会让他得逞的，我是不会醉的。”

许少倾也喝得从脸颊红到了耳根：“聿乐，你喝多了，我送你回家吧！”

“我不想回家，我这样回去又要被我妈唠叨挨我爸骂，我才不回家！”龙聿乐说道。

许少倾扶着东倒西歪的龙聿乐走出刘宅大门，刘香芹说道：“你们这样怎么回家？还是住在这里吧！反正这里有很多客房。”

“没事，我叫了代驾，我送她回去。”许少倾说。

刘香芹还想劝说，就被刘明星拉住低声说道：“别坏人好事！”然后对许少倾说，“路上注意安全啊！慢走！”

许少倾费了好大的力才把龙聿乐弄进车里。

“师傅您好！去华润天府。”那是龙聿乐回国后新买的房子，她把之前燕莱公寓的房子卖掉了，加上这几年在美国奋斗的工资奖金换了一套160平方米的住宅，里面的装修更是花了她很多的心血，凭着自己的喜好，把家装成了度假屋。如今这一切眼看也要成为泡影了，房子抵押贷款的钱在投入公司进行清算后所剩不多，不知道能维持多久。到时候贷款一到期还不知道用什么来偿还。

也许，房子很快就不是她的了。

“我不去华润天府！不去！那已经是被我抛弃的家了，我不想去了。”龙聿乐说完就一直在那里闹腾。

许少倾没办法，只得对司机说：“师傅，那去香颂别墅吧！”

自从全面接管晴空集团后，许少倾就搬回了自己的家，香颂别墅，那是市中心单价最贵的别墅，一线湖景别墅隐秘在市中心风水最好的地段，出则繁华，入则安宁。

许淳安由妻子陪伴着，一直住在康美亚健康管理医院的高级病房里，有专门的医生、护士看护着，身体好的时候做做康复训练，医院里面有个公园，还能和老年朋友一起聊个天。

许少倾的车驶入香颂别墅时，龙聿乐已经睡着了。许少倾只能在车上找了颗清凉糖吃下，尽量让自己清醒些，他一把将龙聿乐抱起，来到了屋子里，管家徐长根和几个保姆看得目瞪口呆，少爷第一次带女孩子回家，还是这样的架势。

“少爷，需要我做什么吗？”徐长根问道。

“现在不用了，明天让厨房准备好醒酒汤，清粥小菜，饮食尽量清淡一些，品种也丰富点儿吧。现在都下去休息好了。”许少倾说道。

“好的，少爷。”徐长根领着一班人退下了。

许少倾把龙聿乐抱进了三楼的主卧，那是他的房间，将她安稳地放在床上，他去洗了毛巾为她卸妆。许少倾仔仔细细地为她擦干净，像捧着一个陶瓷娃娃，龙聿乐似乎被湿漉漉的毛巾有点弄醒了，但是翻了个身又睡去了。

“聿乐，你先在这里休息，我去睡客房。”

看着龙聿乐长长的睫毛，许少倾亲吻了她的眼睛，道了声晚安，正想转身离去，却被龙聿乐一把抓住：“哪里去？”

许少倾放下了毛巾，坐在她的床边，用手抚摸着她额上的头发：“知道吗？在跟你失联的这半个月里，我每天做得最多的事情就是想你，想你为什么那么决绝地拒绝我的帮助，想你为什么那么狠心地一次也不愿意主动联系我，但是见到你，你又对我笑的那刻我真的什么气都消了。”

龙聿乐把食指放在嘴唇边，“嘘！”将整个人拥入怀中……

清晨的阳光从窗户里照进来，一室的温柔。

许少倾换上柔软的衬衣，洗漱完成后，给林建华发了条信息：今天上午的会议取消。然后折回床上，翻看着书，等待着龙聿乐醒来。

结果这个家伙真能睡，居然睡到日上三竿，龙聿乐才睁开惺忪的眼，看到许少倾在身旁，以为还是在梦里。她想：“是不是该起床了？”可是这房间的环境怎么那么陌生，她又使劲揉了揉眼睛，好像也没眼花。

龙聿乐瞬间连昨夜残酒都清醒了：“我有没有对你怎么样啊？”

"你想对我怎么样啊？"许少倾偏过头来问。

龙聿乐钻进了被子，不能让太阳晒到她邪恶的梦。怕太阳把那个梦晒碎了。

"快起来吧！"许少倾说，"看你沾了一身烟味，我叫人给你去买了一些新衣服，挑件喜欢的穿吧！去洗洗换上吧。"

"那么多？剩下的怎么办？"龙聿乐选了一套问。

"剩下的放在房间里，你什么时候来就换着穿。"许少倾说。

"下次我争取不喝醉了。"龙聿乐不好意思地说道，"下次就不麻烦你了，这些还是退回去吧，别浪费了。"

"怎么打算不再来了？"许少倾问，"我的聿乐女神，怎么白天和晚上差别那么大？昨天晚上还热情地向我求婚，今天一醒来就想当作什么都没发生拒人千里。"

"求……求婚？"龙聿乐在脑海里仔细搜索，但是从刘明星家泳池躺椅以后就断片了，怎么都检索不到了。虽然她承认每次喝醉以后是奔放了一点儿，也许可以很奔放、非常奔放，但是不至于奔放到去主动求婚吧。

"是啊，我就答应了。"许少倾真诚地说。

看着许少倾真诚的表情，龙聿乐被自己想不起来的求婚吓到舌头打结："你……你答应了我的求婚？"

"是啊！快去洗漱好，一会儿下楼吃早餐。"许少倾把她推进了卧室。

"那么草率啊，你要不要再考虑考虑，毕竟是你的终身大事啊！"龙聿乐说道。

"快进去吧！我先下楼去等你！"

龙聿乐洗漱完换好衣服走到楼下，又被许家的阵势惊到了，管家、保姆整整齐齐站了一屋齐声道："小姐早上好！"

"早！早！"龙聿乐挥了挥手有点儿尴尬地打了招呼。

"小姐请坐！"徐长根说道，"您尝尝这早餐是否合您胃口？如果不满意我还可以让厨房再重新准备。"

"够了够了！"这些早饭她三天都吃不完啊！

龙聿乐尴尬地望向许少倾问道："我向你求婚，这么多人都看到了？"

许少倾一口果汁呛到了，这姑娘脑海里还在脑补些什么画面？

徐长根马上把纸巾递给了许少倾，许少倾接过纸巾，擦了擦嘴："怎么？还想赖账？"

"不是！不是！"龙聿乐连忙挥舞着肉乎乎的手。可是好像这样回答也不对。许少倾把端过来的汤喂进了她的嘴里："这是醒酒汤。"

"我自己来，自己来。"龙聿乐接过碗，一口一口喝着，非常想清醒，更想回忆昨晚发生的事情，但是徒劳无功。

"这是生煎小笼包，是我们赵阿姨的拿手菜，她最擅长做这些点心了，你尝尝！"许少倾说着给她夹了一个。

龙聿乐尝了一口道："太好吃了！比南大门每天排队的小杨生煎还好吃！"

"小姐以后想吃随时跟我说，想吃什么都可以吩咐我去做！"赵阿姨说道。

"你们先去忙吧，这里没什么需要的了。"许少倾对他们说道。

"好的，少爷。"徐长根他们都退下了，留下龙聿乐和许少倾两个人。

龙聿乐吃过有史以来最丰盛的早餐，不免好奇地问道："你每天都这样吃早餐？"

许少倾说："你第一次来，不知道你喜欢什么，所以多准备了些。"

"哦。"龙聿乐应声道，忽然又想起什么："几点了？现在。"

"10点40分。"许少倾一看表说道。

"那么晚了，我今天上午约了他们开会呢，那么多点心你一个人也吃不完，我打包给Eric他们当午餐点心吧。今天我要晚点儿才回来，我要先走了！对了，我还要先上去拿包！"龙聿乐说着匆匆跑上楼。

"慢一点！"许少倾朝她的背影喊。

等龙聿乐下楼的时候，赵阿姨已经将桌上的菜都打包好了，许少倾拿着车钥匙双手环抱着等着她。

"你干吗？"龙聿乐问。

"送你去上班。"许少倾说。

"不用不用，我自己去就行了，你也要去公司了吧，都那么晚了。"龙聿乐说。

"走吧！反正我上午的会已经取消了！"许少倾说着就帮龙聿乐提了打包盒走向电梯。

龙聿乐一到公司，梅以森就迎了上来："聿乐，你怎么电话也不通，你昨天微信上发我的信息，我研究了一夜，非常可行，就等着你来开会了！"看到旁边的司机也下车跟了过来，梅以森好奇地问，"这位是？"

"许少倾，灵猴王国的创始人。"龙聿乐介绍说。

许少倾伸出手来，跟梅以森重重地握了握："你好！我是龙聿乐的未婚夫。”

梅以森惊奇地看着这位从天而降的重量级嘉宾，“聿乐，你要结婚了啊？”

龙聿乐还不知道怎么开口解释，Eric他们正好出来：“Ken！”许少倾与Eric他们聊天之际，梅以森对龙聿乐说：“你要的会议资料我都准备好了！我觉得这个项目我们志在必得！”

“让我看看你准备的资料。”龙聿乐跟着梅以森大步迈向办公室，突然想起什么，又折了回去，跟许少倾说：“我先去忙了，你也赶紧去公司吧！”

“好！”看着双目放光的龙聿乐，许少倾似乎觉得从前的龙聿乐又回来了，那么神采奕奕。

灵猴王国会议室。

“以前我们一直在研发产品、生产产品、销售产品的路上琢磨研究，昨天我获得的这个消息，给了我们另外一条企业生存的道路。”龙聿乐说，“我们来研究一下这个项目。”

梅以森把资料都拿出来分发给大家：“这是昭州市发展和改革委员会智慧城市项目的招标要求，龙总您看这里，我们首先要在平台上注册电子招投标交易平台CA数字证书，录入我们企业的信息，然后去购买标书，制作标书。”

龙聿乐说：“Eric，需要你带着团队做一份昭州市智慧城市建设项目的技术方案，尽可能详细完善。Antony，你要在设计上视觉把关，伙伴们！把你们最擅长的都展现出来！”

傍晚许少倾来接龙聿乐，“你怎么突然来了？”龙聿乐问。

“来接你下班。”许少倾说。

“可是我手上的工作还没完成呢，你来之前应该给我一个电话。”龙聿乐说。

“没关系,我可以等你。”许少倾就坐在龙聿乐办公室里,看着她忙前忙后,专注的神情,似乎是她,又似乎不是她。

华灯初上,入夜的城市流光溢彩。

“饿吗？想吃什么？”许少倾问。

“我一点儿都不饿，早上赵阿姨做的早餐，我三顿都吃不完,和大伙分了之后我又吃了很多,到现在还撑着呢。”龙聿乐说道。

“那我们先去个地方吧。”许少倾说。

“去哪里？”龙聿乐问。

“到了你就知道了。”许少倾说道。

两个人来到昭州市最大的一站式家居主题购物商城,这里跨界整合了零售百货、运动、餐饮、文化、娱乐、家居、装修设计等多种业态,是家居行业新模式的综合型商场。

“怎么突然带我来这里？”龙聿乐问。

“你忘了你昨天说的话了吗？”许少倾看到龙聿乐茫然的神情,继续说,“你不是说我的床太硬不舒服,窗帘颜色太暗……现在带你过来挑你喜欢的。”

龙聿乐使劲想,拼命想,可是居然一点儿都浮现不出昨晚的话语。“对不起！我断片了。”

“没事,那就陪我逛逛,看看你喜欢什么我就买什么。”许少倾牵起她的手说,“或者约个设计师把房间按你喜欢的做个调整。”

龙聿乐站在原地,顿了顿说道:“少倾,对不起！昨晚的事我真的一点儿都记不起来了！可是，你知道吗？我不想以一个失败者的身份嫁给你。”

“在我眼里你从来都不是，你一直是我骄傲的小龙女，飞龙在天，神凰来仪，我们是最相配的。”许少倾紧握着她的肩说道。

“对不起！给我一点儿时间。”望着龙聿乐转身离去的背影，许少倾都快抓狂了，可就是迈不开追她的脚步。

深夜。灰鲸酒吧。

“结婚？逛家具店？”刘香芹忍不住笑出了声。

“小点儿声。”孙佳琦拉了拉刘香芹的衣角。

“抱歉，这么晚把你们叫出来。”许少倾喝了一口闷酒。

“客气什么！”孙佳琦将酒杯伸过去跟许少倾碰了一下。

刘香芹坐在那里，百思不得其解：“你说小龙女醉的时候向你求婚，醒的时候又对你拒婚？”

许少倾 24 小时的心情就跟过山车似的，被这磨人的小妖精折腾得七上八下的：“难道你不相信这是真的？”

“不是我不相信，像小龙女那么传统的人，结婚肯定是要经过双方家长同意，不然她也不会在深爱你时因为你父亲的一句话，就在你的世界销声匿迹独自去了洛杉矶。”刘香芹一句话惊醒了梦中人。

许少倾恍然大悟：“对！应该先去提亲，是这样说的吧？提亲对吧？就是双方家长见面？”

“不对！小龙女认定的事是十头牛也拉不回来的，她跟你说需要时间，那你就等她。”刘香芹说，“那么骄傲的小龙女，是不会在事业最低谷的时候选择嫁人的，那等于让她放弃事业，否定自己。”

“跟我在一起，我从来没有阻止她的事业，我知道她现在很辛苦，是一个非常艰难的阶段，可当我每次想帮助她的时候，就会被她拒之千里。”许少倾郁闷地喝下一口酒。

“她追求的不一样，她想要势均力敌的爱情，不想依附于你，这正是她的魅力，不是吗？”刘香芹的话说到了许少倾的心坎上，也许正是因为龙聿乐的好强好胜心才会让许少倾无法忘记，从未被任何人代替过。

“那我现在怎么办？”许少倾当局者迷，很是苦恼。

“等。”刘香芹说，“等待一个适合的时机，把她降服了！”

在回去的路上，刘香芹开着车，孙佳琦喝了酒坐在副驾驶上，说：“今天谢谢你！那么晚还能陪我出来。”

“别这样说，小龙女也是我的朋友，我也希望她能获得幸福。”刘香芹说，“你去哪儿？”

“小宝在哪儿我就去哪儿。”孙佳琦说，“小宝现在已经习惯晚上跟我睡了，他一入夜就要开始找我，刚才许少倾找我的时候，我也是先把小宝哄睡了才出来的，不知道睡到半夜会不会醒，我得回去看看。”

“放心吧，刘明星看着他呢。”刘香芹说，“我哥他出来后没有一天给过你好脸色看，你不在意？”

“以前是我错得离谱，以后有的是时间等他改观。”孙佳琦说着望向刘香芹，“等你回心转意。”

昭州市的深夜，喧嚣褪去，街道寂静，一辆白色凯迪拉克绕过城市标志性建筑，在那条著名的昭州大道上已经来回开了几圈了，似乎和它的主人一样，不知道哪里是终点哪里是起点。

武长春喜欢在这样安静的夜晚开车，仿佛午夜电台收音机里的音乐就是为他一个人放的。这时想起的电话铃声让他不由得心烦，电话那头传来刻意压低的质问声："怎么还没回来？"

武长春接起电话说道："快了，已经在路上了。"

"回来轻一点儿，宝贝已经睡着了！我等你。"妻子王语琳在那头轻声道。

武长春深呼吸了一口，调整了方向，驶回家。今天白天的一场会议让他精疲力竭，应该说是心力交瘁。福安集团旗下明达软件公司总经理突然离职，他作为业务部主管被集团推选为新任总经理，但是与此同时一直对这个位置虎视眈眈的前任总经理助理刘大鹏和财务总监方锐不服气，今天的任命书下达后的第一场会议便是唇枪舌剑，一番厮杀，要坐稳这个总经理职位并不那么容易。

"怎么那么晚才回来？"进门后王语琳不免有些埋怨。

武长春脱下外套，说了句"今天公司事多"便往房间里去了，不想再多说话，可王语琳并没看明白，也跟着进了房间继续絮叨道："我在家特地等了你一晚上！你的事表姐都跟我说了。你不知道，为了你我多少次跟表姐提，让表姐夫多给你一些机会，你熬了那么多年，现在终于等到了。"

这话触怒了武长春的神经，会议上那些不服他的人不就是因为这裙带关系才讽刺他的，"敢情我干了那么多年，还是因为我老婆是你，你有一个好表姐，好表姐夫，好姨夫，我今天才能坐上这个总经理的位置？"

王语琳听他的讥讽也没好气："你今天是怎么了？吃错药了？升总经理不是高兴的事吗？我一直在等你回来为你庆祝，你打从进门开始就给我摆一张臭脸，现在朝我大吼大叫是什么意思？”

武长春一把把王语琳拉进怀里，“好了！我知道你是为我好，我们不吵了，我白天在单位开了一天的会议，脑子都快炸裂了，我们早点休息，乖！”

王语琳这才软了性子，轻声说道：“我在餐厅还为你做了庆贺的烛光宵夜，你要不吃点儿再休息？”看到武长春依旧皱着眉头，王语琳拉着他的手起身，“小声点儿哦，儿子在他的房间睡着了。”

走过客厅来到餐厅，原来妻子为他准备了浪漫的烛光宵夜，他刚进门时被疲倦感包裹着却什么都没看到，他在妻子的额头上一吻，道：“谢谢你！”

武长春的老对手，金讯达数码控股有限公司的胡海斌，此刻还在昭州市最知名的火锅福来顺豆捞店吃着宵夜。

“阿斌，我来敬你一杯！一个满杯！”席上戴着金项链的男子端着酒杯走了过来，“从我们今天晚上一起吃晚餐，到一起去KTV唱歌，再来到这里宵夜，能连着三场还在的说明都是真正的兄弟！来！兄弟，老哥我敬你一杯酒！”

胡海斌站了起来，搂住他的肩：“三哥别那么客气！我们俩是什么交情啊！那是过命的兄弟！我跟你们说啊！当年我三哥那是昭州市头号响当当的人物，生意做得大，女人缘也特别好，很多姑娘为了我们三哥要死要活，我们三哥还偏偏是个痴情种，为了嫂子去了东北发展，一晃那么多年过去了！今天我们三哥又回来了！我真的非常高兴，非常高兴！三哥这个满杯是一定要跟你喝的！”

今晚的局连胡海斌自己都不知道喝了多少酒，神志似乎也没那么清醒了。三哥是谁,是很好的兄弟没错,可是真的好得过命吗?似乎也不见得吧,今晚是三哥的接风宴,听说三哥的老表也在,但很晚了,还没见那号人物的出现,是有人故弄玄虚吧。

传言当年三哥在这里误伤了一个姑娘，本来要判刑的,他却销声匿迹了。他的老表在市政府里一直也上不去。后来听说他跟了老表去东北做煤矿生意了,后来这位老表在苦寒之地埋头苦干了三年终于回来了，一下子谋到了省里的机关要职,三哥也跟着回来了。当然这都是江湖传言,真真假假都不得而知了。

今晚那位老表也一直没有出现，胡海斌也没好意思开口问。毕竟昭州市智慧城市项目非同小可,千万不能因为心急而弄巧成拙。三哥回来有阵子了,他与三哥三四年没见,胡海斌不确定三哥是否会帮他。

在这场宵夜结束后,胡海斌紧紧握着三哥的手怎么都不肯撒手:“三哥！我司机小刘一直等在门口,我送你回去吧！”

三哥摆摆手:“不用不用！我家就在前面我走几步就行,穿过这个公园就到了!哎呀!阿斌呀!和你一起喝酒真是开心!还是跟你喝酒最开心了！痛快！”

胡海斌哪里肯放手,一把把三哥拉到车旁边:“大晚上的走公园也不安全!我这车小是小了点儿,但是三哥你放心!保准把你安全送回家!”然后凑在三哥的耳侧悄悄说了句,“三哥,我稍微给你带了一点儿东西,也不知道称不称你心意。”

三哥屁股一坐进车里便说:“阿斌跟我还客气什么啊！有什么需要老大哥帮忙的吗？”

胡海斌挪了挪,靠近了三哥一些:“三哥,咱们认识那么多年了,我最不会拐弯抹角了,那我就直说了啊！我公司呢现在在竞标一个昭州市智慧城市开发建设的项目，听说您的老表就是这次省里的专家组成员，我希望您能帮忙去说说，给我们公司的评分高一点儿，这里是 20 万，权当是您帮忙招待的费用，事成之后我还留一笔感谢费给您！对了，这是我老婆从和田带过来的玉镯送给嫂夫人的，请您笑纳！”

三哥眯了眯眼睛说道：“阿斌啊，这玉镯我就收下了，代内子谢谢弟妹，有心了！这 20 万你先不急，待我去老表那里问问情况再说也不迟。”然后跟司机说，“前面这里就到了，你停这里吧，路边靠一靠，就是这个门，我就在这里下。”

车子停在寂静的夜里，胡海斌也下了车，“三哥，我先谢谢你了！我的事让你多费心了！”

三哥挥了挥手，一声“走了”，渐渐消失在胡海斌的视线里。

昭州市七星级商务写字楼北辰大厦 12 楼，武长春坐在最大的办公室里，望向窗外的车水马龙。10 年了，他大学毕业就来到了明达软件公司，当初还是明达信息咨询有限公司，为福安集团配套做一些信息类的服务，随着业务范围的不断调整，对外经营的拓展，才变成了今天的明达软件公司，服务于母公司福安集团，又是相对独立的子公司，自负盈亏。

他也从最基层的一名小职员，奋斗到客户经理，到业务部的主管，再到昨天新晋升为总经理。虽然已是明达软件的一把手，但是仍旧是障碍重重，刘大鹏和方锐仗着是总公司钦派的专员，也是明达资历最老的权臣，他们联合起来对他进行不断施压。

“武总，会议即将开始了，他们都已经到会议室了，就等您了！”助理范忠明敲门而入。

武长春收着神，说道："知道了，你把整理好的会议文件给我吧！"

会议室里人头攒动，不少人在窃窃私语。

这风雨飘摇的时节。

"恭喜武总新任总经理！"武长春还没坐稳，就听到刘大鹏的声音，"我们大家鼓掌来恭喜一下武总！"然后就听到台下稀稀拉拉的掌声，"不知道武总将如何带领我们公司？给个指示，大家好明确去做事！"

昨天的高层小会上宣布任命后，刘大鹏就带着冷嘲热讽的基调，今天的大会上又是先发制人。武长春坐定后，示意范忠明用投影放出昭州市智慧城市项目招标书，说道："这是公司即将争取的大项目，昭州市智慧城市项目不仅体量大、预算可观，而且对我们今后打开市场有很大的帮助。希望我们全员上下同心，把这个项目争取下来。"

"武总，我们手上可是有很多活的，为了这个不一定接得到的单子，要停下手上的活，全员扑上去，是不是有点儿小题大做了？"刘大鹏不依不饶地问。

"这单子我志在必得！"武长春斩钉截铁地说道。

"哦？"刘大鹏拍案而起，"那要是得不到呢？"

武长春笔直地站了起来，郑重说道："如果这单子黄了，我就从明达软件引咎辞职！"

既然武长春都立下了军令状，大家只好听从吩咐，全力以赴。刘大鹏朝着方锐笑了笑，好像在说，这回有好戏看了。

灵猴王国会议室，龙聿乐听完 Eric 的汇报："距离投标还有三天，我们在这些地方最好完善一下。"

梅以森补充道："这次智慧城市项目评分70%是技术标，30%是商务标，也就是说我们的预算报价在适当合理范围内即可，而技术标要做到尽善尽美，还有我们有个短板就是没有成熟的案例，要想办法克服。"

"以森说得对，我们不仅要完善现有的技术标，还要想办法补齐我们的短板，这几天我研究了国内外几大新型智慧城市包含的核心要素，包括顶层设计、体制机制、智能基础设施、智能运行中枢、智慧生活、智慧生产、智慧治理、智慧生态、技术创新与标准体系、安全保障体系。我们在接下来的三天里面，要把标书上没有要求的也要做进去，要站在客户的立场上去想问题，出台这个项目目的是什么，主要起到什么作用，把我们能做的和想做的都写进方案里去。"

傍晚时分，离投标就剩下两个工作日，三哥那边还是没有一点儿消息，胡海斌按捺不住，又给三哥打了电话。

"喂！三哥，您好，您好啊！今晚有空出来喝一杯吗？就在市中心仿古街我那个小茶室，我托人弄了些海味来，新鲜得很，下午刚到，三哥您和兄弟们过来尝尝。"

"其他人就不要叫了，酒呢今天也就不喝了，晚上8点就过来喝口茶吧。"电话那头的声音使他长舒一口气，还好还有机会。

胡海斌早早地候在万丰茶馆。他因为平素喜欢喝茶，也有招待的需要，早年创业累积了一点儿资金，便遂了这个小爱好，开了这间茶馆。万丰茶馆就在闹中取静的一处。店面里陈列着各式茶饼、茶叶礼盒，还有一个泡茶的茶几，再往里走，就是一个三四十平的庭院，院子里有个玻璃房搭建的小茶室，二楼是厨房和包厢，胡海斌的一些私密宴请都选在这里。

简单吃过晚饭，胡海斌就守在店里，茶一泡一泡地喝着，等着 8 点的临近，三哥还没有来，8 点 10 分，8 点 30 分……胡海斌面前的烟灰缸里已经积满了烟蒂，8 点 50 分，9 点……胡海斌真的有点儿坐不住了，在他起身来回走了几圈后，打了三哥几个电话也没接，胡海斌的心已经有些忐忑不安了。等到将近 10 点的时候，突然大门响起了声音，胡海斌欣喜地叫了一声："三哥！"

三哥悻悻地走了进来，"阿斌，等了很久了吧？我刚从省城回来，路上堵车，开着车也没接你电话，我想你心里一定很着急吧，这不，一下高速我马上赶到了你这里。"

"三哥里面请，你能来就是给了我天大的面子了，什么迟不迟啊，赶紧里面请，我已经沏好了茶。"将三哥引到庭院里私密的小茶室，胡海斌就在门口挂了暂停营业的字牌。

"三哥，这是刚从云南空运过来的古树普洱茶，您尝尝！"胡海斌将茶杯递给了他。

茶室里幽静得很，三哥接过茶杯品了一口："不错不错，老哥我啊为了兄弟你，奔波了好一阵子，你不知道这几天我像政府公务员似的，天天准点就去市政府，去我老表的办公室门口等着。"看三哥这么快就聊到正题了，胡海斌便伸长了脖子听着，生怕漏了重要的信息。"我跟你说，他不是在这里调研，就在那里开会，忙得根本就见不到人影，我在他办公室门口守了好几天。"

胡海斌见他略微停顿，便说道："三哥您辛苦了！您帮了我大忙，事成之后我一定不会忘记您的！这个您放心，我阿斌是什么脾气您是知根知底的，我当初能来昭州市发展也多亏了认识三哥您,这份恩情我永世难忘! ”

“这兄弟你就见外了, 区区小忙没你说的要欠那么大的情。”三哥说道,“我在表哥办公室门口守了好几天后,终于等到了他的接见,也把你的情况说了,他也跟我说了一件事,就在去年,在我们省的另一个市,招投标类似项目,由一家专业公司去做的方案,当时省里没参与,市里拟定的标书是低价中标,结果专业的公司都没有中, 中标的是一家没有能力服务的小公司,以一个很低的价格,而他们又想以更低的价格转包出去,市里很气愤,就联系了那家专业公司帮忙,那家公司自然是不愿意的,前期做了那么多努力那么多工作付诸东流,反过来要低于成本价去为他人做嫁衣,这件事就闹到了省里,所以今年我们昭州市的招投标省里都参与了进来。”三哥说了那么多,语重心长地来了句,“阿斌,你我认识那么久,你是什么样的人我很清楚,重情重义,但是你们公司怎么样我倒真的没了解过。你们能接那么大的活吗? ”

胡海斌脑子里不断盘旋着几大供应商, 对三哥说:“能啊,肯定能,不然我也不会那么积极去争取这个事了啊! ”

三哥拍了拍他的肩膀:“据昭州市跟省里汇报的想法,可能还是在本地找家有能力服务这个项目的供应商,你的机会很大啊! ”

胡海斌谄媚一笑:“谢谢三哥,你的大恩惠我铭刻于心。”

三哥拂了一下衣袖,说道:“你赶紧去筹备吧,我带来的消息也就这些了,全都说给你听了,我先走了! ”

“三哥,我送你。”胡海斌跟出了门。

“这回啊真不用,我的车就停在门口,先走了! ”

胡海斌立马给公司副总经理金凯威打了电话，交代他无论如何都要拿到明达软件的方案和报价单，毕竟在昭州市做技术服务能跟金讯达数码控股一较高低的也就是明达软件了，仗着背靠福安集团成长起来的软件公司，他倒要看看，争了那么多年，到底是谁能胜出。

在昭州市政府会议室的开标现场，龙聿乐和梅以森早早地来到会场，在签到表格上签字，参与这次招投标的有很多知名企业，不仅有昭州市最著名的两家软件公司昭州市金讯达数码控股有限公司和昭州市明达软件有限公司，还有省里其他一些技术和经验更丰富的企业。

龙聿乐盯着签到表凝神，梅以森似乎是察觉到她的心思，说道："提交完标书我们去候场室等着吧，等一下你还要做项目汇报。"

等龙聿乐来到候场室坐定后，梅以森对她说："这次市政府启动招标程序很严格。听说招标文件和公告在媒体上一刊登，很快便收到很多咨询电话和投标信函。招标小组在众多的投标文件里，按最合理的方案筛选出六家服务公司，进行设计方案和预算报价的招标工作。"

龙聿乐对眼前的这位助理有些刮目相看，问道："你怎么知道那么多的？"

"你还是做好汇报吧！这个项目的招标拼的就是技术实力和服务能力。听说，省里很重视我们这次项目的招投标，特别派了一组人过来督导，是因为其他市类似项目出了岔子，所以这次特别谨慎。"梅以森轻声说道。

"什么岔子？"龙聿乐好奇地问。

梅以森欲言又止:“这个还是回去说吧,离我们项目汇报只有半小时了,我们做一下充分的准备。”

“好。”龙聿乐点头道,“期待已久的一刻终于到来了！”

一轮轮的汇报,汇报好了以后回到候场室,金讯达数码控股的胡海斌还有明达软件的武长春都在会议室里等候着。

轮番阐述标书技术汇报,几番议价,到商讨定标,在一整天快耗尽的时候,开标工作人员终于宣布了结果:金讯达数码控股和明达软件由于技术方案雷同,价格相近,有串标嫌疑,双双出局,而且列入市政府供应商资源的黑名单,三年内不得参与政府招商网站的其他项目的投标。

昭州市灵猴王国科技有限公司中标!

武长春简直不敢相信，自己辛辛苦苦和团队一起熬夜加班、琢磨再修改的方案怎么成了串标的?

胡海斌是第一个坐不住的,站起来吼道:“我不服！不能因为我们和明达价格相近就以串标论处,凭什么选了灵猴王国这名不见经传的小公司,这到底是藏了什么猫腻?”

随后几家企业在胡海斌的煽动下一一站起来了。

工作人员看到这样的场面,面露难色:“这样吧！大家先稍安勿躁,我去请示一下领导。大家再坐一会儿。”

随后,进门的是项目负责人、昭州市发展和改革委员会的局长金建林:“大家好！今天辛苦大家在这里等候一整天,都是大家在向我们汇报,出了这个令人意料之外的结果,接下来就由我在这里做一个简单的汇总。”

金局长邀请大家来到会议室。

“首先这是昭州市金讯达数码控股有限公司和昭州市明达

软件有限公司两家公司方案里十七处雷同之处，你们可以看看。”金局长在投影上一页页地翻出圈出来的红色部分。

武长春看得目瞪口呆:“怎么可能？”难以置信,对于这个项目他一直都是亲自在抓在管,怎么会泄露方案？

下面坐着的胡海斌看到这铁证，只觉得脑子嗡嗡炸开,问向助理:“这怎么回事？”助理一时也结巴,答不上来,毕竟方案不是自己做的,只是拟定了一个相对合理的低价,怎么会出现那么大的纰漏。

金局长看到下面惊呆的众人,继续说道:“这个环节我已经解释完成了！至于为什么我们讨论后投票选定了灵猴王国,请龙总再次将方案简单阐述一下。”

龙聿乐来到台前:“非常感谢金局长,谢谢昭州市政府给予我们这个机会,感谢各位评审对于我们灵猴王国的肯定,关于这次昭州市智慧城市项目,我们对项目的理解是,《智慧城市可以实现的人类乌托邦》,千百年来,从柏拉图到莫尔,人类始终希望建成乌托邦。从某个角度来说,智慧城市将成为最接近人类对于美好生活想象的存在。绝不仅仅体现在网络与探头的覆盖上,智慧城市是城市管理者利用最先进的技术,对城市有机体的持续升级,以温暖的科技赋能生活的方方面面,让未来更幸福。在这份方案的第一个环节,我首先要介绍的是我们的主创团队,请看大屏幕！”

龙聿乐将团队简介做成一个 5 分钟的视频短片,每个人都在里面用最真诚的话语表述自己的特长和对于工作的热爱。

也许是入行太久了,武长春甚至忘记了当初参加工作时的那份热情与积极,看到这部短片时,他内心的热爱似乎也被燃起了！曾经的那个有志青年,刚入社会,满腔热情,希望自己有所作为,希望自己也能通过努力去推动这个社会的进步。

在龙聿乐做好智慧城市项目的汇报后,她点开 PPT 的尾页说道:“我们公司是新成立的公司,成功案例就一个,就是蜀地救灾的案例,我们公司投入 80 万,那是我们几个公司创始人身上几乎仅有的积蓄,将研发成果生产出一批机器人,第一时间赶赴灾区,参与救援工作。作为一家初创型企业,我们的社会责任和担当不会比老企业差,在国家危难时刻我们中华儿女当挺身而出! 非常感谢这次昭州市政府能给予我们这次合作的机会,我们定当尽心竭力去完成好这次的项目! ”

待龙聿乐和梅以森回到公司后,迎接他们的是一阵掌声和欢呼声,灵猴王国好久都没有这样的大喜事了!

灵猴王国终于迈出了第一步。

这 3700 万成交的订单,让所有的人在一年内将异常忙碌。由于灵猴王国的技术团队都是外籍人士,语言上的沟通也将会是一层障碍。

香槟、礼花和掌声都没有让龙聿乐沉浸在胜利的喜悦中,第二天一早她便召开全公司的会议做接下来的部署。

“Eric,你是这次智慧城市项目方案的策划者,我们以这份方案赢得了这次的竞标,等项目完成后,公司会给予你一份丰厚的奖励,当然在座的每个人都会有相应的回报。”龙聿乐的话一讲完,下面掌声四起。她继续道,“但是,我们要随时保持战斗状态,这次的成功竞标只是一块敲门砖,接下来我们任务繁重,除了要做好智慧城市项目,还要继续研发机器人程序。Eric 主要负责智慧城市项目,Vincent 你来全面接管公司的机器人研发,Antony 你要负责信息通信领域产品和综合解决方案, 我们公司要多条腿走路，才不会在一条路上堵死，大家配合起来共同努力！”

梅以森说道：“我们刚刚才拿下来智慧城市项目，就要分三股力量去往三个方向，是不是有点儿太高歌猛进了些？”

“市场是不会等我们的，我们只有一头扎进去，边遇到状况边改进，才能不断发展不断壮大！”龙聿乐说道，“我们的机器人研发项目一直都是公司全力在做的事情，现在不能因为接到了政府的项目就搁置不做，要继续完善开发不断试验，一旦试验成功性能稳定就投入市场，让市场来说话，根据市场的需求再来不断调整，我们可以出一代二代三代……”

“你忘记了我们已经没有了策划部，也没有市场专员。”梅以森说道。

“没有市场部可以再去招人，重新组建市场部，我们要做的产品，那才是我们的立身之本。你不要忘记，我们去招标的项目，入选的就有六家公司去竞争，报名的就更多，竞争是一直存在的，这个项目我们可以去，其他公司也能承接，但是我们一定要做我们特有的，这样才能长久地立于不败之地。”龙聿乐说道。

下午时分，龙聿乐意外地见到一个人来访公司。

“武总？”龙聿乐掩饰不住惊讶之情，说道，“明达软件的武总对吧？您好您好！里面请！”

武长春站在门口，回道：“龙总记性真好，就在我们市政府的办公室见过一面也没交谈过，居然也能把我记住。”

“我是没想到您会大驾光临我们公司，您请坐！”龙聿乐在沙发上坐了下来。

“请原谅我的失礼！冒昧来访，我应该提前打个电话过来的。”武长春说道。

“没关系,我下午正好空着,您找我是因为昨天智慧城市项目的事情吗?”龙聿乐问道,她想,除此以外,和武长春应该也没其他交集了。

“要说是也不是,我有幸通过这次智慧城市项目认识龙总,了解到灵猴王国企业,很受感染。”武长春说道,“昨天发生我们明达软件和金讯达数码控股的串标事件,我第一时间回公司调查此事，在监控里发现我们的财务总监方锐动过那份投标文件,我们也第一时间报了案,等待审查结果。”

龙聿乐一下子不知道怎么接他的话,也不清楚武长春为什么要特地来告诉她这些。

武长春叹了一口气继续说道:“我从大学一毕业就进入福安集团,在那里我认识了我现在的太太,我们从谈恋爱到结婚,我才知道原来她的姨夫是福安集团的总裁,她的姐夫是福安集团的总经理，后来我进入了福安集团旗下的明达软件做业务,因为懂些技术,业务做得也算顺手。就在前几天我突然被任命为明达软件的总经理,毫无征兆的提拔,公司里有很多人不满,说我靠着裙带关系上位的流言四起。这些本不该对外说的,可是我今天来找你,就想把一切都告诉你。”

龙聿乐听着,就像一个认真的听众。

“我曾立下军令状，不拿到智慧城市的项目便不当这个总经理。虽然不是因为我的责任而让明达软件失去了这次机会,但是我还是辞职了。”武长春的话音里带着一些落寞。

胜败乃兵家常事,龙聿乐不知道从何说起:“武总……”

“龙总,您先听我说完,我今天来不是因为智慧城市这个项目。我是来跟您说,我想加入灵猴王国。”

龙聿乐听到这句话时太惊讶了,虽然脑海里盘旋了很多种可能性，但是没想到是这样的。“武总怎么看得上我们小公司的？”和灵猴王国相比,明达软件有福安集团这样的母公司做靠山,自然业绩也不会差。

“昨天看了你放的灵猴王国的团队视频,大家的理想、工作的精神状态,都让我想起了刚参加工作时的自己,那时候的我也像现在的你们一样有理想有抱负，更有着满腔的热情与赤诚。”武长春说道。

“可是我们公司能给予的薪资可能远不及你现在在明达软件的。”龙聿乐有些担忧,坦诚地说道。

“我们做业务的是拿提成和绩效,相信我能把业绩做起来,也相信龙总不会亏待我的。”武长春说道。

“那是自然。”龙聿乐对武长春真的是出乎意料了。

武长春说:“还有一点,我不会带明达软件的任何一个客户过来,明达是我事业的起点,提拔我的人很多,我一辈子都不会忘记那份恩情,也不会去做伤害明达、伤害福安的事情。”

这倒让龙聿乐刮目相看了:“这方面我没有任何要求,对于你加入我们公司,我能给予的只有底薪,其他的都要靠你自己,才能核算提成和奖金。加入我们公司,你等于从零开始了,你舍得吗？”

“舍得。舍得舍得,有舍才有得,不是吗？”武长春笑着说,“我今年 32 岁,还有机会重新再选择一次,如果再拖延下去,说不定连选择的机会都没有了。”

龙聿乐伸出手:“谢谢你选择我们,选择与灵猴王国的小伙伴们一起并肩作战！”

武长春用力握了握龙聿乐的手："我更感谢你们，让我有重新认识一次自己的机会。"

"你什么时候能来上班？"龙聿乐问道。

"一个月以后可以吗？我还需要半个月时间在明达软件做工作交接，还有半个月我想陪夫人去一次欧洲，她说了好多年了，一直忙，没机会去，这次趁着辞职的机会，再给自己放半个月的假期，陪陪她。"武长春说着揉了揉太阳穴。

"期待一个月后再见到你时，已经是焕发光彩的你！期待你的加入！"龙聿乐说道。

武长春的加入也惊呆了梅以森："龙总你是用什么魔法把武长春也收入麾下的？"

龙聿乐不知道如何回答，牙缝里迸出两个字："缘分。"

梅以森思索了一下点了点头："那在我们公司安排一个什么职位给他？"

"你开会时不是说缺市场部吗？就把市场总监的职位给他，再给他五个人员编制，让他自主去招人，把市场部组建起来。"龙聿乐说道，"我们的机器人迟早是要投放市场的。"

"那投放市场前的调研呢？是否还像以前一样再招聘组建个策划部？"梅以森问道。

"这个免了，让武长春部门一并去做吧，五个人员可以有一两个是一并做着策划，市场和策划本是相通的。武长春历练了那么多年，应该都会，相信他吧。"

静谧的西郊花园。一轮圆月正悄然升起。

屋内灯火如昼。刘香芹一家人围坐在一起。虽是简单的家宴，依旧是一桌子毫不含糊的菜，清蒸桂花鱼、田园野菌炖竹苏、酸汁金汤津羊肉、有机小米烩辽参……刘香芹的心思全然不在菜上，举着酒杯对父母说："爸妈，来！我敬你们一杯！哥现在在公司慢慢适应新的生活，我们家最难的时候终于过去了！"

刘明星这时候也难得正经地举起酒杯说道："香芹，这几年苦了你了！"香芹摇了摇头，刘明星继续说道："以后哥宠你一辈子！不管你愿不愿意再嫁人，哥都宠着你！"

母亲感慨道："都是一家人，记得你们小的时候，我们家家境也不好，那时候还是在乡下，妹妹被人欺负，明星二话没说冲上去打了人家，还把人家打伤了，人家爸妈找上门来时，我们没有钱赔，你爸只有狠狠地打明星，打到人家没话说。妹妹就哭着求我们不要打了，可是我们有什么办法呢。后来你爸就出门做了生意，遇到难的时候就想想伤痕累累的你们，怎么都要咬牙坚持下来，就这样渡过一个又一个的难关。现在日子好了，就想你们两个都能幸福，我们就别无所求了。"

香芹听得泪流满面，从小到大父母忙碌不在身边的时候，都是哥哥护着她的，想想哥哥为她付出的，她这几年为哥打的江山真的算不了什么。"爸妈，哥哥，从小到大都是你们守护着我，我却一直任性妄为，原谅我。"

母亲也深深明白，儿子进去的这几年，香芹是多么不容易："说什么呢，孩子！"

"请原谅我又一次的任性，我决定把蓝翎资本全部交给哥打理。"香芹继续说道，"我在上周拿到了欧洲一所大学的研究生录取通知书，是我一直想去念的哲学系。"

刘明星猛地站了起来："是不是孙佳琦那臭小子又欺负你了？我去收拾他！好好揍他一顿，让他离你远点儿！"

香芹拉住了他，说道："不是的，他回来的这段日子一直在照顾小宝，也没什么过分的要求，我是想做自己想做的事情。”刘香芹认真地说，“哥！你看我也挺聪明挺能干的不是吗？哪那么容易被人欺负啊！这几年我把公司做到现在的规模，我也很尽力了，也可以把一个像模像样的企业交到你手里。我这个人没什么太大的理想，这些年不断追求名与利的过程中，我不断在思索这是不是我想要的，后来想通了，这是我想给哥哥的，想让哥哥出来以后不被原来的朋友看不起，想让哥哥更轻松点儿，想为哥哥撑起这个家，光大门楣，但是不是我想要的呢？我思来想去，我最想要的生活是怎么样的？我觉得我一生中最快乐的时光是和小龙女一起在欧洲读书的时候，那时我们简单纯粹，好像什么都不为，什么都不求，生活得很开心，我很想回到那时候，可是时间已经没法回去了。我没有申请 MBA，对商业我也无心恋战，我就想读点儿纯粹喜欢的书。”

香芹的一番话让刘明星不知道说什么好，木然问了一句：“那刘小宝怎么办？你舍得与他分离吗？”

“他这个年龄的孩子已经会思考了，我会问他是不是想跟我去欧洲，我觉得他去那边读书也挺好的，我们白天可以各自上学，晚上住在一起我依然可以照顾他，至少比现在照顾他的时间要多很多。”刘香芹说着，想着这几年常常时不时地天南海北出差，内心最愧对的人就是儿子了。

一直沉默的父亲问了一句：“想好了吗？”

香芹点头道：“是的，想了几天了，终于有机会对你们说出了口。”

刘明星气乎乎地问：“那么孙佳琦那个臭小子你打算怎么办？”

香芹说：“他是他，我是我，我们两个是独立的个体，我想怎么办用不着跟他交代，他要怎么样也轮不到我去管，随他去吧，任他热度散去，爱哪哪去呗！那么大一个男人，都已经死过一次了，还操他的心干吗？”

“那你呢？对他还有那个心思吗？”刘明星问道。

“过去我活得迷糊，现在没那个心思，未来谁也不好预言。”刘香芹语重心长地说道，“哥，现在蓝翎资本的账上有很多位数，它有可能成就你，也有可能覆灭你，你一定要清醒地把握好！”

刘明星说道：“放心吧！在里面的那几年我也想明白了很多事。只要你不患得患失，蓝翎资本我替你守着，发扬光大我可不敢说，至少你的学费够用的。”

“我的学费还用你操心，我这几年投行女王的名号可不是白叫的！”

“好啦！我的女王！”

在学院路上的一家咖啡馆里，龙聿乐推门而入，门口的服务员热情地招呼道：“欢迎光临学院咖啡！请问您几位？是否有预订？”

“A8 号包厢，谢谢！”龙聿乐回答道。

“是刘总订的是吗？里面请！您是第一次到我们店里吧？”服务员滔滔不绝地介绍起来，“我们店用的是自制烘焙的混合咖啡豆以及本地食材制作的菜肴，此外，我们还为顾客们提供生活智慧，旨在与人建立联系，引领丰富而有意义的生活。与哲学家阿兰·德波顿所创建的‘人生学院’原则一致，我们的目标也是创造一个空间，不仅以美食满足味蕾的追求，也将致力于让顾客们的精神和灵魂得到滋养，使顾客们在离店时成为更加丰富、更加美好的自己。”这位服务员的话很出乎意料，龙聿乐莞尔一笑，果然是刘香芹，选的店都那么香芹式理想。

随着服务员的指引往里走，龙聿乐发现迎面立着一尊铜像，仔细一看居然是现代哲学之父苏格拉底，服务员见她看得专注便说："您可以触摸他的头，或许能获得些许圣贤智慧。"龙聿乐微笑拒绝，示意服务员带着往前走。智慧哪是摸一摸就能得来的？

"这是我们店的'拥抱点'。"服务员指着地板上一块写着"拥抱点"的花纹地砖说道，"当两个人站在这块地砖上，他们就应当拥抱在一起。如果有顾客在这上面拥抱，我们会送上一杯咖啡，还会附带送上历史上伟大作家的一句智慧警句，激励人们重新评估自己的选择，让生活更有意义。"

"你们真是一家很有特色的咖啡馆。"龙聿乐肯定道。

"这里就是 A8 号包厢，您的朋友还没来，请坐，稍等片刻。"服务员说道。

龙聿乐坐下来，看着窗外的风景。这条路之所以叫学院路，是因为路两边都是大学，这里是大学城的中心地带。看着窗外走过的富有书生气息的孩子，无忧无虑的时光真好。

服务员端上一杯茶水，附赠了一张卡片，上面写着：爱和爱的欲望说要偷去聪明者的智慧。

龙聿乐心想，果然是一家很文艺的店啊。

不一会儿香芹到了："这么晚还能叫得到你出来。"

"我正好刚下班。"龙聿乐说道。

香芹看她摆弄着手里的卡片，接过来一看，说道："在古希腊神话里，爱神阿芙罗狄忒，她由海上泡沫产生。她诞生时，足下盛开着美丽的鲜花，被西风神吹送到塞浦路斯岛。众神热情地接待了她，给她穿上艳丽的服装，把她带到奥林帕斯山。她绝伦的美貌，吸引了众神，他们都希望拥有她，连宙斯也为之心动。因她执意不肯接受宙斯的求爱，最后被迫嫁给了最丑的匠神。爱神的表征物是一条神奇的腰带，上面写着：爱和爱的欲望说要偷去聪明者的智慧。这条腰带隐藏着她诱人的秘密。"

"那你呢？半夜约我来这里说什么秘密？"龙聿乐狡黠地问道。

刘香芹调侃道："小龙女无论有没有爱和爱的欲望，都那么聪明，那么智慧。"她抿了口咖啡继续说，"我要回欧洲去读研了。"

虽然和刘香芹认识那么久，已经很习惯她的出乎意料，龙聿乐还是惊讶了好一会儿，问道："什么时候？"

"下个月就走。"刘香芹淡淡地说道。经历过世态炎凉，也经历过高光辉煌，这都算不了什么大事了。

"孙佳琦呢？他知道吗？"龙聿乐继续问道。

"在征询小宝的意见后，我就告诉了他。我问了儿子的想法，他说想跟着我一起，不想没有妈妈在身边，我就在我的学校附近给他找了所幼儿园，带他一起去。"刘香芹说起儿子满脸温情，"他刚起来还跟我闹，他说他也不想和爸爸分开，要让爸爸也一起，我就明确跟他说，必须要做个选择。现在的孩子不能哄不能骗，只能把事情如实相告，让他自己去选。他既然选了我，就让他跟着我吧。"

"那孙佳琦听了之后有什么反应？"龙聿乐想着可怜的孙佳琦一下子又要失去老婆孩子了。

"他没什么反应，只是问了我在那里的住址，他说能不能来看看我们。"刘香芹说道。

"那你怎么回答他的？"龙聿乐索性打破沙锅问到底了。

“还能怎样？刘小宝现在特别喜欢和他在一起，让他做一个跟爸还是跟妈的选择已经很为难他了，孙佳琦如果得空能来的话，对小宝也有好处。你说是吧？”刘香芹说道。

“那是当然，孙佳琦对小宝多上心，之前听说小宝得了手足口病，他不仅陪着小宝去住院，好了以后还天天去学校做义务清洁工，打扫消毒。我看得出来他是真心疼小宝的。”龙聿乐说着，希望局外人都能看得到的真心，当局者也能明白一两分。

“小宝得手足口病我正在外地出差，孙佳琦带他去医院我是知道的，他去学校做清洁工我可不知道，你听谁说的？”刘香芹问。

“还能有谁，许少倾说到处找不到孙佳琦，原来他打扫卫生时手机掉进消毒水桶里泡坏了。”听龙聿乐这样说，刘香芹想着孙佳琦死而复生的这段日子，她确实对他不闻不问。

就在一闪而过触动的神情里，似乎流淌着一丝不舍，转眼间刘香芹又掩饰过去了，说道：“说起许少倾，他前阵子找我们喝酒了，说你向他求婚了，却又不理他了。这是怎么回事啊？”

龙聿乐双手捂住脸：“这事追根溯源，我回头还得找刘明星算账，给我们喝的是什么酒，那么容易醉倒，你知道的我这酒性，一喝醉就容易忘事，我记忆里怎么都搜寻不到这篇章了。”

“那你就打算这样子把许少倾给晾着啊？”

“我还没想好怎么面对他，丢死人了，还向人家求婚。”龙聿乐郁闷道。

“你放着大好的幸福不要，求的人可多了去了。”刘香芹训诫道。

“我怎么听着你的话里有话，跟我如实交代！”龙聿乐说。

香芹喝了口杯里的咖啡，娓娓道来：“大名鼎鼎的清和纸业你听说过吧？他们董事长对小女儿宠得不得了，自从那个从小在蜜罐里长大的小女儿方念瑶留学回来，大大小小的活动都能见到这位千金的身影。”看着龙聿乐的表情，香芹继续说，“你向来不爱凑这些热闹，可能不太了解。听说这位千金对许少倾一见倾心，正对他展开穷追猛打的追求。”

“你哪里听来的八卦？”龙聿乐扑哧一笑，这些年许少倾的魅力她是再清楚不过了，对他倾慕的女子数不胜数，还真有追上门的，都被他冷言拒绝了。

“昨天在饭局上。这不觉得事态严重，马上给你通风报信吗？”刘香芹说道。

与香芹的约会结束后，龙聿乐居然不知不觉将车开到了晴空大厦楼下。

她回忆着，自上次许少倾拉着她去家居市场买窗帘遭拒后，他们好像真的没有再见过面，她天天研究着新的项目，方案一讨论就是半天，再修改再做，似乎她已经把许少倾抛在脑后了，简单的信息也是在收到后几个小时回的，互动少之又少。原来她已经冷落他好久了，她才想起来。可是这大半夜的，堵在楼下是干吗，她笑了笑敲了敲自己的脑袋，自言自语地呢喃了一句：“我在瞎想什么呢？”

正想离去时，看到一个熟悉的身影，这么巧，龙聿乐的嘴角扬起，笑出梨花浅窝。

正想从车里出来时，却见到许少倾上了一辆红色的跑车，看不清里面的人，龙聿乐丝毫没有犹豫地开车跟了上去。

喧嚣的城市在凌晨静了下来，路上的车三三两两地穿梭在大街小巷里，那辆红车停在昭州市最高级的酒店德喜酒店的门口。龙聿乐看到从驾驶室出来的是一位明丽的少女,立马停了车跟进了酒店。

看到许少倾和那位少女走到了酒店大堂区,大堂的椅子很高大,她就在旁边一侧选了位置坐了下来。

“小姐您要什么饮料?”服务生问道。

龙聿乐直勾勾地看着许少倾的背:“跟他们一样。”

“他们要两杯普洱茶,您是要一杯呢?还是两杯?”服务生继续问。虽然服务生心里暗暗想着,这年头发生在酒店抓奸闹事的也不多,这半年还来闹的就更少了。

龙聿乐看到服务员那种似乎是在说我懂的眼神,气不打一处来,闷了句:“一杯!”半夜喝两杯普洱肯定是要失眠,可是看着眼前的情形回去她也睡不着。

脑子里盘旋着一万个冲上去捍卫主权的画面。却在不一会儿之后被许少倾先发现了她,走过来问:“聿乐,你怎么在这里?”

龙聿乐回了句想问了很久的话,是今天晚上最想知道答案的问题:“这句话应该我问你,你怎么在这里?”

“少倾哥哥这是谁呀?”许少倾身边的少女问道。

“我是他未婚妻。”听到龙聿乐这样的回答,许少倾的脸上从刚才偶遇的惊讶,掠过一抹偷笑的神情,他尽量掩饰住嘴角的幸福。只听见龙聿乐说道,“你不是已经答应我的求婚了吗?守点儿夫道好不好?这个点儿到酒店来干吗?”

许少倾说道:“聿乐,我给你介绍一下,这是方念瑶!是你以前打过交道的清和纸业的方叔叔的女儿, 一直在瑞士留学,最近刚回来。”然后对方念瑶说道,“瑶瑶,这是聿乐,是我的女朋友,是我爱的人。”

方念瑶伸出了手跟龙聿乐握了握,说:“我送你们回去吧!”

“已经很晚了,你一个小姑娘在外面也不安全,我开了车。”龙聿乐挽着许少倾的手臂说道:“走吧,回家吧!”

许少倾向方念瑶告别道:“今天谢谢你,不好意思,那么晚你一个人回去注意安全!”

龙聿乐开着车沉默着,许少倾看着她生气的脸,左看右看忍不住笑出了声来。

“许少倾,你还好意思笑!”

“我只是第一次发现你吃醋的表情那么逗,不好意思没忍住。”许少倾如实说道。

“谁吃醋了!”龙聿乐真是越想越来气!

许少倾握住她的手,“好啦!别生气了。我也加班到很晚,要不是发现她的未接来电回过去,我今天都忘记了约了方念瑶联系好了瑞士的医生。晚上跟她出来我想很多咖啡馆都在晚上 10 点就关门了,所以就去酒店大堂吧喝杯茶。你不会是想歪了吧?”看着龙聿乐沉默不语,许少倾用另一只手拍了拍她的手背,“我要是有那个心思,也是对你,不是对她呀!”

“许少倾,你啥时候、跟谁学的这套油嘴滑舌?”龙聿乐抽出了被他握着的手,双手握着方向盘问道,“你要联系瑞士的医生做什么?”

“方念瑶瑞士毕业回国,和她父亲来医院看我爸,他们聊起方叔叔曾去瑞士的医院看病,我爸萌生了想去那里的医院就医、做康复理疗的想法,我找方念瑶联系瑞士医院的医生了解情况,我也让助理找了几所医院做个比对。”许少倾解释道。

“许董事长想去瑞士?”龙聿乐说道。

“他想去尝试一下。现在医生对他的身体做过评估,也鼓励他去，或许到了瑞士能康复也说不定。我希望他能安享晚年，不要被残躯折腾得痛苦不堪，能健康地活着才是最重要的。”许少倾说道。

龙聿乐想安慰一下许少倾，可是小区的栅栏门升起来了，让她猛然想起：“对了，我刚气昏了头，一直开，开到我家了。”

“那今晚就靠你收留我了。”许少倾狡黠地笑了。这话听得龙聿乐不知如何应答，许少倾继续道：“先开过去吧，栅栏等你很久了。”

龙聿乐进门打开灯，对许少倾说：“你是来我新家的第一位客人，你等一下，我找一下出差行李箱里的一次性物品给你。”

“你有那么多朋友，没招待来新家参观一下？”许少倾看着这套现代简约风的住宅。

“我不擅厨艺，也没空整理打扫，所以不会在家招待朋友。”龙聿乐说道，“就父母偶尔会过来做顿饭，这里离他们的小院只有十几分钟车程，他们也不住这里。”

等许少倾换上了一次性拖鞋刚坐下来，龙聿乐继续说道：“这里虽然比燕莱公寓大很多，但是我只有一个卧室一张床，你睡客厅沙发，我去给你拿被子。”然后似乎又想起来什么一拍脑袋，“对了，前阵子刚好我给我爸买了睡衣，还没送去，先给你用吧。浴室在这里，这是一次性毛巾、沐浴洗发用品。你先进去洗澡，我给你沙发上铺好床。”许少倾还没来得及说什么就被龙聿乐推进了浴室。

这是要留宿他吗？许少倾嘴角微微往上扬，这女子一旦忙起工作来就连他都抛诸脑后，可热情起来也是如火如荼的。

夜深了，灯都熄灭了，一轮圆月爬上屋顶，从落地窗向外望去，城市的灯光渲染得更加浪漫迷离。

许少倾抱着被子到龙聿乐这里。

“你下去！”龙聿乐呵斥道。

没想到许少倾黏得更紧了：“你还在因为晚上我见了方念瑶的事生气吗？如果你不喜欢，我可以以后都不见她。”

被许少倾一语道破，龙聿乐有点儿心虚道：“我也没有那么小气，至少你得看看时间，几点了还去约人家，去哪不好偏偏去酒店，能不叫人误会吗？”

“夫人批评得对，夫人教育得对，我以后一定注意时间、地点、场合。”

“谁是你的夫人？”

“你不是向人介绍都说是我的未婚妻，又想赖？”说着许少倾半撑起头看着龙聿乐。

“我……”龙聿乐想反驳什么，被许少倾绵长温柔的吻封住，在他压下来的那刻，他的气息萦绕在她的周围，那么迷人，那么叫人沉醉。

“明天是周末你要去上班吗？”许少倾问道。

“这个周末不用上班，之前加了一个多月的班，总算得到一个阶段性的成果，所以这个周末大家都休息。”龙聿乐说道。

“那你愿意陪我去里坑村看看吗？”许少倾问。

“好啊，什么时候出发？”龙聿乐问。

“睡到自然醒以后。”许少倾说道。

在刚才令她眩晕的气息里，龙聿乐似乎在脑海里想起了什么。熟悉的味道让她再次沉沦。

喝醉酒的那夜龙聿乐被许少倾带回家，抱上三楼的主卧他的房间，他为她卸妆擦脸后，跟她道了晚安，是龙聿乐一把把他抓住，将整个人拥入怀里，哭着说："许少倾，创业真的很辛苦，也许不被周围的人理解，也许一个人要撑起的太多太多，你当初是怎么挺过来的？我怎么好像就挺不过来了？我能不能就这样不干了，就这样嫁给你，你也会嫌弃吧？我现在就好想好想做个全职太太。"

许少倾抚摸着她的头发说："不会，我怎么会嫌弃你呢？你不想干就别干了，别说这辈子养你了，我赚的钱足够养你三生三世都没问题。你爱做什么就做什么。"

"真的吗？"龙聿乐坐了起来，抹了抹眼角的泪花，拿起许少倾的手放在他的胸口问："许少倾先生，你愿意娶龙聿乐小姐为妻吗？一辈子照顾她，爱护她，此后余生这辈子只能爱龙聿乐一人，无论她挣不挣钱，都愿意养她一辈子吗？摸着你的良心说。"

许少倾把手放在心脏位置认真地说道："我愿意。"

听到满意的答案，龙聿乐枕着许少倾的手安然入睡。她好久好久都没睡过那么沉的安稳的觉了。

原来真的是她向他求的婚。龙聿乐脸刷地红了，拉起被子整个人钻进了被窝里。

第二天上午，一阵门铃声将许少倾吵醒，看着龙聿乐翻了个身，原来还在睡梦里，他想着哪个快递那么早，他去开门替龙聿乐收着，10 点多时间还早，让她继续再睡会儿吧。

他起来开门的那一刻犹豫了一下，暗想着"不会又那么巧吧？”可是阵阵门铃声让他来不及想太多，站在门口的那一刻又一次石化了，按门铃的那位的惊讶也不比他的少。

“阿姨好！”许少倾尴尬地挠了挠头，他还穿着龙聿乐昨天给他的花睡衣，按门铃的人用诧异的眼光扫视了一圈后，才开口道：“我忘记带钥匙了，昨天跟小龙女联系过，她说今天在家，我给她送些新鲜的蔬菜来，还有他爸刚包好的饺子，你们还没吃早饭吧？我去给你们做。”

“好，那我去叫聿乐起床。”许少倾说。

“不急，让她再睡会儿吧，等饺子做好再去叫她。你能过来帮忙吗？”龙聿乐妈妈问道。

偌大的厨房里，龙聿乐妈妈娴熟地打开冰箱放进蔬菜，再将里面的过期食品清理干净。“你把芹菜叶子择了洗干净吧！”许少倾接过一捆芹菜劳动起来。

龙聿乐妈妈思索一会儿问道：“你们同居了？”

“没有，没有。”许少倾连忙否认。

“你们打算什么时候结婚？”龙聿乐妈妈继续问道。

“聿乐想什么时候就什么时候。”许少倾老实回答道。

听到这个回答龙聿乐妈妈似乎是不太满意，提高了音调：“什么时候都由着她怎么行！那你呢？你是怎么想的？”

许少倾停下手中的活，说道：“我这辈子就认定了聿乐一人。”

许少倾对他们两老的付出，龙聿乐妈妈是看在眼里记在心里的，看着他那么坚定，她叹了一口气：“我这女儿从小就要强，她从来不甘心做个失败者，事事都要做到自己满意，事业心强，爱情却是稀里糊涂，还好她遇到的是你。你们在一起都好多年了，既然你有那个心，我就去给你们选个日子，先登记了，然后办场婚礼，两个人就名正言顺在一起吧！”

得到准丈母娘的认可，许少倾心里乐开了花：“好！全凭您做主！”

“你爸妈都在昭州市吧！什么时候约出来见个面？你的婚姻大事，也是做父母的大事，看到你们找到理想的伴侣，成了家，我们才心安。”龙聿乐妈妈说道。

“我爸妈都在，他们都退休了，时间都可以，您和叔叔什么时候方便？我安排个地方，接我爸妈出来，和你们见面。”许少倾说道。

“既然都将是一家人了，也不用那么见外，来我们白鹿农庄的小院好了，吃点土菜。”龙聿乐妈妈说。

这时候龙聿乐双眼迷蒙地走了出来，看到眼前的妈妈和许少倾在厨房里忙碌着，她使劲揉了揉眼睛：“妈，你怎么来了？”

“小龙女醒了！去洗漱一下，过来吃饺子吧！”龙聿乐妈妈说道。

三个人坐下来吃饺子时，龙聿乐妈妈开始念叨：“前几天李婶的女儿二胎满月酒，我和你爸都去了，那个孩子可爱得很，胖乎乎，虎头虎脑的。”

“哪个李婶？”龙聿乐丈二和尚摸不着头脑。

“就是你小学同学韩梦琪的妈妈，李婶，也是你爸爸的堂妹。”

“哦。”龙聿乐似乎想起了什么。

“还有隔壁老陈女儿发来了喜帖，他女儿又生了个儿子，请我们下周过去参加百日宴。”

“哦，那你们最近很忙嘛！”

听到龙聿乐这样调侃，妈妈似乎很不高兴，嘟囔着：“我也很想抱孙子！”

龙聿乐喝汤的瞬间差点没呛到：“你不是很有生活理想的吗？你说儿女们的生活是儿女们的，你和爸一直坚持要有自己的生活，有自己的理想，有自己想过的日子。”

“我现在理想变了，我想抱孙子，想享天伦之乐了！我身边的老伙伴们孩子都结婚了，别说抱孙子孙女了，他们都有俩了，你也谈了那么长时间的恋爱了，我看许少倾这小伙子也真心不错，你为什么还不结婚？”

“妈！我们的事让我们自己做主！”

“自古以来，婚姻都是父母之命，媒妁之言，我说都不能说了？”龙聿乐妈妈说着说着就来气了。

听着她们之间的争吵，许少倾赶紧出来打圆场：“阿姨您的心愿我们了解了，我们会尽快让您如愿的！”

“这还差不多！”

温暖的周末上午，刘小宝左手牵着孙佳琦，右手牵着刘香芹，欢乐地走在绿荫小道上。看到了蝴蝶，他雀跃地松开他们的手，去追蝴蝶。

孙佳琦先开了口：“今天谢谢你，愿意陪小宝去参加同学的生日会。”

“小宝也是我的孩子，他第一次去参加小朋友的生日会那么开心兴奋，我也不忍伤他的心。”香芹自责道，在儿子上幼儿园期间，她确实陪他的时间很少，儿子也很懂事，从来不要求她什么，这次突然拿着同学手绘的生日邀请函卡片来求她带着他去参加同学的生日会，她又如何忍心拒绝他。

“刘小宝！刘小宝！”刘小宝顺着小朋友们的呼喊声，远远地看到了他们的身影，兴冲冲地说："爸爸妈妈你们看，他们在那里！快把礼物给我！"然后往手指的方向，迅速地提上礼盒便向那边跑，欢呼道，"我来啦！蓉蓉，这是给你的生日礼物，祝你生日快乐！"他雀跃地跑去，很快就和其他孩子们玩成一片了。

这是他班上同学顾思蓉的生日，在公园里的一个会所，草坪上布满了气球，孩子们欢快地玩着，大人们烧烤，喝茶聊天。

主人也发现了他们，迎了上来，"小宝爸爸、小宝妈妈你们好！我是蓉蓉的妈妈，欢迎你们，蓉蓉爸在烧烤，你们想吃些什么？过来拿。"顾思蓉妈妈热情地说道。

"你好！蓉蓉妈，谢谢你们的邀请，昨天小宝兴奋了一晚上，迫不及待地想要来参加蓉蓉的生日会了。"刘香芹说道。

顾思蓉妈妈向香芹一一介绍了其他小朋友的爸爸妈妈。

"第一次见到小宝妈妈，以前都是奶奶来幼儿园接送小宝的，现在都是爸爸来。"涵涵妈妈说道。

"他妈妈工作忙。"孙佳琦开口道。

"小宝爸爸真的是为我们班贡献很大，上次班级里发现手足口病，他每天都来班里消毒打扫，比学校的保洁还勤快。"雨点妈妈说道。

刘香芹看了一眼孙佳琦，没想到他默默做了那么多。

"上次蓉蓉摔伤了，还是小宝爸爸正好在学校里帮忙时发现的，第一时间协助老师送她去医院，还没好好谢谢小宝爸爸。"顾思蓉爸爸说道。

"举手之劳不用客气。"孙佳琦说道。

刘香芹这时才恍然大悟，原来小宝和同学们关系越来越好，一半都是孙佳琦的功劳。

龙聿乐和许少倾吃过早中饭便驶上了去往里坑村的路，那是他们初次相遇的地方，没想到一晃眼那么多年过去了。

山路还是崎岖的山路，山峦还是起伏的山峦。但是佳人在侧，似乎心情都不一样了。眼中的景致似乎被神仙渲染过，那么美，好似仙境般。

车沿着山路到达里坑村的南山酒店，龙聿乐看着眼前平地而起的酒店："这里跟以前大不一样了。这些都是什么时候建成的？"

"你去洛杉矶没多久就开始营业了。"许少倾下车，帮龙聿乐开了车门，牵着手往里面走："你还记得吗？你残忍地抛弃了我半年，在你失联的日子，我想你想得深了就来这里看看。"

"下次不会了。"龙聿乐看到他失落的神情安慰道。

"还有下次？"许少倾佯装怒瞋道。

"没有了没有了。"龙聿乐贴着他像小猫似的蹭了蹭。

这时酒店的总经理迎了出来："许董，您来了！一切都已经准备妥当。这是您的房卡。"

许少倾点了一下头，接过房卡塞进上衣口袋，把龙聿乐手里的行李交给他，说道："交代个服务生把这背包送去房间。你去忙吧！今天不是来工作的，我们自己逛逛。"

待酒店总经理离开后，龙聿乐开口问道："我们去哪里？"

"你明天还要工作？"

"这周末休息，但是我只带了一些随身物品，也没有带换洗的衣服。"

"不用担心，这里什么都有。"许少倾指向酒店一角，"这里是商店，卖衣服的，我待会儿就交代人送几套合身的上来，你明天先将就着穿。往里走有产品销售街，有陶艺手作艺人在这里卖陶艺作品，也可以为想玩陶艺的人现场教学。还有农产品销售中心，周边乡镇的农民可以把自己的农产品放在我们这里销售，我们还有产品设计部，每个时间节点如端午节、中秋节等会推出礼盒装。这里面还有很多各式小店，周末的时候很热闹。”

“许少倾，做得不错。”龙聿乐给他点了个赞。

“我们去山里逛逛吧。”许少倾牵着龙聿乐的手往外走。

路边树林里居然还养着孔雀，看到草坪上自由自在、闲庭信步的孔雀，龙聿乐偷笑着问许少倾：“它们见到你会开屏吗？”

“它们已经审美疲劳了。”许少倾回道。

漫步在青翠的山林里，美景随处可见，许少倾介绍道：“沿着山路向上走，是度假式的别墅，特别注重客人的隐私度，也让我们的贵宾在人迹杳然、美景浑然天成的地方尽情享受。客人可以选择在这里置业，作为有形的房地产投资，业主还可在酒店住宅空置时进行酒店客房出租。”

“买的人多吗？”龙聿乐看着这一幢幢设计独特的水泥建筑，隐于山林，与自然相融合，是理想的世外居所。

“在推出的半年里就卖完了。”许少倾说道，“这是用可再生材料建造的，我们还控制了能源消耗量及用水量，利用周边天然资源有效经营，建设舒适的住宿环境。餐厅用的是山里新鲜的有机食材。我们配套还有水疗中心，做 SPA 美容，养生护理。你要是想住一个礼拜，我可以帮你做一整套的服务体验，保证每天不重样。”

“那我先想想今天做什么。”龙聿乐望着那山说道。

“来到这里你就不用费心想了，只需要告诉我想住多久。今天已经安排好了，晚上有个派对要参加。”许少倾摸了摸她的头。

“什么派对？我没带礼服。”龙聿乐问道。

“礼服我给你准备好了，你等一下去房间选吧。”许少倾说道。

许少倾带着龙聿乐来到一间专属高级客房，房间宽敞明亮，宾客可以通过落地玻璃欣赏山林美景。房间内造型师早早地候着了：“许董好！龙小姐好！这里有几套礼服您看看中意哪套？选好我们先化妆。”

许少倾在龙聿乐额头一吻：“我在外面等你！好了给我发信息。”

龙聿乐还没反应过来，许少倾就带上了门消失在视线中。

“今天是什么派对知道吗？那么隆重。”龙聿乐问。

“不清楚。”造型师摇摇头，“您喜欢什么风格？”

“简单点。自然点。”

对着落地玻璃外的美景，造型师的话似乎都化于无形，龙聿乐只顾饱览农田绿林，郁郁葱葱的植被，山林云雾缭绕，晕染出宁静祥和的美妙光景。

龙聿乐看着镜子中的自己，楚楚动人，很久没有这样花时间打扮自己，也很久没注视过自己了。

这时酒店经理带着服务生敲开门说道：“龙小姐，派对就要开始了，请您跟我们一起下去吧！”

夜幕降临，霓虹灯光渲染出酒店的摩登时尚。龙聿乐随着他们爬上山腰，穿过苍翠静谧的竹林，走入一个浪漫的私密花园里。

扑面而来的是大自然的气息，中间仿佛夹杂着花朵的芳香，林间传来的清越鸟鸣声，田园诗般的湖畔，花园里还有自由行走的兔子和孔雀，小径上洒满了玫瑰花瓣。“这是来参加谁的婚礼？”龙聿乐问酒店经理。

“您往前走，许董就在前面等您。”酒店经理把手提的蜡烛灯交给她之后就走开了。

这时响起了小提琴的乐声，龙聿乐随着乐声，踏着花瓣往前走，走着走着漆黑的路上忽然亮起了灯。

许少倾一袭浅蓝色的西装在灯光下熠熠生辉，他拿着玫瑰花和钻戒走过来，单膝跪下：“聿乐，嫁给我好吗？”

龙聿乐被他突如其来的求婚惊得有些手足无措，捂着嘴不知道说什么好：“你怎么突然搞这些？”

许少倾还是跪着：“你愿意嫁给我吗？”

“那你是不是这辈子就爱我宠我一个，不看别的女生，也不搭理别的对你有兴趣的女生，从此就待我一心一意，一生一世一双人，你可做得到？”

“那是自然，从爱上你的那一刻，我的眼里，我的心里再也容不下其他人了。”

“等我老了，你也不能嫌弃我。”

“这一生我都会爱你如初，护你一世周全，让你衣食无忧，幸福生活。”许少倾为龙聿乐戴上了钻戒。

龙聿乐接过许少倾的花，和他拥抱在一起，流下幸福激动的泪水。没想到许少倾还有如此浪漫的一面。

此时音乐风格轻轻转变，变成轻松欢快的音乐。礼花四起，朋友们从四周走了出来。

龙聿乐捂住眼，用拳手轻轻捶了一下许少倾：“你怎么还叫了那么多人看热闹？”

“要大家给我做个见证啊，要是你像上次跟我求婚后第二天要赖不记得怎么办？”

龙聿乐一声“你”下面的话还没说完整，就被许少倾俯下身深情一吻，堵住了她的话语。

良久，他才放开她，在她耳畔轻声说：“上次你喝醉时我就跟你说过，求婚的事还是让我来。”

山里的夜好久没有那么热闹，香槟，烧烤，派对，每个人都沉浸在幸福的喜悦里。

就在这一刻龙聿乐才觉得幸福是真真实实存在的。

遇良人，得此生。

星光点缀着夜空，花园里到处弥漫着馥郁花香和欢声笑语。许少倾拉着龙聿乐随着音乐跳起欢快的舞蹈。

这样的夜晚此生难忘。

在朋友们歌舞升平时，许少倾拉着龙聿乐的手问：“饿不饿？”

龙聿乐看了看手表已经是晚上10点多，还是上午吃的饺子，晚上几乎没怎么吃东西，被许少倾一问龙聿乐似乎也发觉饿了。

许少倾牵着龙聿乐往外走，“去哪里？主人不打招呼这样走掉不好吧？”龙聿乐小声道。

“没事，他们住的每套房子都有一位管家会照顾好他们的，随他们尽兴去玩儿吧！”许少倾说道，“我们去吃点儿东西垫垫肚子。”

沿着山路小径，到达半山腰的一幢郁郁葱葱的植物绿地所环绕着的别墅里，从阳台可以欣赏到湖光山色，似乎让人在喧器之外找到了丝丝密密的安宁与平静。

主厨呈现了一场充满大自然气息的盛宴，时令鲜菇烩浓汤，滋味鲜美无穷；澳洲和牛牛柳配青豆泥，配以有机田园蔬菜，佐以红酒汁，肉质紧密筋道，口感细腻清爽，满足味蕾的极致享受；湖鲜虾叻沙配小笼包，搭配滑嫩肉馅，溢于唇齿之间；树上刚摘的水果做成色拉，以丰富配料打造千回百转的多层次口感。山里的新鲜食材从头到尾、由茎到叶，每个部位都经由重新演绎、创意烹调后精致呈现，突显出厨师完美的烹饪厨艺。

“你们厨师手艺太好了！”龙聿乐满足道。

“吃饱了？”许少倾收起筷子问。

“很饱了。”龙聿乐摸了摸自己的肚子给予非常肯定的答案。

“想不想去做个 SPA 理疗？”许少倾问。

“吃得太饱了就想找个地方躺着看星星。太久没有看到那么多那么闪亮的星星了。上次是什么时候，是三年前和你一起出差的时候吧。雪域的星星真是漂亮，漫天的星辰，好像伸手就能摘得到一样。”龙聿乐说道。

许少倾按下开关，天幕自动打开。“这是一个伸缩屋顶，屋顶设有降雨探测器，如果下雨会马上关闭，让你安心躺在床上看星星。”

“今晚这房间归我了，你不要跟我抢！”龙聿乐说着一骨碌跳上床钻进被窝。

许少倾嘴角微微上扬道：“房间是你的，这间屋子也是你的。我也是你的。在建设这里时，我已经暗暗规划了以后我要在这里为你建一个家，我们有空的时候可以来度假，也可以自己种菜，湖里打鱼，不穿鞋，不看新闻，过慢生活。”

"在这里？"幸福来得太快，龙聿乐还没完全适应，睫毛微微翘起，眼睛眨巴眨巴地看着许少倾。

许少倾一时看得心旌摇曳，将手放在她的肩膀上："你愿意吗？"他的手轻轻地扫过，肩膀的衣衫滑落，露出迷人的锁骨，他的呼吸一下子急促起来。

还没等龙聿乐回答，他滚烫的唇印已经覆盖了欲言又止的她了，从唇到脸颊，到耳边再慢慢往下，没有遗漏一寸。衣衫慢慢地褪去，她好似融化在他的吻里，迷离间目光触及处已是痴醉的他了。

静夜里，感觉是前所未有的亲密都化为了炙热的一团火。

有轻轻柔柔的欢喜，从心田里慢慢地渗出。

太阳照射进屋子，龙聿乐在许少倾的臂弯里醒来。她轻轻地挪开他的手，生怕吵醒他，赶紧找条浴巾裹上去洗漱。

卫生间跟房间差不多大，还有一湾温泉池水直接在浴池里，龙聿乐将脚伸进了浴池，浴池旁备着一箩筐新鲜的玫瑰花瓣，她随手将花瓣撒进了池子，褪下浴袍，泡进温泉池。

龙聿乐惬意地泡在水汽氤氲的温泉世界，欣赏着窗外私家园林的景致，这里视野开阔明亮，可以眺望到层林尽染的山脉。

这时响起一阵敲门声，"聿乐，你在干吗？"

"涤荡精神，与大自然亲密接触。"

许少倾推开了浴室的门："悬浮早餐！"他将早餐木托放在温泉上。

"昨天那么晚吃的晚餐，现在我还吃不下，你先出去吃早餐吧，我再泡会儿。"说着，龙聿乐觉得脖子后面一阵痛，"是不是山里有小虫子，我脖子后面好像被咬了，你帮我从桌上拿个青草膏,好吗?”

“你转过来我帮你看一下。”许少倾应声说道,“是你的几根发丝缠进项链里了。”

“弄不出来就算了,把几根发丝一起拔了吧。”

“干吗对自己那么残忍,你等一下,我下水来帮你弄。”他细心地拨弄了一会儿说道,“好了。”

龙聿乐转身想向他道谢,用手捂住了眼说道:“你下水就下水,干吗还脱衣服?”

许少倾拨下了她挡住脸的手,“你见过穿衣服泡浴的吗?”

“你你你……”龙聿乐一时语塞,涨红了脸,走向浴池边缘去取浴袍。

许少倾在水里拉住了她的手,问:“我什么?”他的声音低沉充满磁性,温热的气息搅乱了她的呼吸。

阳光里,她肌肤如雪,眸光明丽,池水像一个巨大的漩涡,将他吸了进去。

他将她拥入怀里,轻轻抚摸她的脸,唇吻下,水浪下缓缓移动,随着水波荡漾,心潮犹如翻滚的巨浪,惊天席卷而来。

那是一种如万花盛放的愉悦。

晌午的南山酒店在宁静的山谷里醒来, 依旧蝉鸣悠悠,竹林苍翠,风光旖旎。

刘香芹漫步时遇到孙佳琦牵着小宝在花园里玩耍,“是妈妈!爸爸你快看!妈妈来了!妈妈妈妈!”说罢小宝冲向刘香芹的怀抱。

“小宝,你什么时候起床的?”香芹亲了亲他的脸蛋。

“刚刚。”

"吃过早饭了吗？"

"吃好了。"小宝回答道。

"想去玩儿什么？"香芹问。

"爸爸正带我认识植物呢。"小宝说着点着孙佳琦手里的植物绘本。

刘香芹对孙佳琦点头打了声招呼。这时遇到老李和老林、刘明星,"你们去干吗呢？"香芹问道。

"钓鱼。"老李说道。

刘明星抱起小宝问:"宝贝,要不要跟舅舅一起去钓鱼啊？"

"好啊好啊！"小宝张开手投入舅舅的怀抱。

刘香芹正想跟上来，小宝依偎在舅舅背上对她说:"妈妈，人太多鱼会被吓跑的,你还是在这里跟爸爸散散步,等我们回来给你们大鱼吃！"

这话听得老林一阵乐呵,走得远了偷偷问小宝:"为什么不让妈妈跟来？"

"爸爸妈妈要有独处的空间,我才能有弟弟！"小宝不屑地回答道。

"你这小屁孩还懂得真多！"老林感慨道。

"那么想有个弟弟？"刘明星问。

"那是当然！我特别想有个弟弟,有个妹妹也行。我还想爸爸妈妈和我住在一起。"小宝垂下了头。

孙佳琦和刘香芹并肩走在林荫石径上。"你变了很多。"香芹先开口道。

"变得怎么样了？"

"整个人变得平静了。"

“心有静意便得平和，如同千江有水自得千江月。”孙佳琦说道。

刘香芹扑哧一笑：“你怎么变得跟梓涵大师一样？”

“那你喜欢我变得怎么样？”刘香芹不知如何作答，两人陷入久久的沉默。

竹林幽幽，鸟叫蝉鸣，山里的时光格外的静。

“我下个月要离开了，以前你走的时候把资产全部都转到了我名下，现在你回来了，该还给你了。”刘香芹说道。

“给你了，你留着吧。”孙佳琦说。

“当初刚回来接管刘明星的公司时，很多资产都被查封了，一开始特别困难，靠着你给我的这些资金起步的。现在最困难的时候都过去了，那些钱也都赚回来了，也该还给你了。”刘香芹说，“就让我轻装上路吧，没有负担，没有遗憾，没有顾虑，我很想回到和小龙女一起上学的时光，单纯且美好。”

“那便如你愿吧。”孙佳琦依旧静如苍树柔润，双眸低沉清澈。

许少倾的车盘旋在山路上，他嘴上不自觉地挂着笑容。

“怎么那么匆匆赶回去？都还没跟朋友们好好聊聊天呢。”龙聿乐说道。

“你母亲大人给我发信息，说今天正好有人送了刚捕来的河鲜，让我们回去吃饭，现在赶回去正好。”许少倾说道。

“我妈为什么不给我发信息，给你发信息？”龙聿乐问。

许少倾得意洋洋地说：“可能我比较听话。叫你有可能被你拒绝。”

“不是可能，是肯定。”龙聿乐说道，“我都好久没见老李、老林他们了,我还想好好跟他们一起玩玩儿呢。”

“那抱歉了,你现在只能跟我玩儿了。”

“跟你玩儿什么?”

许少倾眉毛一挑,狡黠地笑道:“都行。”

龙聿乐看他这样子,没好气地说:“在想什么呢!好好开车。”

许少倾没理会她,独自乐呵,忽然想到什么,说道:“对了,你母亲大人还邀请了我父母。”

“什么?”龙聿乐说道,“这太突然了,我什么都没准备。”

看到龙聿乐手足无措的样子,许少倾摸了摸她的头:“你什么都不需要准备,该准备的是他们。”这句话听得龙聿乐云里雾里的。

在车上睡了一觉就到了白鹿山庄。父亲在厨房忙碌,母亲给他打下手,“妈!我回来了!”听到龙聿乐的声音,母亲才出来,“小龙女,你好好照顾少倾!再过一会儿就可以吃饭了。”龙聿乐妈妈想了想,又从厨房里折回来说道:“你们两个还是到白鹿山庄门口去迎接少倾爸爸妈妈吧!”

“门口就一条路!”龙聿乐抗议道。

许少倾牵着龙聿乐的手走在湖边,后面跟着一群小狗。

龙聿乐抱着吉他,坐在湖边的亭台旁,自弹自唱起改编的歌曲来:

小女子不才
得公子青睐
幸得遇良人
结为佳偶

公子登门拜访
小女子心中忐忑
此生将携手共度
不负深情
与你共白头
与你岁岁老
与你共度一生
相爱到老
与你伴天涯
与你赴未来

暖色浮余生
有好人相伴
所有爱慕之意
始于唇齿间
浸于岁月
表于将来
与君今生有缘
许凤冠霞帔
一世无忧
双宿双飞
与你共白头
与你岁岁老
与你共度一生相爱到老
与你伴天涯
与你赴未来

暖色浮余生有好人相伴

与你共白头
与你岁岁老
与你共度一生相爱到老
与你伴天涯
与你赴未来
暖色浮余生有好人相伴
小女子不才得公子青睐
幸得遇良人结为佳偶

夕阳下，龙聿乐背后的光芒似乎是自带的，许少倾和坐着的一排小狗子听得如痴如醉，久久才缓过神来鼓掌。

远远地，龙聿乐看到一辆黑色的轿车驶入视线，许少倾站了起来，说道："我爸来了！"

司机停下车，为许淳安和夫人开门，龙聿乐和许少倾迎了上去，"许董，您好！欢迎光临寒舍！"龙聿乐不知道说什么。

"在这里就不要这样称呼了，直接叫伯伯吧！"许淳安说道，"这里环境清幽，真是好地方！"

"许伯伯！许伯母！里面请！"龙聿乐改口得有些不习惯。

龙聿乐爸爸妈妈迎了出来，"欢迎欢迎！"许少倾介绍道："这是聿乐的爸爸妈妈！"

龙聿乐爸爸握了握许淳安的手说道："乡下地方，比较粗野简陋，请不要见怪，里面请！"

"这里风景那么好，也是一方宝地！"许淳安道。

龙聿乐爸爸已经做了一桌子菜招待客人，拿出了酒，问许淳安："要不要来点儿？"

许少倾正想帮着父亲拒绝，没想到许淳安一口应了下来："好！你们也一起喝一点儿！"他指着许少倾和龙聿乐说道。

许少倾母亲担忧地小声说道："你的身体？"

许淳安摆了摆手："难得一次，无碍！"

龙聿乐妈妈见到他们那么开心，"这是菜地里刚摘下来的小青菜，这些菜都是在这里后院种的。我们两口子退休了没事就在这乡下种种菜。少倾爸爸是做什么的？"

许淳安乐呵道："我以前是开公司的，现在交给这小子了。我也退休了。"

"你是晴空集团的董事长？是聿乐以前的领导？"龙聿乐妈妈问道，"许少倾是富二代？"

"二代是我爷爷，我们家祖上都是经商的，他已经是五代家族生意接班人了。"许淳安说道，"你发给少倾的日子，少倾发给我看了，我觉得挺好的。"

"什么日子？"龙聿乐问道，目光投向母亲。

"结婚登记的日子啊，我找人去看了，近一点儿呢，下周五日子很好，稍微晚一点儿的下个月 18 号也是个好日子。"龙聿乐妈妈说道，"我问好了先发给少倾，让他看看。"

许淳安说道："那就按亲家母的意思去做吧！下周五去登记了，下个月 18 号举办婚礼吧，把这两个好日子都占了！这是我叫人去准备的聘礼礼单，亲家公你看看！如果有遗漏的或者不合规矩的我再叫秘书去准备。"

"是不是太快了一点儿？"龙聿乐小声嘟囔道，"我一点儿心理准备都没有……”

“我下个月等你们举办完婚礼就要去瑞士疗养了，可能一去就是一年半载，老骨头经不起折腾！喝你们一顿喜酒，有那么难吗？”许淳安有点儿撒娇道。

“这有什么难的？”龙聿乐妈妈说道，“抓紧些准备就行！我还想早点儿抱外孙呢！”

许淳安问道：“亲家母，婚礼你们这里亲朋好友大概有多少桌？我们去筹备！”

“二三十桌吧，我们没统计过，这个还要算一下。”龙聿乐妈妈说道。

“等你们算好告诉少倾吧，到时候我让人去筹备场地，和我们这里的加起来要一百多桌，要找个合适一点儿的场地。”许淳安说道。

“女大不中留。”龙聿乐爸爸喝了一口说道。

“以后都是一家人了。”许淳安夫人说道，“关于婚礼你们有什么意见和建议尽管跟我们说。我们尊重你们的规矩。”

“我们哪有什么规矩，只要女儿幸福就好。”龙聿乐爸爸说道。

“请叔叔阿姨放心，我一定会对聿乐好的。”许少倾一本正经道。

皓月当空，月光照入热闹的小院，龙聿乐的心里生出了丝丝紧张和期待，从昨天到今天，这一切似乎来得太快了。

正午的阳光明媚，风和日丽，班妮餐厅——一家适合晒太阳的西餐厅。

龙聿乐早早地候在包间里，晒着太阳喝着咖啡。

苏梓涵是第一个到的，随后钱豪秋、刘香芹、吴晓菁相继到了。

“小龙女，一般中午约你你都忙得拒绝我们，今天太阳打西边出来，约我们吃中饭？”吴晓菁说道。

“肯定是许少倾晚上缠着她出不来了！”钱豪秋打趣道。

龙聿乐一惊，老实地提问：“你怎么知道？”马上暴露了。

“小龙女肯定被许少倾夜夜痴缠，晚上出不来了。前几天，我们家老莫晚上找许少倾喝酒，被他一句‘要陪老婆’就拒绝了。”钱豪秋说着，“你们现在是非法同居？”

“合法的。我们已经登记注册结婚了，现在是有证的人了。”看着她们个个惊喜的样子，龙聿乐拿出了邀请函：“下个月 18 号请你们来参加我的婚礼！”

“恭喜恭喜！终于修得正果！”吴晓菁说道。

“一对佳偶。”苏梓涵说道，“他定是许你凤冠霞帔一世无忧，此生清风明月长伴天涯。”

钱豪秋拿着喜帖，摸了摸上面的图案：“你家许少倾到底是浪漫，用的是他向你求婚时的照片，那天求婚现场我们看到都很激动！”

“是 18 号，正好参加完你的婚礼，我再去欧洲。”刘香芹说道。

“你要去欧洲，去多久？”吴晓菁问。

“不知道，先待几年把研究生读完吧。”

“你居然去读书？你都多大了？”吴晓菁没心没肺地说道，“你确定不是陪太子去读书？”

“我儿子也会去欧洲读书，学校我给他找好了。”

“我会想你的。”钱豪秋给了刘香芹一个拥抱。

“你们去哪里度蜜月？欢迎来欧洲！”刘香芹说道。

“欧洲还是留给你去浪漫！”龙聿乐说道，“我们去大溪地，我要去过一阵世外桃源的生活！”

一年后。

灵猴王国昭州市软件产业园总部。

梅以森和众小伙伴忙碌着，武长春在给业务部门员工早训：“你们别想在龙总坐月子时偷懒！我们的领头羊暂时不在，你们也没得偷懒的机会，因为你们还有我！我布置给你们的任务都完成了吗？”

“完成了，这周我跑了20家客户！有5家当面拒绝，有12家说考虑考虑，有3家让我带样品过去详谈！”业务部王源林说道。

“很好！那12家有时间保持回访维护！”武长春说道。

这时候总经理助理杜则余敲门而入，在武长春耳旁轻声道：“武总，梅总让您上去参加高层视频会议。”

武长春凭借着自己的拼搏与努力，已经是灵猴王国的市场总监，带着市场部二三十人的团队，不断开拓新的客户、新的领域。刚来灵猴王国时，他真的如他所说的不带一个客户过来，所有现在拥有的客户、拥有的业绩，都是从“扫楼”“扫街”中获得，然后靠着口碑客户介绍客户，客户积累得越来越多，团队也带得越来越大。妻子的不理解，丈人丈母娘的反对质疑，也在一年来他取得的成绩中慢慢消除。

梅以森现在是灵猴王国的副总经理，掌管着公司的大小事务。

视频那头，龙聿乐在书房里穿着密不透风的职业装，化着精致的妆，丝毫看不出她是不久前刚经历过分娩的人。

“龙总！”武长春没想到他的拼命三娘上司居然连休产假时都不放过自己。

“各位！昭州市智慧城市项目已经进入第二年的服务续约期，这个项目靠着大家的努力付出、辛勤劳动、衔接协调，已经和客户建立信任、保持良好的合作关系。我们的老本行也已经到了投放市场的阶段。我们的初心就是要让产品面世，设备经过研发、生产、测试，怎么样才能确保不出现以前一经投放就被抄袭、模仿这样的情况？”龙聿乐说道。

“我找了很多资料研究，看到某知名品牌化妆品是这样做的，每盒化妆品上有不同的条形码，顾客只要一扫就能出来产品信息，可以在网站上对比真伪，这样可以确保我们生产出去的产品都是独一无二的。”梅以森说道。

“什么样的公司做的二维码，靠谱吗？”龙聿乐问。

“是德国一家企业的专利技术，他们的核心团队只有八个人，但是一年可以做200亿的产值，在我们中国有业务点，我可以联系一下。”梅以森说。

“赶紧去做吧！联系好、了解过觉得可行，安排一下，我需要跟他们见个面，这关乎我们今后的发展。”龙聿乐想了想说道，“不过我还要20天才能出来，你们先去谈妥了，我出来时请他们吃个饭吧！为了更长远的合作，互相多了解一下。”

视频会议快结束时，田娜娜喊道：“龙总龙总，给我们大家看看你的小宝宝吧！虽然许董第一时间给我们发了红包，但是他把您保护得那么好，我们连小宝宝的面都没见过！”

田娜娜是梅以森新招进来的助理，虽然大学毕业没多久，但是工作仔细，为人纯真可爱善良。

龙聿乐在视频那头一笑："让月嫂把孩子抱进来！"然后对着镜头说，"给你们介绍，这是我们家老大许承哲，这是我们家老二龙承翎，哲哲和翎翎，跟大家打招呼啦！大家好！"

"宝贝们好！"田娜娜甜甜地看着两个宝贝，"龙总，我觉得您汇聚了我们昭州市最好的运气了！一举得龙凤胎，这秘诀等我以后结婚了你得教教我！"

龙聿乐调侃道："等你先找到个好先生再说！今天视频会议就到这里了！大家各自忙去吧！20天后见！"

散会后田娜娜说着，"龙总不在，我总觉得我们公司缺少个灵魂，你说龙总那么心系着公司，而且身体恢复得又快，为什么不直接在公司给我们开会呢？"

采购部经理阮心怡说道："肯定是她的二十四孝老公管着呗！据说我们这位总经理姑爷可是把总经理宠上天的，他肯定不舍得她还没出月子就来工作，要是她敢来，我们就不敢待了。"

"为什么啊？"田娜娜追着阮心怡后面听八卦。

"我们公司人人都知道，总经理姑爷那是公认的宠妻狂魔，还记得有一次，我们总经理不小心扭伤了，去医院缠了绷带就来公司工作，然后姑爷就开了车带着一帮人过来，就听见总经理办公室里一声吼：'你要加班我不拦着！你要出差我也允许！就不许你受着伤还过来拼命！给我回去养好了再来！'然后他就直接在我们总经理办公室公主抱把人给接走了！"阮心怡啧啧赞道，"这样霸道的护妻狂魔世上能有几个？那次，我们就开了一个礼拜的视频会议后才见到了总经理本尊来公司。"

"天哪！简直就是《霸道总裁爱上我》系列小说之一啊！"田娜娜缠着阮心怡，"还有没有续文故事？"

“去工作吧！”阮心怡说罢转身走了。

九里明舍，坐落在昭州市城西一隅，新开业不久的商务宴请餐厅，倍受商务人士的欢迎。

龙聿乐穿着商务知性风职业套装走进九里明舍餐厅，梅以森为她介绍：“龙总，这是上次跟您汇报过的西朗智能科技公司的周总，他负责大中华区的业务！”

“周总您好！”龙聿乐伸出手，礼貌地握了握。

“龙总您好！久仰大名，今天得以一见果然跟传闻中的一样英姿飒爽，女中豪杰！”周总恭维道。

“周总过奖了！”龙聿乐说道，“您是第一次来昭州市吧！尝尝我们这道昭州的特产百合烩鲜菱。”

周旺福夹了一筷尝起来，“果然清脆香糯鲜美啊！昭州人杰地灵，培育了像龙总这样的美人，好吃的美食也多。昭州我以前来过几次，我们和晴空集团也在合作，你们知道晴空集团吧？也是昭州市著名的企业。”

“知道知道。”龙聿乐点头附和。

“几个月前晴空集团的董事长许董还来了我们京城的大中华区总部。”周旺福开启了话匣子，“我们一起去了京城的一家小会所，那时候清和纸业的大公子方念华做东，我们好几个人在会所里喝了酒，唱了歌，人家方公子客气，找了几位美人陪唱，结果惹得许董特别不高兴，居然还把人给锁进去了。”

“还有这样的事啊？”看龙聿乐听着有兴趣，周旺福接着讲了下去：“我们男人喝酒唱歌，找几个姑娘陪是正常的事，当时还有几位朋友也在，大家都是男人，无非就是喝个小酒消遣消遣，姑娘热情也是正常的，那个许董非但不给情面，还直接把人给锁进去之后自己走掉了，刚开始我们还以为许董把人给带走了，后来啊我们才发现小包间里还锁了一个人，等我们开门时那姑娘哭得是梨花带雨我见犹怜。”

“怎么能把人给锁了？”龙聿乐也很好奇。

“我们都不好意思打电话去问，许董的脾气就是那么冷面，后来有一次跟他喝酒，喝得多了一点儿，我才问他为什么把人家好好一个漂亮小姑娘给锁起来了啊？你猜他说了什么？”周旺福像讲起相声来了一样。龙聿乐配合他问了句：“他说了什么？”

“他说啊，在他眼里漂亮姑娘只有一个，就是他爱人。然后啊，一起喝酒的他朋友补充了一句，其他女人只要靠近他一米就不会有好结果。”周旺福有点儿气结道，“你说他是不是个妻管严啊？我见过花天酒地的男人多了，第一次见如此守身如玉的男人，是不是也是你们昭州特产？仅此一枚？哈哈！”

“周总说笑了！”梅以森打着圆场，“周总，我敬您一杯！”

周旺福自顾自又说道：“这次来昭州，我本来想约许董也出来喝个酒，后来朋友跟我说，他老婆不久前刚给他生了个龙凤胎，他现在沉迷带孩子，出差也不出了，应酬基本也没有了，每天一下班就回家带孩子。你说说许董夫人到底是个什么样的人物？能把那么一个英俊有为的青年降服得服服帖帖？”

龙聿乐默默地喝了口酒，转移了话题：“周总我们这次的合作已经基本定了下来，我希望我们的合作是长期的，价格上您还能给予一个长期合作的优惠。”

“龙总啊，我这里都是长期合作的客户，就说这个晴空集团吧，也是他们牛奶变质门事件后找到的我，现在，我们为他们每瓶生产的牛奶上面都配一个独特的二维码，顾客扫了之后不仅有产品的信息，甚至连哪头牛产的信息都有，这是我们给他们做的深化服务。你们将要面世的智能陪读‘书童’机器人，我们也可以做相应的深化，我可以增加为你提供的配套服务，至于价格我们都是全球统一的，但是只要你们达到一定量以后，我们可以返现，所以龙总你们生产和销售只要能跟得上的话，很快你就会觉得这个二维码特别便宜而且好用！”

“那就承您吉言！为了我们长远的合作干杯！”

一轮圆月笼罩在龙聿乐回家的路上，她伸手去触摸，似乎要将星光捧在手上，那样的夜晚，她更加确信，君心似我心，磐石不转移。